何建明『五个一工程』获奖作品

国家行动

何建明 著

黄河出版传媒集团
宁夏人民出版社

图书在版编目（CIP）数据

国家行动 / 何建明著．-- 银川：宁夏人民出版社，2023.2

（何建明“五个一工程”获奖作品）

ISBN 978-7-227-07791-6

Ⅰ．①国… Ⅱ．①何… Ⅲ．①报告文学 - 中国 - 当代 Ⅳ．① I25

中国国家版本馆 CIP 数据核字（2023）第 027276 号

何建明“五个一工程”获奖作品

国家行动　　何建明　著

项目监制　薛文斌
项目统筹　何志明
责任编辑　管世献
责任校对　陈　晶
封面设计　姚欣迪
责任印制　宋　华

黄河出版传媒集团
宁夏人民出版社 出版发行

出 版 人　薛文斌
地　　址　宁夏银川市北京东路 139 号出版大厦（750001）
网　　址　http://www.yrpubm.com
网上书店　http://www.hh-book.com
电子信箱　nxrmcbs@126.com
邮购电话　0951-5052104　5052106
经　　销　全国新华书店
印刷装订　宁夏银报智能印刷科技有限公司
印刷委托书号　（宁）0025656

开本　720 mm × 980 mm　1/16
印张　19
字数　280 千字
版次　2023 年 3 月第 1 版
印次　2023 年 3 月第 1 次印刷
书号　ISBN 978-7-227-07791-6
定价　46.00 元

有一条江给了我生命，当我成人后想为她唱一首歌时，却又常常感到不知如何放歌。因为她太伟大，太神圣，又太壮美。有一天，在我接触另一批同样是这条江给予生命的人们时，突然有一种终于寻觅到这首歌的音符与旋律的感觉。这音符和旋律令我心旌摇荡，热泪盈眶……

这条江就是长江，我的母亲河。

这些人叫长江三峡移民。他们都是与我同喝一江水的父老乡亲，兄弟姐妹。

他们令我敬佩。他们生息在大山深处，少有山外边的那些物欲和躁动，日子过得平静而安详。只因三峡造坝，一江大水即至脚跟，祖辈留下的家园将被无情淹吞而不得不向陌生的他乡迁徙。他们是世纪之交的一群伟大而可贵的人。无论他们怎样被动或主动，痛苦或欣喜，计较或宽容，他们都以自己崇高的民族献身精神名垂青史。

——题记

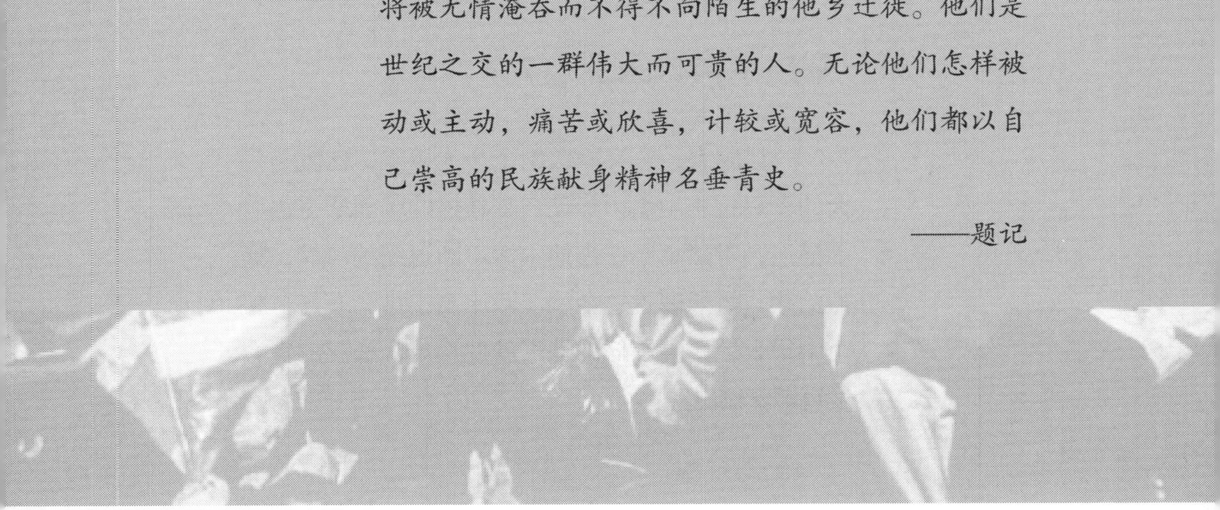

目 录

引　言　从容步履 // 1

历时 16 年的百万移民堪称“世界级难题”，这一伟大壮举震撼世界，谱写了一曲中华民族史上的特殊的“国家行动”。本书记录的正是这场国家行动的全景画卷。

第一章　至高决策 // 7

一旦醒来，它又一次出了个大手笔，这就是伟大的喜马拉雅山造山运动，其壮烈的场面非言语所能描述，青藏高原在古地中海不断退缩的瞬间，猛烈抬起，势如破竹，金沙江两岸高山排列有序，整个中华大地西高东低的地形就此形成，长江的青春发育期骤然出现！

第二章　热土家园 // 97

泱泱中华，确实要感谢秭归这块风水宝地养育了屈原这位文化巨匠。然而多数人并不知道，秭归不仅养育了像屈原这样的千古风流人物，还是一块纳四海兄弟姐妹的老移民地。

第三章　世界第一难 // 157

外界之所以将它比作“世界级难题”，更多的也许是着眼于三峡移民的数量以及可能带来的种种社会问题。即使如此，这“难题”要冠上“世界级”也足够分量。

第四章　倒计时开始 // 199

移民的时间表必须跟着工程建设的时间表走，然而它又必须有自己更超前的时间概念。历史上有多少教训已经让决策者吃过“水赶人走”的苦头。人必须远远地将水甩在后面，才是成功的水利工程，才是成功的移民事业。

第五章　走出峡江 // 257

“组织机构”“行程和线路”“运输中转要求”“移民及货物编号”“特殊护理”“交接手续程序”“路途中的信号标志的使用规定”“经费结算”“干部和移民须知”“各职能组织部署”等，每项都制订了详尽的细则要求。翻看里面的内容，我不由得再次惊讶，因为它把移民外迁途中可能出现的问题，无一例外地列出了解决及实施的细则，并且责任到人。

引　言　从容步履

自 1992 年 4 月 3 日七届全国人大五次会议上那一庄严的表决之后，历经十余年的移民工作伴着三峡工程建设的进度迅速展开。2003 年，三峡工程将下闸蓄水、永久性航闸通航，并实现首批机组并网发电。因此，国家要求 2002 年 12 月 31 日前完成 135 米淹没水位线以下的移民全部搬迁任务和库区清理工作。在这之后的几年里，库区又进行 175 米淹没水位线以下的移民工作。历时 16 年移民百万，不仅攻克了所谓的“世界级难题”，而且这一伟大壮举震撼世界，谱写了一曲中华民族史上的特殊的“国家行动”。本书记录的正是这场国家行动的全景画卷。

这是不久前我在三峡库区的所见所闻：

2002年6月6日清晨，在大江边的一个山村路口，王朝珍奶奶就要离开她居住了84年的水市村。她身边是成百上千人的送行队伍和喧天的锣鼓声，在无数遍叮咛、祝福中夹杂着无数声离别的哭泣。

欢送的彩旗飘扬在猎猎晨风中，载人的汽车发动了隆隆作响的马达。全村人都要走了，但谁也没有第一个登车，所有的目光投向了王朝珍奶奶。

已当爷爷的长子过来想搀扶老母上车，不料老母轻轻将儿子的手一甩。

“妈，咱走吧，乡亲们都等着您哪，啊！”儿子有些着急。

老母不理会，一句话不说。转头寻觅了一下，找到了：她的目光落到了一岁的重孙身上。

“好娃娃儿，来，给老宅居磕个头……”老人缓缓按下重孙，自己又颤颤巍巍地双膝跪地……

“妈——”儿子大哭一声，随之跪在后面，俯首贴地。

“奶奶——”

“祖奶奶——”

全村要走的人都跪了下来。紧接着是一片朝圣般的祈福声……

“奶奶，你迁移到的江苏，是我的家乡，那儿也有长江，比这里还美……”我忍不住也挤过去同乡亲们一起将王朝珍老奶奶搀扶起身，并从心底涌出这样一句话。

我看到老奶奶的眼里闪出一丝光亮，然后义无反顾地拉着重孙，头也不回地上了车，直到远远地离开那个青山绿水的江边小镇……影子渐渐变得模糊，模糊。

我发现那是由于我的眼泪。

7月9日，上午10时刚过，炙热的阳光便开始朝头顶泼洒。

又是大江边的一个小村，又是成百上千人的送行队伍和喧天的锣鼓声，又是无数遍的叮咛、祝福和无数声离别的哭泣。

“怎么办，总指挥？已经超过预定出发时间两个多小时了。再这样等下去会耽误整批移民搬迁任务的完成呀！”镇长急得团团转，已经不知第几次向担任外迁总指挥的副县长请示了。

总指挥双眉紧锁，只见他不停地在大树底下的那块石板上来回踱步，却不吱一声。终于，他再一次抬头……从昨天下午到今天上午在同一个地方，向同一个方向，他几乎抬过上千次头了。但总指挥必须继续抬头，继续抬头观察那棵大树枝杈上的动静……

那是农舍前的一棵近百年树龄的老槐，盘根错节。身后是柑橘满坡的山，前面是百米相望的大江。透过树干的枝杈，既可见逐浪翻滚的江流，又可见汽笛声声的舟船。

此时树杈上有个用塑料布搭盖的小棚子，那棚子里坐着一个老人，一个与老树同龄的老人。她叫什么名字，村里已经没有几个人知道了，就连她的儿子、儿媳也记不清，大伙儿只叫她“水娘”。

据说水娘出生的那一年长江发大水，江水一直淹到她家门口，大水一淹便是三七二十一天。水娘的母亲死得早，父亲和两个兄弟又被那场洪水吞噬了生命，最后只留下她和那棵槐树。

水娘和槐树从此一起饱经岁月的沧桑。是新中国给了她新的生命和新的家庭，还有满堂子孙。

有一天孙女告诉她，说政府要把家门口的这条大江修成大水库。

“咋修成水库？”水娘问。

“就是不让大江下游的人淹了。”

水娘点点头，明白了。

又有一天孙女告诉她，说我们要搬家了，搬到广东去，就是搬到大海的边边上。

“一定要搬？”

“一定要搬，政府说的。”

水娘再也不吱声了。

后来房子被拆了。孙女他们都临时住在亲戚家里，并且特意为老祖宗准备了一张席梦思床。

水娘执意不去。她对孙女说，她要再看一看大江。

可看不到呀！——屋前有了新的人家。

“把我抬到老槐树杈上。”老祖宗甕声甕气地说。

儿孙们一听乐坏了，连夸老祖宗雅兴不小，说行行，满足您老。

一大帮人好不容易将老人抬到老槐树杈上，不想老人越看大江越发痴呆，不是流泪就是喃喃自语着什么。一句话，怎么劝也没用，就是不下来。

这可急坏了家人，急坏了村上干部，也急坏了镇上县上的领导。移民计划争分夺秒，就像战场动员，说谁走就谁走，说哪时走就哪时走，不可延误，如同军令。

村干部千呼万唤不见效果后赶紧请来镇干部，镇干部口干舌燥仍见树上的老人家“岿然不动”，不得不十万火急地搬来县领导。

指挥长面对已在老槐树上度过了四天三夜的老人家，还能说什么。“你们，包括我，对故土的感情、对大江的感情有谁比得上水娘？让她多看几眼吧！”指挥长含着眼泪对身边的干部和群众说。

“接住哟水娘，您渴了就喝口瓶子里的水，这是我特意从您家后面的山泉中灌的，甜着哩！”指挥长再一次向上递过一个小可乐瓶子。

码头上送行的船只，送行的锣鼓，还有送行的叮咛声和离别的哭泣声，都渐渐停下来，目光全都转向老槐树。

是风还是雨？老槐树的枝杈突然动了一下，树叶尖尖上掉下了水滴……

“我要下来——”是水娘在说话，随即见她双腿向下一伸。

“快快，赶紧接着！”指挥长急忙命令。

于是，老槐树下哗的一下簇拥了不知多少双手。

水娘安然落在众人的手臂之上。随后她又像一尊庄严的大佛，被前呼后拥地抬向远行的外迁船队上。那场面庄严而隆重，比得上当年皇上起驾之势。

送行渡轮笛声齐鸣，锣鼓敲得更响更脆。远行的船队徐徐启动，留下长长的一片白浪在翻卷……

我发现自己的眼里又是泪。

这是另一年4月的某一日。就在那个西陵峡中有名的兵书宝剑峡上的桂平村里，村民黄德发忧心忡忡地蹲在地上不吱声。

“走吧老黄，船都要开了你还在磨蹭啥子？”村干部过来催道。

黄德发哭丧着脸，低头道：“我一直还没敢给我娘说外迁的事呢！”

“你……这都什么时候了，你怎么不跟她老人家说清楚呀？”村干部急了。

黄德发来火了，双脚用力跺地：“我咋不想跟她说清楚嘛！可你不是不知道咱这峡江一带自古就有‘六十不出门，七十不留宿’之说！我娘她从进咱黄家后就没离开过一回村子，现在她都88岁了，天天守着那口大红棺材哼着送终的小调，你让我怎么跟她说？说让她现在挪窝？告诉她死后不埋在长江边？我……我能开得了口吗？”

村干部默默无言，只得叹气。

“发儿啊——”

“哟，是我娘在叫哇！”黄德发赶紧进屋。村干部也跟了进去。

“娘，你有啥吩咐？”

老母抬了下眼皮，不满地瞪了一眼儿子：“人家都搬了，就你落后！”

“哎哟娘你……你都知道了？”五十好几的黄德发扑通一下跪在老母亲跟

前直请罪。

“起来吧，儿。”老母亲颤颤巍巍地从小木椅上站起身，慢慢地走到那口放在正屋中央的寿棺前，用手轻轻地擦了擦棺盖上的尘灰，又用手指头叩了几下木头，那寿棺立即发出几声清脆的音响。

老人的脸上露出一丝宽慰的笑意。

“知道这寿棺咋要大红色的？”她问儿子身后的村干部。

村干部点点头：“这是咱峡江人家的风俗。听说过去只有楚国的王公才用红寿棺，可因为我们这儿是屈原大夫的家乡，大家当年为了纪念这位爱国夫子，所以用大红棺安葬了他。从此端午节吃粽子、划龙舟和老人用大红寿棺便成了人们纪念屈原的一种风俗被传了下来。”

“你懂你懂。”老人挥挥手，然后对儿子说，“搬吧，带上我的这口大红寿棺！”说着，老人迈开小脚，一跛一拐地向外迁的队伍走去。

儿子黄德发恍然大悟，赶紧直起腰杆，满脸神气地朝村上的人喊道：“快来帮忙，抬我娘的宝贝疙瘩！”

“来啦来啦！”村上的男人们老的少的全都过来帮忙。阳光下，那口大红寿棺格外醒目地出现在外迁移民的队伍中间……

“奶奶小心！”

“奶奶走好！”

村上的女人们老的少的全都簇拥在88岁的谭启珍老人周围，不停地亲热呼唤着。

“走，孩子们，咱到新家去。”

“走，到新家去！”

又一队浩浩荡荡的外迁移民告别三峡，走得很远很远。队伍里的那口大红寿棺则在我眼前不停地摇晃着，直到再一次模糊。

我发现自己的眼里依旧是泪……

第一章　至高决策

一旦醒来，它又一次出了个大手笔，这就是伟大的喜马拉雅山造山运动，其壮烈的场面非言语所能描述，青藏高原在古地中海不断退缩的瞬间，猛烈抬起，势如破竹，金沙江两岸高山排列有序，整个中华大地西高东低的地形就此形成，长江的青春发育期骤然出现！

百年梦想

你不曾听说长江最初是由东向西奔流的吧？但这确是史实。

大自然的历史和人类历史一样，充满着辩证法，从来就不曾有一成不变的东西。已知的科学证明，人类的产生始于那么一点微生物和蛋白质。江河也不例外。我们的母亲河长江的初始形态也是由一时一地的环境一点一滴孕育而成的。江河属于大地的一部分，并受大地不可抗拒的一次次地质演变的影响，才有了今天的流程与流向。

长江最初好似个腼腆的姑娘，是在历经一次次惊心动魄的地壳运动后，才铸造出今天那磅礴的气势和多姿的风韵。

大约在距今2亿年前的三叠纪时代，今天的长江流域均在蔚蓝色的波涛之中，西藏至云南中西部和贵州西部等皆是一片汪洋，四川盆地和湖北西部也是古地中海向东突起的一个美丽海湾，这海湾一直延伸至今天长江三峡的中部，即重庆一带。1.8亿年前的一场轰隆巨变，使大地又一次脱胎换骨，长江的雏形才开始呈现。那就是有名的印度支那造山运动，地球上从此有了昆仑山、可可西里山、横断山和秦岭山脉。长江中下游南半部逐渐隆起并形成陆地，古地中海不得不大幅度后撤，云贵高原开始露骨现眉。而此时东方大地的地理环境发生了一场决定性的变化：在横断山脉与秦岭及云贵高原之间，形成了断陷盆地与沟壑巨道，遗下云梦泽、西昌湖、巴蜀湖和滇池等几大水域，它们相互呼应和串联，经云南西部的南涧海峡，奔突古地中海。这是长江的最初风貌，不过它的流向与今天恰恰相反——由东向西。

此时的长江并没有完全发育，它依然顽皮地躁动着。1.4亿年前的又一场轰轰烈烈的造山运动，使唐古拉山脉形成，青藏高原缓缓隆起，褶皱成无数高山与深涧、洼地与裂谷，长江中下游的大别山和现今的三峡山脉形成，古地中海此时大举后退。至白垩纪时，四川盆地迅速上升，云梦泽和洞庭盆地不断下沉，长江中部的身段发育已近丰满。这时，躁动不停的大地突然变得沉静起来，一觉睡了近亿年，在距今3000万年时才醒来。一旦醒来，它又一次出了个大手笔，这就是伟大的喜马拉雅山造山运动，其壮烈的场面非言语所能描述，青藏高原在古地中海不断退缩的瞬间，猛烈抬起，势如破竹，金沙江两岸高山排列有序，整个中华大地西高东低的地形就此形成，长江的青春发育期骤然出现！

大江东流从此奔腾不息！

长江不仅一路接纳和汇聚了千万条河川共同构筑起浩浩6300余公里长的世界第三大河流，而且以其两岸肥沃的土地和清澈的碧水给人类的生息繁衍构筑了温床。

关于人类起源有许多说法，但无论哪一种观点，都认定长江流域是人类的发源地之一，而且是东方人类的主要发源地。

当一次次造山运动铸造了长江的胎盘时，地处长江中下游的山川大地已经草茂林密，一群腊玛古猿出现在大江两岸的峡谷沟壑间，虽然它们的步履显得有些缓慢，但毕竟开始了向人类历史迈进的旅途。考古学家不止一次证实，中国早期的人类就是从云贵高原出发，抵经长江中上游，然后再分途长江下游和黄河中游及泾渭流域与汾河流域。

1965年五一节，一队地质学家在金沙江南岸的元谋县例行性地进行第四次地质和地震调查考察，他们在上那蚌村西北的一个小土包下，发现了两颗猿人类的门齿，这个发现让在场的地质工作者们激动不已。经考古学家鉴定，这两颗猿人类门齿距今已达170万年，比周口店北京猿人还要早！最值得一提的是考古学家后来还在元谋人遗址现场，找到了许多石片、石骸和尖状器，以及炭屑和炭屑堆中的几块烧骨，因此证明元谋人不仅奠定了自己作为人类始民之一的地位，而且证明了其用火的历史远比其他猿人类要早得多。

元谋人是迄今为止，长江流域可以证明的最早的一批公民。而在发现元谋人的前五六年，长江三峡的巫山地区，一个名叫“大溪”的小镇同样让考古工作者吃了一惊，因为在这里的考古发现，距今六七千年前，已经有人类在此进行着以水稻为农作物的大量经济活动，辅以渔猎、采集及制陶等，建筑和制陶皆已相当发达。大溪文化使我们能够看到祖先在长江三峡一带安居乐业的田园生活和传播文明的辉煌一页。

长江被再一次证明是中华民族的母亲河。母亲河的风韵首先是她那奔腾不息的江水资源。据水利部门介绍，长江流域水系庞大，干支流纵横交叉，江河径流丰沛，落差5000多米！有关部门在1976年至1980年的5年中对长江流域1090条河流进行较全面的水能资源普查表明，全流域蕴藏的水资源能量达2.7亿千瓦，为全国水资源的40%。可开发的水资源能量近2亿千瓦，年平均发电量每小时约10270亿千瓦，相当于12个我们即将建成的三峡水电站。长江平均每年流向大海的水量为9760多亿立方米，而雨水充足的年份，长江流入大海的水量最多可达13600亿立方米。

啊，富饶的长江，千百年来，你以自己雄浑的身影和咆哮的涛声，带走了多少宝贵的资源啊！

人类离不开水，离不开水的不仅仅是人类。没有水就没有万千生物。月亮很美，但它永远是个没有生机的寒冷与寂寞的世界；太阳辉煌，但它永远只能燃烧出烈焰。它们不可能像地球那么骄傲，因为它们没有水，没有取之不尽的生命之源。

首先对长江那奔腾不息的生命之源引起重视的是20世纪的一位伟人，他就是中国革命的先驱者孙中山先生。有意思的是，孙先生的一枕“三峡梦”，使20世纪中国的几位伟人“梦”了整整100年，尽管他的后来者在三峡问题上所倾注的热情和出发点各不相同，但这部百年三峡梦几乎与中华民族20世纪的历史命运同悲同喜。

这是部波澜起伏、惊天动地的历史！

这是曲魂牵魄动、欲罢不能的壮歌！

1919年，当第一次世界大战刚刚落下硝烟弥漫的铁幕，一切现代文明都处在朦胧之中的时候，一心追求“登中国于富强之域”的孙中山先生，用英文写下了一部振兴中华民族的著名论著——《建国方略》。在这部论著的第二部分《实业计划》中，首次提出了在三峡建造水闸提升水位用以改善川江航道和水力发电的宏伟设想。作为20世纪振兴中华民族的号角手，孙中山先生面对满目疮痍的华夏大地曾经沮丧过，但在付出血的代价之后，他依稀地看到“实业救国”之路的那片曙光依然灿烂时，便如此激情地描述了长江三峡之梦：

“当以水闸堰其水，使舟得溯流而行，而又可资其水力……水深十尺之航路，下起汉口，上达重庆。”

“……其所以益人民者，何等巨大，而其鼓舞商业，何等有力耶！”

在那一段时间里，孙中山作为国民革命的创始人，在制定“建国方略”与规划民族复兴的伟业时，其目光已经深情地留在了长江三峡上。1924年8月，他应广州国立高等师范学校之邀发表演说，对开发长江三峡水力资源做了更加抒情的描述：同学们，中国是穷，没有大不列颠一样满地跑的火车，也没有美利坚一样横贯东西的铁路大通道，但我们有长江，有长江三峡那样取之不尽的水力资源！仅由宜昌到万县一带的水力资源，就可发生3000余万匹马力的电力！这样的电力，可以比现在世界各国所发生的电力还要大得多！那时我们不但可以供应全国的火车、电车和各种工厂之用，而且可以用来制造农民用的化肥！到那时，我中华民族哪有不屹立于世界之林的道理乎？

“万岁——中华民族！”

“万岁——长江三峡！”

一向受到抑制的同学们，被孙中山先生的慷慨演说感动了，他们从先生那炯炯有神的目光中仿佛看到了三峡大坝矗立的那一幕！

那一幕到来之时，必定是中华民族振兴之日！

中国人对三峡梦的情有独钟也从此开始。然而20世纪初的中国，千疮百孔，哪有钱来修建三峡这一世界水利史上最宏伟的工程？孙中山先生也只能空有一腔热血，更何况他这个临时总统的宝座也一直处在风雨飘摇之中，内讧与外攻，使这位伟大的民族领袖耗尽了最后一丝力气后，便过早地结束了他的三峡梦。

但孙中山毕竟是想让长江之水变成富民强国之源的第一人。他的三峡梦永远闪烁着光芒，激励着后人继往开来。

继他之后的蒋介石口称自己是“孙先生的学生”，可在实质问题上却很不客气地背叛先生。他一度大权在握，真要继承孙先生的遗志，在三峡建设问题上是能有所为的，但他太热衷于经营自己的蒋家王朝了。共产党领导人民闹革命，他蒋介石便举起反革命的屠刀，逆历史潮流而动，于是一场场血腥的镇压成了他夜不能眠的主业。

然而我们还得“感谢”蒋介石先生，正因为他的精力过多地花在了对付共产党和人民的解放事业上，所以没能全力阻止一大批在五四运动影响下高举“科学救国”大旗的爱国知识分子痴情的三峡梦。特别是这位独裁者还没有来得及解散孙中山先生主政时成立的矿政司地质科。这个只有几人组成的地质科后来在20世纪的中国建设史上立下了汗马功劳，孙中山先生亲自任命的地质科科长章鸿钊是一代教育学家和地质大师，正是这位貌不惊人的“小老头”带领一批有志青年冒着被贬被杀的危险，继续编织着孙中山先生的三峡梦。

章鸿钊先生作为中国第一位“地质长官”，他在蒋介石提着屠刀追杀南昌起义的部队时，对国人如此大声疾呼道：“谋国者宜尽地利以民财。欲尽地利，则舍调查地质盖未由已！”并说：“亡羊补牢，或犹未晚，失此不图，而尚谈富国也，则吾未知之也！”

“孙先生的三峡之梦，也是我章某人的毕生之梦！不在长江三峡上有所为，就枉为中国一介书生也！”章鸿钊每每背诵到孙中山的《建国方略》第二部分第四小节时，总会抖动那束美丽的山羊胡须，痴情而高声地说道。

颇有远见卓识的章鸿钊在任地质科科长的第二年，就亲自批准成立了中国第一个地质调查所。这个调查所当时只有章鸿钊、丁文江、翁文灏等几人，但后来迅速发展成中国最完整最健全也是拥有科学家最多的一个机构，其科学研究水平和实际工作业绩均处世界同行前列。

在章鸿钊时代，中国不曾有其他像样的科学研究机构，直到共和国成立，地质调查所仍然是中国最强的科研机构。那时中国的基础科学特别是地面科学，不像现在分得那么细，地质调查所实际上还承担着考古、水利、矿业开发及环境保护等诸多科学研究工作，如周口店的北京猿人发现、玉门油田的开发等等，都是地质调查所的功劳。而三峡工程开发研究始终是地质调查所的一项重要工作。

丁文江、翁文灏、黄汲清、李春昱先后担任过地质调查所的领导。这些名字对现在的年轻人来说是陌生的，但假如谁要想真正了解20世纪的中国历史，特别是20世纪中国科学史的话，如果不了解这几位人物，那必定是不完全的。

20世纪70年代哈佛大学出版社出版了美国学者夏绿蒂写的一本《丁文江——科学与中国新文化》一书，书中这样评价丁文江：“……他是一位中国的赫胥黎，是二三十年代中国提倡科学，促进新文化发展的代表人物……作为一名科学家，他是第一位这样的中国人，既从技术观点又从哲学观点研究西方的科学，感到根据科学的思想原则教育同胞是自己的责任。丁文江所发挥的这种作用——科学家作为文化和政治的领袖——在中国的历史经验中是前无古人的……”

丁文江以其中国新文化的旗手和科学家的双重身份，曾经影响过一大批日后在中国科学与文化舞台上的风云人物的命运选择与政治主张。鲁迅在他的影响下学过一段时间地质学专业，所写的第一篇学术论文就是矿业方面的。科学家李四光受丁文江的影响更不在话下，他初到日本留学念的是造船专业，丁文江学的是地质学，因此李四光转学到英国后专攻地质学，并且成为了中国一代地质大师。

“长江三峡是中华民族的一个拳头，早晚要显威的。”具有政治家素质的丁文江，激励着所有心怀科学救国之志的热血青年。1924年，李四光带着助手赵亚曾，第一次以一名科学家的身份实地考察了三峡，写下了《长江峡东地质及峡之历史》的论文，对三峡地区的地质情况及周围环境进行了准确的论述。也许正是李四光先生这一贡献直接回应了孙中山先生编织的三峡梦，所以在次年孙中山先生去世的盛大仪式上，李四光被推荐为抬灵柩者之一。这个殊荣在当时可以认为是后辈继承人的某种象征，其身价可想而知。

丁文江死得太早，当他准备亲自到三峡绘制一幅工程图时，在途经湖南湘潭煤矿帮助勘察工作时，不幸煤气中毒，猝然与世长辞，年仅49岁。

翁文灏博士是丁文江的密友，也是地质学界的开拓者之一，他做过好几年蒋介石政府的行政院秘书长和行政院院长。这位老先生一生走过些弯路，但多数时候是以一名科学家的身份出现在人们的视野中。三峡工程实质性的工作，是在他手下开始的。

1932年，在翁文灏和另一位爱国科学家孙越崎先生的奔走下，国民政府正式成立了一支长江上游水力发电勘测队，并于次年10月完成了一份《扬子江上游水力发电勘测报告》，在这份报告中第一次将葛洲坝问题提了出来。当时的科学家关于建设三峡水坝的设想，不像现在这样建一座超级大坝，而是在三峡流域建若干个中小坝，所以翁文灏时期的三峡梦是在长江的三峡水域段拦腰切它几块，建几个不同类型的发电坝。葛洲坝地段好，水头高12米多，设想中的发电装机容量为30万千瓦。同时提出的另一处建坝地址是黄陵庙，水头高20米左右，发电装机容量为50万千瓦。据测算，两处工程费用为1.65亿元。

“20 万移民怎么办？这笔钱没有算进去呀！”当助手们将报告递到翁文灏手中时，他想到了一个谁都没有考虑的大事。

是啊，移民问题怎么办？

这话不知怎么传到了蒋介石那里，蒋先生哈哈大笑，“有用有用”，转身对站在一旁的翁文灏说，“娘希匹，不就是 20 万人嘛！都让他们充军，给我去打共产党！”

向来胆小的翁文灏一听政府“首脑”这么来安置“三峡移民”，吓得当即命令交通部门有关人员：“三峡工程那份报告，先给我锁起来，没有我的批准不能动！”

交通部的官员便以“5116”号指令“暂不宜实施”之名，哐当一声，把它久久地锁在了铁皮柜里。

“真是一群书呆子，不除江山社稷之患，建一百个三峡工程也是白搭！”蒋介石暗暗嘲笑翁文灏这样的知识分子。他的战刀继续挥向毛泽东领导的工农红军……

翁文灏凭着对科学和救国大业的执着，利用自己的行政院院长之职权，尽可能地瞒着蒋介石，做着圆三峡梦的小动作。其中有两个“小动作”后来对 20 世纪的中国水利事业和三峡工程起了重大影响。一是选派青年水利专家张光斗等人到美国深造，学习大型水利工程技术；二是邀请美国著名水利大师萨凡奇博士到中国。这两个“小动作”做得都非常漂亮，可以说这是翁文灏和另一位爱国科学大师钱昌照等人在蒋介石眼皮底下做的日后对中国水利事业和三峡工程起到最重要影响的两件历史性大事。

张光斗，中国科学院和中国工程院院士。曾任国务院学位委员会副主任，清华大学副校长。现年 91 岁的张教授与爱妻钱玫荫女士，居住在清华大学的一幢教授住宅楼，二老健康而幸福。有人说，中国当代水利史如果离开了张光斗先生，就将无法写下去。这是有道理的。这位中国水利泰斗出生在江南水乡的苏南名城常熟，与我的出生地仅有二三十分钟的步行路程，他和另一位常熟人——“中国两弹之父”王淦昌院士都是我的大老乡，所以关于张光斗先生的传奇经历我早已熟知。

大千宇宙，轮回自然，离开了谁都照样转动。但一项事业，如果真的少了某一位天才人物，历史将可能是另一种写法。中国的当代水利事业，特别是三峡工程，如果没有了张光斗先生，将一定是另外一种情况。

让我们稍稍将镜头摇向另一个角度。

这里是著名学府上海交通大学。震惊中外的九一八事变，使原本平静的校园异常热闹。蒋介石政府对日本侵略者采取的“不抵抗”政策，激起了全国人民的极大愤慨，空前的学生救国运动此起彼伏。上海交大的学生们更是不顾国民党军警的镇压，组织了一批又一批请愿团赴南京向蒋介石政府示威。在这支队伍中间，有一位青年学生以自己的行动发誓要“为人民做事”。他在一名地下共产党员的启发下，通读了革命导师马克思的经典著作《资本论》，虽然当时他还不太懂得这本理论巨著的深刻含义，但面对蒋介石政府的丧权辱国的行径，他决意用自己的行动为民族贡献一份力量。

“老师，我要选学土木工程专业。”

“为什么？”

“因为我的志愿是当一名水利工程师，水利总是为人民的。”

“说得好！水利总是为人民的。”教授非常高兴地拍着学生的肩膀，勉励道，“我们的人民日子过得太苦，政府又那样腐败无能，我支持你的志愿！”

“谢谢老师。”

这位学生就是张光斗。当时他是上海交大二年级的学生。那时大学二年级后就要分专业了，九一八事变使他的灵魂发生了一场震荡，“水利总是为人民的”成了他一生追求科学救国真理的座右铭。

大学毕业后，张光斗怀着一腔“科学救国”热情，报考了清华大学留美公费生，并一举成功。按照规定，去美国留学之前必须在国内对自己的本专业实习半年。这半年对张光斗来说，更加坚定了他要为自己的国家在水利事业上贡献力量的信仰。“那次实习，学了一些工程技术，更重要的是看到了我国水利建设的落后，水旱灾害的严重，人民生活的困苦，增强了为水利建设、为人民服务的决心。”张光斗在实习期间，每月向清华大学写一份报告，其忧国忧民之心跃然纸上。

1935 年 7 月，张光斗在美国加州大学土木工程系注册，成为美国著名土木工程专家欧欠佛雷教授的研究生。其间有同为中国留学生的伙伴对他说，凭你的聪明和能力，应该攻读其他专业，土木工程没前途。张光斗没有动摇自己的理想，而且学习成绩优秀，导师给了他双份奖学金（其中一份是清华大学给的）。这时国内正发生着一件大事：毛泽东领导的工农红军胜利走完了二万五千里长征。张光斗从美国的报纸上看到消息后受到极大鼓舞。虽然当时的他还没有任何的政治倾向，但他仿佛看到了东方的一缕曙光，情不自禁地给国内一位地下党的同学寄去了自己积蓄的美金。

仅用一年时间，张光斗拿到了土木工程的硕士学位。而此时他的心头有个强烈的愿望：要当一名水利大坝的设计师，将来好为国家建设像美国波尔多大坝那样的伟大工程。波尔多大坝当时不仅在美国而且在全世界也是最大的水利大坝，张光斗在读土木专业时曾经实地考察过。当他站在高高的波尔多大坝前时，心潮澎湃，热血沸腾，“那一刻我想起了自己的祖国，想起了我们的长江，想起了长江三峡，想起了孙中山先生在《建国方略》中的话……”张光斗请求欧欠佛雷导师介绍自己到美国最著名的权威机构内务部垦务局学习。

“OK，我给你介绍世界上最伟大的大坝设计师萨凡奇博士，他是我的好友，对你们中国也十分友好。”导师的话，令张光斗欣喜若狂。因为萨凡奇的名字几年前就在他的心中占据着重要位置，能够当这样一位国际大坝设计师的学生，对从事水利专业的人来说，是再光荣不过的事了。

“你是一位水利天才，将来定能大有作为，我给你专门设计了一个实习计划。”萨凡奇博士对张光斗倍加欣赏，特意根据张光斗的情况为他设计了一份3个月的学习与实习的计划，安排他到混凝土坝、土石坝、泄水建筑物和渠道等部门工作，并要求各部门的技术专家指导张光斗做正式设计，萨凡奇还亲自检查张光斗的学习与工作情况。

“张，萨凡奇博士这样宠爱你，让我们好妒忌！”美国工程师们不无羡慕地对张光斗说，而他们也对这位谦和好学的中国留学生十分友好。至于与萨凡奇博士之间的关系，用张光斗自己的话说，他们已经成了友情深笃的忘年之交了。

“我赞同你去哈佛大学学习土力学，这对一名水利专家来说，是必须努力掌握的一门专业知识。那儿的威斯脱伽特教授是这方面的权威，你把我的这封推荐信交给他，威斯脱伽特博士会尽力帮助你的。”萨凡奇将信交给张光斗后，用双手拍拍自己学生的肩膀说：“你让我看到中国水利的希望，你们中国有一条长江，是世界上最伟大的江河之一，听说那儿有个最迷人的风景险滩叫三峡？”

“对对，长江三峡特别地壮观美丽，而且水急滩险，可以修建世界上最伟大的大坝！”张光斗说起自己的祖国时，那份情溢言表的样子让萨凡奇深受感染。

“我一定要去长江三峡看一看。”

“欢迎先生去。”

就这样，张光斗再次转学到了哈佛大学，师从威斯脱伽特教授，一年之后，他获得第二个硕士学位。

正当张光斗学业辉煌，名师们纷纷向他招手，哈佛大学的博士奖学金也已经确定给他时，中国国内发生了一场更加严峻的民族危机——七七事变，民族耻辱强烈地刺痛了这位爱国学子的心。

“尊敬的萨凡奇博士，我的民族正在危急之中，我要回国参加建设，用自己的专业知识为我的人民效力。”张光斗从哈佛领到硕士学位证书后再次回到萨凡奇身边，他对导师说此话时，语调深沉而悲切。

“放弃攻读哈佛的博士学位了？”

“嗯。”

萨凡奇久久不语。最后，他说：“我尊重你的选择，只是希望我们能够有机会一起建设伟大的三峡水利工程。”

“谢谢，我一定在中国等待您的到来。”

师生俩紧紧地拥抱在一起。

回国后，张光斗看到满目疮痍的国家，心情异常复杂，一方面到处呈现抗战的烽火，一方面国民党军队在战场上节节败退，蒋介石政府的无能和腐败，以及无心搞建设的现实，让他不知所措。于是他打电话给当时任南京政府国防资源委员会副主任的钱昌照教授。钱教授同张光斗是同乡近邻，听说张光斗是学水利专业的，在美国获得双科硕士学位，且师从萨凡奇，便十分高兴地邀张光斗见面。之后，又任命他到当时的一项重要水利工程——四川长寿的龙溪河水利工地当工程师。那时能当上工程师可不是件容易的事，张光斗以自己的才识和学问当之无愧。

在赴龙溪河水利工地的行程中，张光斗第一次与美丽壮观的三峡拥抱。当轮船经过三峡险滩时，张光斗无比深情地默默祈求：此生此世，一定要在这儿为国家建一座世界上最伟大的大坝！

然而在那个国破山河碎的岁月里，张光斗空有一腔热血，只能竭尽所能，参加和主持了像龙溪和下清渊峒等五六个小型水电站的建设。

1942 年，政府国防资源委员会决定派一批青年工程师赴美国学习大型工程的建设经验，张光斗理所当然地被首选了。

“张，我们终于又见面了！我真高兴！”张光斗赴美国实习的地方正是他的恩师萨凡奇博士当顾问的方坦那水利工地。分别 6 年，师生再次相会，留着美丽小胡须的萨凡奇高兴得直把高徒紧紧抱住。

“明年我要到印度的巴黑拉水利工程当顾问。”萨凡奇告诉自己的学生。

张光斗眼睛一亮：“印度离我们中国很近，先生应该到我们中国去一趟嘛！”

萨凡奇摸着小胡须，乐了：“我也非常愿意去你的伟大祖国，可这得由你们的政府邀请。”

“那当然。先生是国际权威，理当由政府出面邀请。”

“不不，是因为我要到你们中国去，必须以工作和考察的名义，我才好多走走看看，再说我还要去看看那个伟大的长江三峡呢！”萨凡奇幽默道。

“先生说得对。”

张光斗马上写信给钱昌照，转告了萨凡奇的意见。

“那当然好，能请萨凡奇先生来中国访问，是件大事。政府方面的邀请手续我来负责办理。”钱昌照得知后非常高兴，很快办妥了邀请萨凡奇先生的有关手续。

不日，萨凡奇告诉张光斗：“美国国务院已经接到中国政府的邀请，并同意此事。”

张光斗好不高兴，他为自己促成此事而感到荣幸。

因萨凡奇先生的到来，20 世纪 40 年代，中国的“三峡热”简直有如 2001 年我们申奥成功一样。

1879 年出生于美国威斯康星州的一个小农场主家庭的这位国际水利大师，从大学土木工程系毕业后一直供职于美国内务部垦务局，他的勤奋敬业使他一步一个脚印地走到了总设计师的高位。他先后主持了美国及世界各地 60 多座大中型水利工程建设。第二次世界大战前，萨凡奇提出要在美国西部的哥伦比亚河上建造全世界最大的大古力水坝，发电量为 197 万千瓦，投资 3 亿美元。这样的工程，这样的投资，在当时的美国也是了不得的事。为此美国国内掀起了一浪又一浪反对浪潮，连萨凡奇的同行——美国土木协会也组织集会，愤怒地声讨萨凡奇：“他是老了还是疯了？为什么要在那片不毛之地修一个花费如此大的水坝？把萨凡奇从水利权威的位置上拉下马！他已经不配了！”最后还是罗斯福总统独具慧眼地把关键的支持票投向了萨凡奇。大古力水坝用“美国精神”

完成了美国历史上最伟大的工程，创造了几个世界第一。大坝的建成，为美国在战后的生产力发展起到了积极作用，其充足和宝贵的电力资源巨大地推动了美国的迅速崛起，特别是西部的繁荣。萨凡奇因此成了美国人民心目中的英雄，也从此奠定了他在世界水利界的崇高地位。

1944 年 5 月 5 日，萨凡奇飞抵中国重庆。翁文灏和钱昌照等政府官员为他举行了隆重的欢迎仪式。

当晚，就有一份关于三峡工程的报告送到了萨凡奇先生的案头。这份报告是在翁文灏和钱昌照等人的努力下，由国民政府战时生产局出面请美国经济学家潘绥写出来的。潘绥先生没有到过三峡，他是从工程经济学的角度对修建三峡工程提出了一份建议书。此提议有美国利益的考虑，标题为《利用美国贷款筹建中国水力发电厂与清偿贷款方法》。建议书中就有关三峡工程建设问题这样说，由美国贷款 9 亿美元并提供设备在三峡修建水力发电厂，装机容量为 1056 万千瓦，同时建造年产 500 万吨化肥的工厂，利用发电厂所发的一半电力来制造化肥，出口美国，以此作为偿还贷款，贷款还清后水电厂与化肥厂归中国所有。

太好了！ 1000 多万千瓦的伟大工程！中国第一！世界第一！萨凡奇当夜就向翁文灏先生表示：明天我就去长江三峡！

“不行啊萨凡奇先生，此时的宜昌尚在日本军队的控制之下，三峡靠近前线，到三峡是很危险的，先生的安危我们可担当不起呀！”翁文灏一听就着急了。

“尊敬的主任先生，我萨凡奇一生视水利重于生命，生死在所不惜，此番三峡非去不可！请不用为我多虑。”萨凡奇坚定地告诉中国官员，“我连遗嘱都写好了，如果我不能从三峡回来，请将此事转告我的家人，一切责任与中国政府无关。”

这是一位年届 65 岁的老科学家的秉性。关于萨凡奇先生的为人和对事业的执着，可以从许多美国同事和中国的科学家那儿获知。张光斗就说过这样的故事：

萨凡奇在美国内务部垦务局的年薪为8000美元，这个数字在当时的公务员中是不高的，比起那些生意人就更不用说了。因此有人建议，以你萨凡奇先生的权威和名气，自己开个公司，一夜间就可以成为“百万富翁”。萨凡奇对此一笑：“我对金钱的兴趣等于零，只有水利是我的全部爱好。”美国政府为了表彰他的功绩，决意请他出任内务部垦务局的局长。萨凡奇摇头道：“我学水利而未学做官，上帝托付我的使命是造大坝！我的本领因此只能是造大坝！”

多么好的一个老人！他对中国、对三峡与中国人一样，同样热忱，同样执着。

一位外国专家对三峡如此痴迷，让国民政府第六战区副司令长官兼长江上游江防司令吴奇伟感动了，他亲自出马陪同，并派重兵随团与萨凡奇一行乘“民康号”轮船专程前往三峡考察。那时日本军队为打通中国内地的南北交通要道，在三峡一带与国民党政府军展开了拉锯式的激战。萨凡奇一行的三峡考察团几乎天天处在敌我双方的战火之下，情况非常危险。然而萨凡奇竟像什么事都没有发生似的，直奔三峡地区。

“萨凡奇先生，我们不能再往前走了，那边是敌人的防区，他们天天都派飞机出来轰炸，轮船无论如何不能靠近三峡了。”吴奇伟一次次地警告道。

萨凡奇抬头看看天上飞过的太阳旗敌机，风趣地说：“它是专打轮船的，那好，我们就改用11号车。”他让轮船靠岸，并令随行考察队员沿山道步行前往三峡一带。

“带着重机枪和手枪队，一旦出现敌情，要以自己的生命保护好萨凡奇先生！”吴奇伟只好向部属下此死令。

就这样，萨凡奇用了整整10天时间，对三峡两岸的地形地貌和江河流域进行了全面的考察。10天后，他独自躲在四川长寿的龙溪水电工程处完成了著名的《扬子江三峡计划初步报告》，即“萨凡奇计划”。

“扬子江三峡计划为一杰作，事关中国前途，将鼓舞华中和华西一带工业之长足进步，将提供广泛之就业机会，提高人民之生活标准，将使中国转弱为强。

为中国计，为全球计，扬子江三峡计划实属必要之图也！”萨凡奇在把计划呈给翁文灏前特意写下了自己对三峡工程的近万字的看法，那字里行间充满着激情，使翁文灏等中国官员看后兴奋不已。

“委员长先生，我看萨凡奇先生的计划值得好好研究，国民政府应该全力支持之！”翁文灏带着“萨凡奇计划”亲自来到重庆的蒋介石官邸。

正被全国各地抗战烽火弄得焦头烂额的蒋介石随意看了一眼“萨凡奇计划”，对翁文灏说：“眼下战局紧张，建设上的事我哪有心思过问。如果你们觉得可以，就看着办，不过我的国库可是空的呀！千万别向我说钱的事！”

翁文灏的心头如同被一盆冷水浇泼：没有钱建什么三峡大坝嘛！

“我的计划说得很清楚，靠向美国政府贷款嘛！中国政府是有偿还能力的嘛！”萨凡奇听了翁文灏转达的蒋介石意见，不由激动地站起身大声说道，“对三峡这样伟大的工程，国家应该全力关注和支持，因为它能够将一个国家建设推向全面发展的航程，尤其像中国这样的落后国家，更需要将这样伟大的工程建设推进和发展。当年我在美国的哥伦比亚河上主张修建大古力水坝时，正是罗斯福总统的支持才使这项伟大工程获得成功，美国国家和美国人民才从大古力水力发电站上获得了巨大的经济发展与好处的。长江三峡的自然条件比美国的哥伦比亚河更好，它在中国是唯一的，在世界上也是唯一的。上帝赐给了你们如此福分，实在太理想了！我现在65岁，如果上帝能假我以时日，让我将三峡工程转为现实，那么请你们中国人同意我一个心愿，在我死后埋在三峡。那样我的灵魂将永远得到安息！”

“谢谢！谢谢您，尊敬的萨凡奇先生！”翁文灏深深地被这位赤诚的美国专家的“三峡情”所感动，“我会尽我所能，全力促成先生的宏愿。因为这也是我们中国人和中国水利官员的夙愿！”

“好啊，翁，我们终于想到一起啦！”萨凡奇伸开双臂，与翁文灏紧紧拥抱。

萨凡奇回到美国后，即着手与政府方面商洽共建中国三峡工程事宜，而且特别建议国务院成立一个水力发电统一管理局，还推荐他的同事柯登先生出任中国三峡工程总工程师一职。

“萨凡奇计划”让中国和美国一起刮起了一股强劲的“三峡热”，这在20世纪中叶是很少见的一个历史现象。1945年第二次世界大战已接近尾声，日本军队在中国战场上节节败退，胜利的日子已在眼前，全国上下都在准备战后的大建设，中国人的三峡梦到了如痴如醉的状态。

但就在这个节骨眼上，有一个人站出来反对此时兴建三峡工程。此人不是别人，正是萨凡奇的学生，中国青年水利专家张光斗。

当中美两国一起为“萨凡奇计划”疯狂之时，张光斗还在美国考察和实习。一日，他接到国内钱昌照的来信，告知中美两国政府已协议合作修建三峡工程，并让张光斗陪同他恩师萨凡奇推荐的柯登工程师回国参加三峡工程建设。

“三峡工程耗资如此巨大，国家这么穷，万万不能在此时兴建啊！”张光斗接到钱昌照的信，心情久久不能平静。不行，他决定以一位科学家的负责精神，制止这种盲目行为！

张光斗连夜挥笔向钱昌照写信陈述四大理由：一是三峡工程太大，国力原本贫乏，加上14年抗战，国力已尽，此时修建三峡大坝极不适宜；二是美国政府贷款难以满足全部工程费用，因为美国国内还在为10年投资10亿美元的田纳西河流域开发工程争吵不休，三峡工程远比田纳西河流域开发要大得多，如此大额的贷款在美国国会也未必能通过，一旦美国的贷款不到位，三峡工程半挂着，那时我们中华民族将面临一场比抗战更可怕的毁灭性打击；三是即使三峡大坝建成了，还要有等量的工农业生产来使用其等量的电力，而中国目前尚没有那么大能力在短期内使自己的工业和农业同步跟上，三峡工程的发电量无法充分利用，这是另一种巨大浪费；四是三峡工程位于宜昌，是我中华民族的中心地区，对整个国家的建设和政治命运影响极大，如果三峡工程的成败命运掌握在另一个国家手中，这对国家的主权和未来建设必定有害无益。

几十年后的今天，张光斗对自己当年的这番意见颇有感慨道："那时我是一个热血青年，虽然对政治不甚热情，但却说了真话，现在看来这四点意见仍然是对的。"

是啊，假如三峡工程在20世纪40年代那个伤痕累累的中国开始兴建，中国的今天将不知是个什么样！

长江三峡，你多么让人魂牵梦绕，又多么让人思虑不安啊！

然而国内的"三峡热"已经被美国的萨凡奇弄得不知所向，甚至连原本对三峡工程一点不感兴趣的蒋介石也认为应该利用修建三峡来"光复一下民族热情与干劲"了。

张光斗的反对信发出不多久，又接到钱昌照的回信，说兴建三峡之事是国家大事，而且是已经定了的事，嘱张光斗只管执行任务便是。

张光斗不服，再次写信陈述反对意见。

钱昌照又一次回信，而且干脆说，这是蒋委员长定的事，要张听命回国。

此事关系国家生死存亡，不能这样草率。张光斗第三次写信陈述自己的反对意见。

这回是国家资源委员会发来的电报，不再与张光斗理论了，命他陪柯登先生回国。

无奈，张光斗只好听命于政府之令，因为他赴美国实习也是"政府决定"的。他感到非常痛苦，一路上，与柯登先生也没什么话可说。害得柯登先生怀疑地问他："你是萨凡奇先生的学生，怎么不仅不支持他的计划，反倒反对兴建三峡大坝？"

张光斗不想在美国导师面前说明自己的想法，因为他深知包括萨凡奇先生在内的美国水利专家们对帮助中国修建三峡工程的动意都是善良的。但作为一个中国人，在美国朋友面前他不便将美国政府利用贷款，插手中国三峡工程背后所有的政治目的说得那么透，所以对柯登的问话，张光斗只好继续保持沉默。

秉性耿直的张光斗以科学家的真诚，在之后的几十年水利生涯中始终坚持自己的这种性格，使他在中国水利史上成为不可动摇的泰斗！也正是由于他一丝不苟的专业精神和坚持原则的性格，使中国在一次次关系到国家命运和人民生命财产的重大水利工程建设上减少了无数的损失！

柯登在张光斗的陪同下来到中国，开始了与中国水利人员一起筹备建设三峡工程。张光斗被任命为柯登的助手。政府资源委员会成立了三峡工程建设委员会，钱昌照任主任，委员包括了政府部门的领导和高等院校等单位的专家，张光斗兼任该委员会的秘书，后升任该委员会水电总处的副总工程师兼设计组主任工程师，时年 34 岁。

沸腾了一段时间的三峡工程建设问题，此时已经开始进入具体的工程前期准备了。在三峡工程建设委员会的指令下，张光斗所在的工程总处重点将三峡工程的勘测和规划工作放在首位，那时除了工程自身的问题外，并没有提出移民等问题。“蒋介石政府才不管这些，他历来不把百姓的死活放在心上，更何况三峡工程的建设。那时老蒋想的是如何抢占抗战的胜利果实，然后再一举消灭毛泽东领导的共产党。”一位老水利这样对我说。

建三峡首先要确定大坝建在何处，故张光斗接受的任务是配合美国专家，对三峡地区进行实地勘测，确定大坝坝址的最佳位置。当时派往三峡地区的有两支队伍：一支是张光斗他们的水利技术队伍，主要是负责收集地形与水文资料；另一支是“中央地质调查研究所”技术队伍，主要负责三峡坝址和水库库区的地质情况。张光斗身为水利工程技术队伍的上级管理人员，仍然坚持认为，此时在三峡建设水利工程是不适宜的，时下的工作充其量只能进行一些原始资料的收集与准备而已，故向美国专家柯登和中国同行提出了自己的建议，并得到他们的同意。两支技术队伍随即根据各自的工作任务到三峡地区进行实地勘测，当时围绕建设三峡工程的一个首要问题是大坝将建在何处。萨凡奇曾经提出过 6 个大坝预选地。1945 年冬，萨凡奇再次来到中国，并同柯登等人再次到三峡的南津关察看，这位水利大师才有了自己的倾向性的意见：大坝建在南津关。

“南津关的自然条件不错，大坝建在那儿，可以将水库蓄水提高到200米，那样发电就更多！”萨凡奇钟情于自己的意见。

“三峡大坝举世瞩目，又那么高，谁也没有建过，更何况在中国这样一个经济和技术条件远比美国差的地方建设，应当对大坝坝址的地质情况进行全面的勘测。”在研究和确定大坝坝址的讨论会上，张光斗提出自己的主张。

“当然，我的张，三峡大坝的地质情况必须经过严格的钻探勘测。我已经想好了，建议中国政府请美国的莫里森克努特荪公司来承担这个重任，他们可是世界有名的钻探公司，质量绝对有保障。”萨凡奇欣赏自己的学生所提出的问题。

张光斗点点头，他敬佩萨凡奇先生不仅是国际级的水利大师，而且是位杰出的工程管理天才。

中国政府将与美国莫里森克努特荪公司的三峡钻探谈判任务交给了张光斗。经过一阵商讨，最后达成协议，由美国公司派来8台钻机、20名技工，助工全由中方负责。

不久，浪涛呼啸的三峡峡谷里，响起了轰鸣的钻机声……

正当萨凡奇和其他中国工程技术人员满怀憧憬地战斗在三峡工地时，蒋介石统治集团彻底撕毁国共两党签订的停战协定，全面内战正式爆发，三峡建设者们的美好愿望被蒋介石的战车轧得粉碎。

翁文灏的实业救国心愿再次受到打击，他辞去了政府经济部部长和资源委员会主任一职，改由钱昌照出任政府资源委员会主任。三峡工程建设委员会仍由钱总负责。在政治上主张自由民主的钱昌照，是三峡工程主上派和积极推动者，但却无法与蒋介石的主张相吻合，所以上任不到一年便也辞职不干了。蒋介石只好又找到翁文灏，力劝他再度出山。但时隔不久，翁文灏发现已经全面启动的“萨凡奇计划”根本没有列入政府的年度计划，而行政院的“政府年度报告”

里除了“做好与共产党全面作战”的字眼外，没有别的内容可言，他愤愤地找到蒋介石责问道：“三峡工程到底干还是不干？”

“我的翁大先生，这工程一开始就是美国人想干的事，你知道美国人是些什么东西？说好了要帮助我打垮共产党的，说好了要给多少武器多少装备，可眼下我碰到麻烦了，他们就开始甩手不管我了！你说我还起什么劲跟他们玩什么三峡工程？通知你们的人，别干了！”蒋介石烦躁地手一挥，接着又忙他的战事去了。

翁文灏极度懊丧，从“总统府”出来的那一刻，他的脑子一片空白。

老天爷，如此庞大的工程就这样一甩手不干了？！我如何对得起大家？如何对得起萨凡奇先生？如何对得起参与本工程的千百名工程技术人员？又如何向国人交代？

翁文灏从此再也没有找过蒋介石，趁战乱时机，独自流亡法国。这位被人民解放军列为“甲级战犯”的科学家，在新中国成立不久，得到了人民政府的宽大和关怀，重新回到祖国怀抱，开始了他新的人生。只是他再也没有回到心爱的地质工作岗位上，更没有参与过三峡工程方面的事。他于 1971 年 1 月 27 日病故于北京，享年 82 岁。

国民党政府时期的三峡工程建设，就这样在轰轰烈烈中开始，在悲悲切切中收场。这不是一种偶然，而是历史的必然。三峡工程不是孤立的水利工程，实在是国家的政治工程。中华儿女的百年苦思，百年追求，哪一天才能梦想成真？！

蒋介石的一声“别干了”并不等于三峡工程就此了结，下马后三峡工程的遗留问题很让人头疼。首先是合作方的美国人恼火，负责三峡坝址钻探任务的美国莫里森克努特荪公司坚持要求中方赔偿。政府本来就没有什么钱，赔啥？时任资源委员会主任的孙越崎找到张光斗，说你是他们的老朋友，又是萨凡奇的学生，这事由你全权代表解决，不过说好了，除了同意给他们回家的路费，其他的钱他一个子儿都没有！

这叫什么事嘛！张光斗叫起来了：“你让我给人家擦屁股，可连张手纸都不给！让我怎么办？”

“你看着办吧。”孙越崎拍拍张光斗的肩膀，把门一关，走了。

无奈，张光斗只好空着双手跟美国公司谈判。对方不干，张光斗说：“要不你们把我押到美国当你们的义工去吧。”

“张，我们可不敢，你是萨凡奇的学生，中国著名的水利专家，押你到我们美国当义工，肯定会招来麻烦，最后我们还不得不付你高薪，这事我们不干。”

“那我就只能向你们说一声‘对不起’了。”张光斗双手抱拳，做了一个中国式的道歉姿势。

美国人也有上当的时候，不过是上了他们“最好最好的朋友”蒋介石的当。

此时的蒋介石早已顾不得什么面子了，他已经跟美国人撕破了脸面，正忙着逃往台湾。一日，张光斗接到通知，说国民政府资源委员会已搬到台湾，要求他所在的水电总处做好准备一起撤到台湾，在人员撤离之前先把水电档案特别是三峡工程方面的资料全部装箱运到台湾。

这可怎么办？张光斗万分焦急，不知所措。身为总处的总工程师，所有的资料全部在他手中，如果交出去运到台湾，那绝不是他想做的，因为张光斗此时已经做好留在大陆的打算，他知道到台湾去就不会有他从事水利专业的用武之地，而蒋介石要把大陆的国家水利资料运到台湾无非是给当家作主的人民的水利事业制造麻烦。可张光斗也知道如果他拒不执行命令，后果相当严重。就在这时，他的朋友、我党的一位地下工作者给他出了个点子：“你不会给老蒋运点假资料去！”

对啊，张光斗茅塞顿开。

不几日，在我地下党同志的帮助下，满满当当的40箱资料全部装好，20箱假资料被堂而皇之地运到去台湾的码头，张光斗在移交手续上签下了自己的名字；20箱真资料则悄悄地在夜间被隐藏了起来，张光斗也在上面签上了自己的名字。这些真资料，为新中国建设起了十分重要的作用。张光斗、孙越崎，还有“中央地质调查研究所”的黄汲清（大庆油田的主要发现者）、李春昱（著名地质学家）等人，为完整地保护好水利和地质资料及一批优秀的技术人员，作出了历史性的贡献。

中国共产党执政的社会主义建设事业，揭开了三峡工程建设的崭新一页。

中国人的三峡之梦开始了新一轮的苦苦寻觅、苦苦探求。

毛泽东第一个做了“梦”的主角。

……

一桥飞架南北，

天堑变通途。

更立西江石壁，

截断巫山云雨，

高峡出平湖。

神女应无恙，

当惊世界殊。

毛泽东的这首《水调歌头 · 游泳》为国人描绘了“高峡出平湖”的壮丽画卷。这是位诗人气质的大政治家，农民家庭出身，所以对水利建设有着特殊的感情，并且深谙水对中国这样一个落后的农业大国的重要性。因此，当毛泽东的目光开始投向三峡的那一刻起，百年三峡梦必然会发生全新的变化。

三峡梦，成了真正意义上的中国梦！

毛泽东对长江、对三峡的关注，从他第一次踏上天安门城楼的那一刻便已经开始了。1953年，他第一次乘“长江”舰出巡长江中下游，就带上了人称“长江王”的林一山。

“我们见过面？”毛泽东问林一山。

“见过。”

“在哪儿？”

“在延安。当时我在白区工作，西安事变后回延安开中央会议听过您作报告。”

毛泽东笑了。

“你这样的人才，其实我已经找了好久，现在算是找到了！”那天，林一山陪毛泽东在“长江”舰的甲板上，当他听完毛泽东的话时，眼前不觉一阵眩晕。是自己听差了？主席怎么会对我这样的人感兴趣呢？还说找了好久才找到的，他找我做什么？

“主席，您……”林一山想证实一下自己有没有听错，可是一见毛泽东这时完全沉浸在欣赏长江的滚滚波涛时，只好将嗓子眼上的话吞了下去。

“你的那个长江水利委员会有多少工程师？”第二天，毛泽东请林一山与自己一起吃饭，席间他不时提问。

“270个。”林一山答道。

“工程师在你那儿讲百呀？”毛泽东好不惊奇，用筷子在空中点了点，不无兴奋道。

“那技术人员有多少？”他又问。

“1000多。”

“噢，技术人员讲千啰！了不得！难怪有人称你是‘长江王’，有实力嘛！”毛泽东历来对部下说话特别幽默。

林一山低头笑笑，“我哪敢称王，只是主席的一个卒子而已。”

“好嘛，你这个卒子我可是要派大用场啰。”

“是，主席，我林一山和长江委全体同志时刻听从您的指挥和调遣！”林一山刷地站起身，毕恭毕敬地向毛泽东敬了个礼。

“坐坐，坐下慢慢说。”毛泽东满意地看了一眼林一山，用手指指椅子，招呼道。

饭后，两人再次走到甲板，毛泽东指着滔滔东去的长江之水，语气中带着几分忧虑，“长江是我们中华民族的第一大河，它脾气好坏，对国家和全体人民利益关系极大，你们可千万不能马虎啊！”

“是，主席。”林一山坚定地回答道。

“要驯服这条江，这是个科学问题，你们一定要认真研究。我问你，现在长江的水文资料有多少？”

“旧政府留下一些，我们自己也开始做了一些，加起来有一两吨重！”

毛泽东来了兴趣：“我说你这个‘长江王’可真不简单，论什么事，都是用大数据说明啊！”

“因为长江正如主席所说，它关系到国家和民族的生计大事，我们不敢丝毫松懈。”

“做得对，应该这样。”在谈到上游特别是四川盆地的洪水洪峰到达三峡和长江中下游地区时，湖北、湖南及江西等下游地区同时下暴雨怎么办时，毛泽东警觉地问：“长江洪水的成因到底是什么？”

“应该说主要是暴雨。根据资料，像 1935 年 7 月 1 日开始的那场暴雨，中心在湖北五峰县，当时的降雨量达到 1500 毫米，一夜就淹死了汉水等下游 12 万余人……”

“不得了，老天一次下雨就淹死那么多人！”毛泽东听后口中轻轻地“嘘”了一声，自言自语道：“可老天要下雨，我们没得办法制止呀！”

林一山不语。

“总得想点办法。你这个‘长江王’对长江洪水问题是怎么想的嘛？”毛泽东终于把他最关心的问题提了出来。

对此林一山是有备而来的，他请主席在甲板上坐下，然后在他面前放上一张桌椅，上面展开《长江流域水利资源综合利用规划草图》，他指着图上大大小小的水库说，挡住长江上游的洪水，主要办法只能是逐步在长江干流和大的支流上修建若干梯级水库，通过这些水库实现拦洪蓄水的目的。当然，修建这些水库除了防洪外，还可以发电，长江是中国第一大江，世界第三大河，特别是天险三峡江段，一旦在那儿修建水坝，其发电量大得不得了，可以改变整个国家的工农业用电结构，满足人民的生活需要。

“孙中山先生在他的《建国方略》中就提到建三峡工程一事。”毛泽东插话说，“我的老对手也请过美国人帮助建三峡水库，只是他没有真心想建三峡水库，他的全部心思花在怎么吃掉我毛泽东和中国共产党人身上，所以他是注定搞不成的。”

林一山说：“对。根据专家们预测，像三峡这样的大工程，即使蒋介石真心想搞，其结果肯定也是非常惨的，有可能弄到最后他逃往台湾的船票都买不起。”

“哈哈哈……”毛泽东听后开怀大笑，“他真要那么做了，还真连去台湾的船票都成问题哟！”

笑完后，毛泽东又回到了他最关心的问题上。只见他拿起红笔，在图纸上画了一个大圈：“修许多水库，全部加起来，你看能不能抵得上一个三峡水库？”

“抵不上！绝对抵不上！”林一山肯定地说。

毛泽东笑了：“这么说你是三峡工程的主上派啰！”

林一山心头不由得更加敬佩毛泽东，绕了一大圈，他终于挑明了主题。林一山此时不明白毛泽东对三峡工程到底是怎么看的，所以试探性地说：“我们长江委当然很希望能够修建三峡水库，但就是不敢去想。”

“为什么？”毛泽东抬起头，认真地看着林一山，问。

“因为……因为我们得听毛主席您的话。”

毛泽东笑了："可我想听你的意见嘛！你是'长江王'！"

林一山知道毛泽东在将自己的军，只好如实招来："只要条件允许，我当然举双手赞成建三峡水库！"

毛泽东对这样的回答表示满意。但对期望能得到"最高指示"的林一山来说，这次在"长江"舰上他没有听到毛泽东关于上三峡工程的肯定回答。可凭他与毛泽东谈话的直觉，林一山心里已经明白一点，那就是毛泽东对长江三峡工程十分关注，而且心底已经有了一种倾向。

"三峡问题暂时不要公开，我只是摸个底，但南水北调的工作得抓紧。"毛泽东在与林一山分手时特意吩咐道。

"是，主席。"

林一山原以为跟毛主席在"长江"舰上的谈话会在很长一段时间里成为秘密，可不想仅隔一年，此次谈话主题倒由他本人先说了出来。

这是因为1954年武汉的那场大洪水，使得毛泽东连续几个夜晚没有睡觉。当时江淮发生大水，武汉市被洪水包围，随时都有灭顶之灾，几百万人的生命只能听天由命，这让毛泽东经历了一场不亚于对付蒋介石几百万军队的艰苦的心路历程。虽然在他亲自指挥和领导下，依靠各级政府和人民群众的力量战胜了洪水的包围，但代价是惨重的，不仅造成了几十个亿的经济损失，更有数以万计的百姓死于洪灾之中。毛泽东因此决定要把三峡工程提到议事日程上来。

同年12月中旬的一个晚上，林一山突然被中央警卫局的一辆小车接送到汉口火车站。他一看车站上停靠的是一辆专列，便知道肯定是哪一位中央领导同志要见他。果然，一进车厢，就看到了毛泽东、刘少奇和周恩来三位领导人。

此次直奔主题——三峡工程。

"修建三峡工程，技术上有什么问题？"毛泽东开门见山地问道。

林一山顿了顿，说："如果中央想早点上，我们自己的技术力量加上苏联专家的帮助，我想是不成问题的。"

“有何依据？”毛泽东问。

“因为我们有像张光斗这样的专家，他跟美国水利权威萨凡奇学过大坝设计，又独立设计和建成过一些水库，有能力承担相应的技术。苏联老大哥虽然过去没有像美国人那样来华帮助修建中国的水库，但他们自己建设的水利工程，技术和规模跟美国差不多。美国人能搞好的事，相信苏联专家也能搞好。”林一山回答说。

周恩来插话道：“蒋介石时期，他用的是美国人，而我们现在有张光斗这样一批水利专家，他们掌握的正是美国技术，要是苏联专家能帮助，那么我们正好用上了美国和苏联两国目前世界上最好的水利工程技术了！”

“那么，大坝坝址你们的意见修在何处更合适？听说美国的那个专家是主张在南津关的。”毛泽东关切地提出了这个核心问题。

“根据我们地质人员在解放前后十几年的艰苦勘测和钻探，他们认为最好的坝址不应该在南津关，而应是三斗坪地区。”林一山说。

“三斗坪的地质情况怎样？”

“三斗坪的地质层是花岗岩的，风化比较严重。”

“这可不是理想的好坝址啊！”

“请主席放心，三斗坪的花岗岩风化层只有30多米，对大坝坝址没有多大影响。”

毛泽东问完话，直起身子，站在专列的窗口，不再言语了。倒是刘少奇和周恩来吩咐林一山回去后继续抓紧对三峡地区的地质与水文方面的资料收集与分析工作。

1956年夏，毛泽东在广州巡视，住在一个市郊的小岛。南国的夏日，异常燥热。老人家待不住了，提出“换换地方”。

“银桥，我们到长江边，去游长江！”毛泽东对自己的卫士长李银桥说。

“游长江？主席，这是真的还是假的？”李银桥吃惊不小。

“我什么时候说过假话？”毛泽东一本正经地说道。

可转眼间银桥发现他们到的不是长江边，而是长沙。

“银桥，我们先游湘江，来个‘热身游’。然后再……哟，天机不可泄露啊！”

在长沙的日子里，毛泽东一边巡视，一边会见老同学、老乡亲，气氛亲和随便，看不出他有什么特别“畅想”。突然有一天傍晚，他提出立即起程到武汉。长沙到武汉，乘飞机仅一顿饭的工夫。毛泽东到武汉后心情特别高兴。省委书记王任重也一天到晚忙着给主席安排参观或听汇报。“好像并没有想游长江的意思呀？”公安部部长罗瑞卿对李银桥说。

“主席的性格你还不了解？说不定明天就要游了！”李银桥说。

罗瑞卿摇摇头，说：“这样的事最好别出现。”

李银桥看着在千军万马面前从来都是威风凛凛的“罗长子”，此时却是一副无奈的样儿，直想笑，可他不敢，人家是堂堂公安部部长。但李银桥知道，在毛泽东面前，这位公安部部长“大警卫员”常常被诗人气质的毛泽东弄得无可奈何。

那一天毛泽东在省领导陪同下参观完汉口棉织厂，正巧厂子距长江不远，毛泽东便提出到长江边看看。一到那儿，毛泽东就对李银桥说：“银桥，我们总算到长江了，准备一下，游！”

“主席，您真要游啊？”李银桥虽然早知毛泽东的“意图”，可还是吃惊地问。

“当然，长江是中国第一大河，我不游它，就对不起中华民族哟！”毛泽东开心地说道。

李银桥可着急了，连忙向罗瑞卿和王任重汇报。

“主席，长江是中国第一大天险，水情极为复杂，别看它比海小，可比海险 100 倍呀！”王任重第一个反对。

“看来你王任重这个书记对长江还是有不了解的一面啊！”毛泽东幽默地冲湖北省委的“第一把手”说，“你只知其一，尚不知其二。这其二是，长江从来胆怯那些不畏惧它的人，据说在这些人面前，它还是挺温柔的呢！”

“不行不行！主席，我是不同意您游的。我是您的大警卫员，我要对党和人民负责。您要真去游长江我可不答应！”罗瑞卿比谁都着急。

“你可以不负这个责任嘛！”毛泽东回敬道。

“那也不行。这是党和人民交给我的任务，我对您的安全要负绝对责任。所以我还是不同意您游长江。”罗瑞卿不退步。

毛泽东的脸色突然变了，“什么大警卫员，去你的，不要来‘禁’我游长江！”

在场的人都知道谁也无法阻止毛泽东游长江的决心。

“毛主席游长江啦！”毛泽东下水不久，这消息就传遍了武汉三镇的每一个角落。长江两岸本无墙遮席挡，所以在毛泽东畅游长江的那一刻，长江两岸站满了围观的群众，足足有几万人。他们既想一睹自己的领袖畅游长江的风采，同时又为他的安全担心。

长江湍急的江水奔腾不息，后浪推着前浪，毛泽东被一个急浪冲出十几米。

“快快，保护主席啊——”岸上惊天的呼声，江中的李银桥等随游人员听得清清楚楚。沿江两岸的人流，随着奔腾而行的江水，伴着毛泽东的一沉一浮，躁动和奔跑着。人们一边沿江岸奔跑，一边不停地喊着，好像要抓住那一泻几百米的长江之水，愿将血肉之躯为自己的领袖筑成安全的拦江大坝。

那场面太壮观，太令人激动。水中的毛泽东也深深地被感动了，他见附近有保护他的小木船向他靠近，便示意小木船停远些。

在一条远离毛泽东的小船上，站着一位女同志，她就是摄影家侯波同志。正是她的勇敢，我们才可以看到毛泽东此次畅游长江时的那张珍贵的江中之照，以及主席站在敞篷船上的精彩留影。

毛泽东在此次畅游长江后，写下了著名的《水调歌头·游泳》这首气势恢宏的诗篇。他牵挂的还是“截断巫山云雨，高峡出平湖”的三峡梦。

毛泽东总是把自己伟大的政治抱负融入他那诗一般的境界之中。

两年后的1958年1月南宁会议上，毛泽东正式提出建设三峡的议题，可想不到在党内遇到了阻力。

为了听取不同意见，在南宁会议期间，毛泽东批示“把林一山接来”，同时又批示“将李锐一起接来”。在三峡工程问题上，林一山“主上”，李锐“反对”，形成了著名的“林李双雄之争”。

李锐和林一山是同一天赶到南宁的。当晚毛泽东就将他们召去参加政治局扩大会议。

“现在我们的任务是听两位不同意见的同志述说自己对三峡工程的看法。”毛泽东向政治局的同志说完这句话后，便问林一山，“你要讲多少时间？”

林一山：“2个小时。”

“你呢？”毛泽东转问李锐。

“半小时。”

毛泽东对李锐有了第一次好的印象。半小时，干脆利落嘛！

林、李发完言后，毛泽东没有放过他们：“光讲还不算，你们每人各写一篇文章，这回长点没有关系，3天交卷。”

林一山和李锐不曾想到主席还有这项任务交代，于是只好连夜奋战。

这下可苦了林一山，他一则感到手头资料不足，事先没有想到要他写文章；二则他的右手在解放前的一次战役中被敌人的子弹打残过，写东西很吃力。然而林一山毕竟是位为党为人民干革命几十年的老战士，他凭着惊人的毅力和平时积累的长江水利知识与有关三峡的第一手资料，仅用2天时间就洋洋洒洒写了2万余字，提前交了卷。

李锐是孤身一人来到南宁的，但他才思敏捷，文采飞扬，虽只有8000字，文品却深得毛泽东的赞赏，这是李锐后来成为毛泽东秘书的直接原因。

林、李文章各有所长，政治局领导全都认真阅读了。最后，毛泽东说：“三峡问题还需多方听取意见，不过中央得有个意见。总之，今后三峡的事，交给恩来同志管吧！”

周恩来一听，忙说：“还是主席管吧，你对三峡的见识和判断比我们都高出一筹。”

毛泽东哈哈一笑，“没有那回事，我也会经常过问三峡问题嘛！”说完，毛泽东认真地看着周恩来，伸出 4 个手指，说：“你一年至少要管 4 次！”

此后，周恩来便开始直接领导起有关三峡问题的工作，这一传统延续到现在，三届国务院总理都是三峡工程的最高领导者。

由周恩来主持的第一次三峡工程工作会议就在南宁会议之后的一个多月召开，会址在那艘“峡江”号客轮上。与会人员除总理外，还有李先念、李富春、国务院各部委和相关省区的领导，还有中苏两国专家共 100 余人。这次会议为中共中央成都会议研究三峡工程建设问题做了准备。成都会议形成并通过了《中共中央关于三峡水利枢纽和长江流域规划的意见》（后简称《三峡决议》）。毛泽东在《三峡决议》上批了 8 个字：“积极准备，充分可靠。”《三峡决议》上有这么一段话：“从国家长远的经济发展和技术两个方面考虑，三峡水利枢纽是需要修建而且可能修建的；但是最后下决心确定修建及何时开始修建，要待各个重要方面的准备工作基本完成之后，才能作出决定。估计三峡工程的整个勘测、设计和施工的时间约需 15 到 20 年。现在应当采取积极准备和充分可靠的方针，进行各项有关的工作。”

成都会议过去几十年后，在三峡工程正式上马的那些日子里，一些老同志感慨万千地回忆起毛泽东对三峡问题的决策，不约而同地说到了成都会议，因为大家始终认为，成都会议上的那个《三峡决议》的指导思想，对日后几十年上不上三峡工程起着长远的指导作用，今天正在进行的三峡工程建设的原则精神基本继承了成都会议精神。这一点非常重要，它充分说明了毛泽东时代在三峡工程问题上的基本精神，是实事求是的，是符合客观规律而作出的科学决策。

但由于国际国内的多重因素，中国人继续做着三峡梦，在这个问题上似乎缺少了一点“只争朝夕”的精神。1969年10月，湖北省革命委员会主任张体学耐不住性子了，当着毛泽东的面请求上马三峡工程。老人家慢悠悠地对他说：“现在如果准备打仗，你脑壳上顶着200亿方水怕不怕？”

是啊，浓厚的战争意识、人为的阶级斗争现实、连续3年的经济困难、“老大哥”的背信弃义，主观的客观的麻烦事就够操心了，哪里顾得上三峡这样世界级的水利工程？想有所为而力不从心啊。

历史的车轮前进到了中国共产党第二代领导人执政的时代，这是邓小平同志实行改革开放的时代。

邓小平的务实作风与他的理论精髓完全吻合。当中国经历了“文化大革命”的浩劫后，邓小平作为中国共产党的第二代领导核心，他的注意力集中在了经济建设上。创造宽松环境，实行开放政策，建设小康社会，这是他后半生的全部心血。

邓小平对世界形势作出了判断。“和平与发展，是当今世界的两大主题。打世界大战的可能性不大，我们有十年二十年甚至更长的时间，可以一心一意搞经济建设。”

东方巨龙再次被唤醒，人民群众的社会主义积极性空前高涨，以经济建设为中心，大力发展生产力，推动国家向现代化目标奋进的号角，响彻中华大地。

那一年，邓小平复出不久，他到湖北视察工作，接替林一山出任长江水利委员会负责人的魏廷铮向邓小平汇报三峡工程情况。末了说：“小平同志，三峡工程建设，从孙中山先生提出，到旧中国几上几下，解放后毛主席和党中央又多次提出要建设三峡，可三峡建设到现在为止还是一场梦，我们不清楚这样的梦还要做到什么时候？”

邓小平说：“三峡工程的事我是知道的，争论了几十年，毛主席为此也操了几十年的心。三峡工程一旦建成了，能防洪、发电，又能促进旅游业，带动长江中下游经济，这么好的事情为什么不干？”

太好了！有邓小平这个态度，魏廷铮高兴得恨不得蹦起来。

1979 年 11 月，由国家计委牵头的三峡选坝址会议在河北廊坊召开，这是“文化大革命”后国家出面召开的第一次有关三峡工程的重要会议。会议正式确定了三峡大坝坝址，即由我们中国地质和水利技术人员自己确定的三斗坪坝址。

大坝坝址一定下，这就意味着三峡梦要付诸实施了，三峡工程要动了。这之后的几年里，国家全面拨乱反正，三峡工程建设上过去存在的一切不确定性的争议也慢慢云开雾散，逐步取得“上马”的共识。

1984 年，国务院原则上批准兴建三峡工程，并立即进入施工准备，相继成立了三峡工程筹备领导小组并开始筹备三峡行政特区（即筹建三峡省），以及专门从事三峡工程建设的三峡开发总公司。

从此，伟大的三峡工程建设伴随着共和国改革开放和现代化建设的雄伟步伐，蓬勃展开！

特殊见证人

1992 年 4 月 3 日，对于许多人来说也许是个没有什么特殊意义的日子，但对居住在万里长江上至四川江津（现改属重庆市），下至湖北宜昌的全长 662.9 公里一带的千百万人来说，可是一个惊天动地的日子。因为这一天，在北京人民大会堂召开的七届全国人大五次会议通过了《关于兴建长江三峡工程的决议》。

一个让亿万中国人梦想了近百年，仅工程论证就长达 40 载，上与不上争执了 30 余年的跨世纪宏伟工程，终于要上马了！

然而，居住在三峡库区的人们等待三峡工程上马的日子实在是太久太久，他们不明白先是广州（孙中山时期）再是南京（蒋介石时期）后是北京（毛泽东时期）的人怎么就一直定不下这个日子。

中国历代领导人做了近百年的“三峡梦”，三峡人听了近百年“三峡修坝”的神话。做梦的人永远有个梦境悬在那儿可以让人憧憬，而神话则会使人发生宗教式的迷信。

我在三峡库区就遇见这样一个人，她的名字叫王作秀。

第一次有人把她的名字写在我的采访本时，我不由暗暗发笑：现在作秀的人真多，她连名字都起了个“作秀”。不过，待见到她本人时我不由肃然起敬：是我误解了她，因为像她这样的人不可能在生活中作秀——她今年已经95岁高龄了！她起此名字时人们兴许还不知道“作秀”为何意。

一个生活了将近一个世纪的中国农民，她不可能想到自己还需要作什么秀。然而她的名字似乎又天生给了她作秀的机会。

王作秀老人是中堡岛人，一个住在长江江心的老人，一个住在三峡大坝坝心的老人，一个与三峡大坝情系近百年的老人。这“三个一”足以使她成为伟大的三峡工程史诗上闪耀特殊光芒的人物——虽然在本文之前她可能从未被史学家们写过一笔，但无论如何人们不应忘却这样一位可敬的人物。

三峡梦想和三峡建设的每一个历史阶段都可以写入史诗篇章，但我们唯独不能忘却像王作秀这样的普通人。尽管我知道她不可能成为未来三峡工程史上的人物。

王作秀居住的中堡岛在三峡一带非常有名，是现在三峡大坝修建的中心，也是长江流经宜昌地段那个叫三斗坪地方的江心之岛。所谓江心之岛，其实是泥沙等物被江水裹挟然后又被江水撒下形成的一片沙洲而已。日久天长，那沙洲上长出了绿树花蕾，飘逸起稻香谷味，附近的人慢慢在那上面搭棚建房。久而久之，江心岛便成了一个有名有姓的地方。王作秀居住的那个岛就叫中堡岛——大江中如堡垒般永不毁灭的小岛。

不毁灭并不等于不被江水淹没。据王作秀老人回忆，她12岁那年作为吴家的童养媳上岛后，曾4次因大水搬出过小岛，时间最长的一次是9个月没敢回过江心小岛。“那水啊大得漫过了咱家的屋檐，大水冲来时那草棚棚像一片竹叶儿飘得无影无踪……”老人讲这话时用双手拍打着双膝，像在讲述一个童话，已经没有了痛苦。

作为大江之中的江心小岛主人，王作秀注定了伴随三峡工程的时起时伏而成为一个特殊人物。老人还能记得当初她上小岛时的情景，因为她家穷，穷得连一身掩体的衣服都置不起。12 岁时父亲把她带到江边，说你就上江吧。小作秀当时吓得直哭，说爹你养不活我我不怪你，可爹你不能把我扔进大江喂鱼呀！

老爹一声长叹。说你傻，爹再狠心也不能将自己的闺女活活扔进大江里嘛，你看看，那大江中央不是有一块突出水面的地方！对啰，再往前看——那儿不是有一个小棚棚，那是一户人家，你就到那家去。

小作秀抬起眼睛，掠过像抽刀似的急流向江中望去，只见大江之中的小船犹如竹叶儿，在惊涛骇浪中时隐时现。“爹爹，那……那儿能呆得住吗？我怕……”

“怕啥？江水淹不到你脑脖子的，最多也就是淹到脚脖子吧。”父亲瓮声瓮气地说，却不敢多看女儿一眼。

小作秀哭天喊地也没有挽回父亲的“狠心”。“淹到脚脖子我也怕啊……”

王作秀说那天她怎么上岛的根本没有记清，她说她下船和上船都是伏在父亲的怀里哭得死去活来连头都没敢抬一下。

那一年是 1919 年。小作秀不可能知道中国此时有一个伟大的人物，正梦想着在她所居住的江心之岛兴建一个特别大的水坝。此人便是孙中山，20 世纪初的中国国父。

国父畅想在长江三峡上筑一座“闸堰”时，并不知道未来三峡大坝历经近百年梦想中有一位中国农家妇女竟然与他的伟大设想结下了一生的不解之缘。

小作秀上岛后，吴家自然很高兴，因为 12 岁的小媳妇虽然还不能担起家里重活，但做个饭、收拾收拾鱼虾什么的还行，再说她也没能耐逃出小岛呀！

哭也没有用。小作秀头 3 年连家门都不敢出，她倒是想家，也想站在江边看看能不能望到对岸自己的老家。可她不敢，因为一出家门她就仿佛感到整个小岛都在大江那呼啸的湍急水浪中摇晃，随时可能沉至江底……

王作秀在无奈的恐惧中度过了 4 年，当她还并不太懂事时，她身体里多了块“肉”。可那时的江心之岛并不能滋养过多的生命，王作秀生下的第一个小生命夭折了。王作秀哭得死去活来。吴家按照岛上的遗风给没有气息的小生命包上一块白布，随即弃入江中……

岛上的王作秀和吴家人并不知道此时江岸正好有两个穿长衫的读书人路过，其中一位高个子指着飘荡在江水中的白布包，惊诧地叫了一声：“先生你看，那是不是江鱼跃起来了？”

被称作先生的人踮了踮脚，向江中一望，又放下脚跟，坐在岸边的一块石头上长吁短叹：“那不是鱼，是死人……”

“是……死人啊？”学生紧张地别过头。然后喃喃地：“这长江真可怕……”

“是啊，长江不治，中国就没有希望。”先生说。

到底是谁最先对中国三峡工程做出过贡献，过去人们以为仅有一个美国人，他叫萨凡奇。其实在这位美国人之前，中国的地质学家就已经做过许多贡献。这里说到的两位穿长衫的人就是李四光及他的学生赵亚曾。这一年身在江心之岛的王作秀没有能与李四光师生见面。倒是李四光与学生走完三峡后写出的《长江峡东地质及峡之历史》中，首次将王作秀居住的中堡岛绘制在自己的论文插图中，并从此闻名于世。

这之后的 10 年里，王作秀渐渐适应江心小岛的生活，身边也添了健康活泼的儿子和女儿。但这 10 年里她却不曾见过有人在江岸头或是江心岛上来触摸那湍急的江水与沉睡的秃岩。打鱼为生和操持家务是王作秀全部的生活内容。

1932 年冬至次年春，江心岛来了一批外乡人，这使得王作秀成为中堡岛第一个与外界有联系的村妇。

江心小岛的人说，他们是国民政府的长江上游水力发电勘测队。王作秀至今记得那领队的人姓恽，还有一个长着大鼻子的洋人。洋人尽会叽里咕噜地说些听不懂的话。有一次晚饭后，那洋人看着夕阳下坐在江边解衣给孩儿喂奶的王作秀，突然哇哇哇地在她身边又蹦又跳，然后举起一个什么玩意就咔嚓咔嚓起来。王作秀不知何物，吓得赶紧一边护住孩子，一边随手拾起泥块朝那洋人扔去。有一块不偏不倚正好打在那个会咔嚓的怪物上。那洋人一惊，怪物掉进了江中，一转眼消失得无影无踪。

"看你要啥子西洋镜嘛！"王作秀嘴上正嘀咕着，那个姓恽的中国人过来悄悄告诉她："快回家吧，你闯祸了。那洋人的照相机值 20 块大洋哩！"

天，20 块大洋！王作秀吓得几天不敢出门，生怕那洋人找上门将她家的那个草棚棚扒了。后来洋人没来，倒是那姓恽的先生来过，说："阿嫂，我们一回生二回熟，以后我和其他的人还会来中堡岛的，到时还想喝口你的茶，你可别怠慢啊！"

王作秀那时知道他们是来看长江水的，想在她家这个地方建啥水利工程，就是用长江的水发电呗。王作秀可能是三峡一带居民中最早知道三峡水利工程的普通百姓了，当然她不知道他们搞出了第一份将三峡工程由梦想变成现实的蓝图。

"哐！"这份虽然粗糙但却货真价实的"国产"三峡工程设计方案，后来被锁在了国民政府交通部的铁柜里，躺了长长的 10 年。这首先要怪日本侵略者，其次要怪一心搞内战的蒋介石。

王作秀白白等了 10 年，同时又让她消停了 10 年，因为她害怕那被她砸掉照相机的洋人找上门来。

王作秀在江心岛日出而作，日落而息，渐渐忘了外乡人到岛上来的事。不过就在她已经忘却外乡人和洋人是什么模样时，1944 年夏秋之交的一天，王作秀正在江边菜地拾掇，一大队人马从大江岸头乘船分 3 次登上她的中堡岛。他们有的拿着长棒（测量尺）和篱笆杆（三角架），还有几个持着枪哩！

坏了，他们是来抓我的呀！王作秀一看大惊，因为她又看到了那个洋人！她惊恐万状地奔回家。

“哈哈哈，大嫂呀，你不用怕。他不是上次来的那位史笃培先生，这位先生叫萨凡奇，大名鼎鼎的萨凡奇博士是位最最善良的美国人，是美国内务部垦务局的总工程师。被你砸掉照相机的史笃培先生已经回美国教书去了，不会再来了。”

王作秀回头一看，好不惊喜，她见到了熟人，原来是姓恽的先生呀！

“那……那个洋人为啥还要我‘死要赔’呀？”王作秀不解地问。

“哈哈，哈哈哈……”在场的人都笑得前仰后合。

“不是死要赔，是史笃培。不不不，跟你大嫂说不清，说不清……”姓恽的他们又朝那个萨凡奇叽里咕噜了一通。

穿着考究的萨凡奇面带笑容地走过来，向王作秀伸出双手，说：“我们美国人是很友好的。来，我们一起跳个舞吧。”说着就要挽过王作秀的纤腰。

王作秀不知这笑眯眯的洋人要干啥，连跌带逃地躲进了自己的小茅棚内。她身后是一阵更高的笑声。

他们好像不是坏人。王作秀伸长脖子透过门缝往外面望了望，不由得羞愧地笑起来。在之后的那段日子里，长久孤独地生活在江心小岛上的王作秀每天为这些外乡人和洋人们烧茶做饭，渐渐也就混熟了。更让她敬佩的是那个长一脸胡子的洋人萨凡奇，虽然根本听不懂他在说什么，可从那些如痴如醉的中国先生们的神情上，王作秀觉出这洋人有与众不同之处。

有一天王作秀伺候萨凡奇他们吃晚饭，这些人一边喝着酒，一边啃着她给做的烤鱼块，越谈越兴奋。那萨凡奇站在她家的小木桌旁，神采飞扬地叽里咕噜了好一阵，在场的中国人听后一个劲地为他鼓掌。王作秀也被感染了，她悄悄问一个年轻中国先生，说那洋人到底在说啥子好听的话你们那么起劲儿给他鼓掌。

那年轻人很有耐心地对王作秀说："大嫂，萨凡奇先生是世界上最了不起的水利专家，他说他到三峡来看到了世界上最伟大的大江，看到了世界上最伟大的三峡。将来三峡大坝要建在你们这儿，正恰在中国的心脏位置，是上帝赐给我们中国人的福分！他说他现在60多岁了，如果上帝给他时间，让他能亲眼看到三峡工程变为现实，那么他死后就埋在这中堡岛上，让他的灵魂伴着三峡工程永远复活！"

王作秀心想，这洋人对中堡岛还真有感情呀！

"以前也有人说要在这儿修啥子大坝，到底修大坝干啥子用呀？"王作秀问。

"发电，让我们中国人都用上亮堂堂的电。那时候大嫂你家就不用煤油点灯了，只要通一根线，夜里就像白天一样了，你做饭也不用柴火……"

"不用柴火？"王作秀弄不明白，像在听神话鬼话，"那——大坝要修多大多高？"

"把长江拦腰切断，再修100层楼那么高的坝。"

"啥子叫楼？"

"楼你都不知道呀？就是——就是叠起来的房子。"

"那叠起来的100层房子有多高呀？"

"就像你家100座房子叠起来那么高。"

"啊，要修这么高的坝呀？！"王作秀惊得目瞪口呆，"那……那我们住哪儿呀？"

"嘻嘻，你大嫂就住在100座房子高的大坝顶尖尖上呗！"

年轻先生的一句玩笑话，让王作秀当真了一辈子。

从那个洋人萨凡奇来后，王作秀所在的中堡岛就开始热闹起来。不说那鹤发童颜的萨凡奇第二年又来到她家，就是中国自己的这个勘测队那个调查组也隔三岔五地来江心小岛。每来一批人都要到王作秀家坐一坐，吃一顿由她做的"三峡饭”——这名儿是那个人称“老三峡”的地质师姜达权给起的。那一次，姜达权陪着萨凡奇推荐给三峡工程当总工程师的柯登博士到王作秀家吃饭，柯登博士觉得女主人的饭做得特别香，便好奇地问这是什么饭，姜达权随口说了个“三峡饭”，谁知美国洋博士从此张口就要吃“三峡饭”。

其实王作秀的“三峡饭”无非是些农家菜加几样长江鱼虾拌在一起上桌的东西而已。

三峡风光好，削壁山峰高；
急流浪涛凶，白帆点点飘。

西陵峡中险，削壁一线天；
焉知悬崖上，袅袅起炊烟。

山上有草针，刺入肌肤；
其名曰“王八”，布阵心何苦。

勘测队里有个叫陈梦熊的年轻人，野外归宿时经常独自躲在王作秀家的后棚里摇头晃脑，吟诗作词，而且时不时还拿出几首请阿嫂“赐教”，乐得王作秀几次烧煳了“三峡饭”。

“香，太香了，这才叫江心野味餐！”小诗人则一味夸王作秀这些难得出差错的饭菜。

那会儿山外面蒋介石挑起的内战正打得你死我活，大江腹地的中堡岛则格外宁静。王作秀的小天地似乎并没有因为外面炮声的轰轰隆隆而慌神乱阵。但也有一点变化，王作秀觉得这些勘测队员们给她的饭钱越来越少，有时甚至光吃不给。这让她没法再支撑下去了。有一次她板着脸找到那个给她起“三峡饭”

名的小个子姜达权，说：“我又不是有钱人家，你们怎么只管吃不给钱呀？”姜达权见王作秀到他那儿讨饭钱，脸一下红到脖子根，话都说结巴了：“嫂……嫂子，我们……实在有几……几个月没接上饷了。真不好意思。日他娘的，他光知道打……打共产党，就不知道咱们辛辛苦苦为国家在搞实业兴国……”

活脱脱一大群男人被弄得这样狼狈，王作秀也就不再为难他们了：“反正是熟人了，有言在先，咱岛上有啥子，我就做啥子给你们吃。”

“行行，就是啥子也没的吃，我们能吃上大嫂的手艺也会开心得很哪！”

这些被书磨滑了舌头的男人们，光嘴上甜！王作秀偷偷笑骂一声，心里还是想着那个能把家安在100层楼高的大坝上的美梦。

她自然不知道，小个子姜达权他们和几名洋人是在极其艰苦的条件下，几乎是靠个人的力量在进行着国家三峡工程坝基的勘测调查任务。她自然更不知道，就是被她“教训”得说话也结巴的小个子姜达权，正在以自己的智慧和判断挑战国际大坝权威萨凡奇先生关于三峡坝址那著名的“萨氏六方案”。这是何等的气概！几十年后证明姜达权他们的见解是完全正确的。

时至1947年，突然有一天姜达权跑过来告诉王作秀，说他们马上要撤出中堡岛了。

“以后还来不来了？”王作秀问。

一脸阴云的姜达权摇摇头：“不知道他们能不能再来，我想我会再来的……”

那天王作秀拿出家里所有可以吃的东西，为勘测队员们做了一顿特别丰盛的饭菜。可饭桌上大家默默无言，一片悲切。只有因为临别时想照相留影而磕掉上排牙的“小诗人”陈梦熊，一边流着泪水，一边念念有词地吟咏着他那“临别画坝址，峡影动恋情；但望十年后，巨工成奇景”的新作。

王作秀并不知道这些勘测队员回到南京后经历了一场生死抉择。尤其是小个子姜达权，他父亲是国民党政府的“立法委员”，几番为儿子买好了到台湾的飞机票，还准备了自卫的手枪。可姜达权没听从父亲的安排，却与钱昌照等一批人冒着生命危险，完整地保护了“中央地质调查研究所”，使新中国有了第一个最健全的地质科研机构。

解放了，王作秀上岛后第一次返岸，带回家的是一张毛主席的像。她把它贴在草棚里屋墙上的正中央。

1958 年开春不久的一天，王作秀正在江边的沙滩上晒豆种，此时一条从武汉出发的“峡江”号轮船，正逆水向她的中堡岛方向驶来。农家妇人并不知道这条船的驶来，将使她王作秀普普通通的一生也添上了浓浓的一笔重彩。

这是毛泽东亲自作出“林李之争”的裁判，指示国务院“好好研究三峡工程问题”之后，周恩来总理亲自带着一批专家到三峡实地考察来了，而这次考察将决定三峡工程未来命运。

“那是 3 月 1 日上午。”95 岁的王作秀在我采访她时一脱口就把这个日子说得清清楚楚。

“大嫂，你看谁来啦！”这一天王作秀刚从沙滩晒完豆种回到屋里准备做午饭，突然门外有人叫道。这声音既熟悉又陌生。她赶紧拍拍身上的灰尘相迎，哟，这不是那个十几年没见面的小个子姜先生嘛！

“是你啊！”王作秀乐开了嘴，“快进屋坐，坐坐！”

“大嫂，你看谁来你家了！”姜先生侧过身子向王作秀介绍他身后一位英俊慈祥的大人物。

“阿嫂好啊！”那一口吴语的大人物说着就走过来，握住王作秀的手，亲切地问，“你一家住在这个江心岛有多少年了呀？”

王秀作感到眼前这个大领导有些面熟，可又想不起是谁。她愣在那儿寻思着：到底是谁呀？

“大嫂，周总理问你呢！”一旁的姜先生轻轻捅了捅王作秀的胳膊，说。

“啊——您是周总理？！”王作秀的嘴巴张在那儿久久没有合拢。

“是我，阿嫂。我是周恩来。”周总理见王作秀的女儿坐在板凳上洗脚，便走过去蹲下身子笑眯眯地问孩子几岁啦，上没上学。

小孩子哪见过这么多外乡人，只知道摇头和点头，不敢说一句话。

周总理直起身对王作秀说："岛上的孩子应该与岸上的孩子一样，有学上。"说着他突然想起什么似的，从口袋里掏了一阵，拿出2元钱，塞到王作秀的女儿手里，"希望你好好学习，将来为家乡的三峡建设贡献力量。"

那时2块钱可不是个小数，能买许多个鸡蛋哩！人民总理心系人民，温暖了峡江百姓几代人的心。

王作秀赶忙代孩子谢过周总理。然后悄悄问姜先生："请总理和你们同志在我家吃'三峡饭'啊？"

小个子姜先生一听直乐，指指周总理后面跟着的一群人员，然后给了她一句耳语："这我说了不能算数。"

就在这时，只见周总理带着随行人员直奔当年苏联专家在中堡岛打井钻孔的地方。在此有必要提一下周总理为什么专程来到中堡岛的背景。自从萨凡奇来到中国三峡提出他的"萨凡奇计划"后，关于三峡大坝建在何处一直是中外专家最关注的问题。萨氏当时倾向在南津关建坝，而中国自己的专家经过大量调查认为应在三斗坪（现在三峡大坝就建在此），坝址之争因此十分激烈。1955年苏联"老大哥"派出的专家到三峡考察后，同样倾向于在南津关建坝，而且毫不理会中国同行的意见，他们的理论是："没有不良的坝址，只有不良的工程。"这话意思是：我们选择的坝址不会有什么问题，你们以后三峡工程按我们选择的坝址开始建设后如出现问题，那肯定是你们工程质量出了问题。这陡然增加了中国技术人员的心理压力。然而所有这一切压力，并没有压垮中国技术人员的良知和对三峡工程的责任心，他们一再坚持南津关坝址地质条件不是最好的，三斗坪才是理想的坝址。这事一直闹到毛主席那儿。

"既然我们自己人认为三斗坪更理想，那就应该重视。恩来，大坝定在什么地方，这事等你去了现场考察后由你定。"毛泽东对周恩来这样说。

王作秀哪知这些事，所以她更不知为啥周总理到她家后匆匆直奔当年苏联专家打孔钻井的现场。那时岛上没多少人，苏联专家的钻井设备也比较简单，尤其是钻井打孔需要的水还得人扛肩挑。王作秀丈夫和岛上的男人们都被征用去为苏联专家打井服务，任务是一人一天挑20担水，给5角工钱。后来井越打越深，岛上的男人不够用了，又从岸上抽来不少民兵一起挑水。近半个世纪过去后，我到中堡岛村采访，上了年纪的庄稼人都说自己曾经为苏联打井队挑过水。对于那段历史王作秀最清楚，因为那井离她家不到300米，而且苏联人打出的大大小小的岩心一直留在岛上，大的要两人合抱才能够得过来。几十年后当三峡工程上马的人大决议广播后，一些中堡岛农民兄弟还借苏联人留下的这些岩心发了不少财。那时有人打着“三峡最后游”之名，引来中外诸多游客上三峡，中堡岛是未来大坝的坝址，又是江心之岛，所以游客们不辞辛劳，下船上岛，在竖着大大小小“三峡坝址留念”“三峡中堡岛一游”之类的各种纸牌子跟前照相留影。

“我还赚过好几百块钱哩！”王作秀得意地对我讲，她因为沾了家在中堡岛的优势，远道而来的游客听说她是中堡岛最老的寿星，又是当年见过周总理的人，都纷纷争着要跟她合影，“不是我要收钱，是他们主动给我这个老太婆的，说是孝敬我的呀，瞧现在的人心多好！”老人颇为感慨和得意。

那天，王作秀见周总理一行从她家走后到了苏联人打井的地方看岩心，便凑过去看热闹。

在一大堆长长短短的岩心前，周总理饶有兴趣地左看右看，然后拿了一块拳头那么大的岩心，问身边的地质工程师姜达权：“往下打是不是都是这样完整的岩心？”

“是的。三斗坪和中堡岛的地质结构比较好，也没有岩溶洞。岩层相当完整。”姜达权回答道。

“这么说，你们提出在这儿建三峡大坝是有非常可靠的科学依据啰！”周总理高兴地反复掂了掂手中的岩心，很有些爱不释手，“我能带走一块吗？”

姜达权一愣，不知如何是好，因为按照规定谁也不能随便带走这种地质标本的，“这……总理有什么用吗？”

周总理笑了：“我是给毛主席带的呀！主席一直在为三峡大坝的事操着心，他能看到这里的地下有这么好的岩层会有多高兴呀！”

姜达权和同行的人都欢腾起来。

“行行，总理您就把它带给毛主席吧！”姜达权说完，从衣袋里掏出一支笔，然后在岩心箱的记录牌上端端正正地写了一行字：某年某月某日在多少米至多少米间的一段岩心被取走。并注上自己的名字。

周总理好奇地问：“取走岩心还要签字办手续呀？”

“是的，这是纪律……”姜达权有些不好意思地说。

“那我也签上名字。”周总理从姜达权手中要过笔，也在那块记录牌上认真地写下了自己的名字和日期。

王作秀自然还不知道后面的事：在周总理来到她家后的第28天，一艘“峡江”号大轮船，从重庆而下，在路过她的中堡岛时特意在江中缓行了许久。这时“峡江”号轮船上有一叶窗子，轻轻地被掀开，一位巨人站在窗前久久凝视着中堡岛，嘴里喃喃地念着“三斗坪，三斗坪……”他手中拿着的正是周总理从中堡岛带走的那块岩心。

这位巨人就是毛泽东。

从那时开始，王作秀这位中堡岛主人没有间断地接待了各式各样的工程地质人员，自然最熟悉的还是像姜达权这样的地质工程技术人员。

“姜先生呀，1947年那会儿你一走，咋就10多年没上我们中堡岛呀？”一日，王作秀问小个子姜达权工程师。

姜顿时语塞，他看看这位善良的峡江农妇，不禁潸然泪下：“知道吗，我吃了好几年官司呢！”

王作秀惊愕："啥子事要让你蹲牢嘛？"

姜达权为难地不知从何说起，因为他不想提这件令人伤心的事。这位著名的地质学家与同事冒着生命危险保卫了旧地质调查所，便以一腔热忱投入到新中国的建设高潮中去。他接受的第一项任务就是负责新中国成立初期最早的水库——北京官厅水库的工程地质勘察。当时由于他听从长官意志的摆布，结果在工程程序上未能按要求做，建成后的官厅水库出现了漏水现象。有人借题发挥，当面责问姜达权等工程技术人员："这绝对不是小事！淹了北京，就是淹了毛主席！"这么大的帽子戴上，姜达权因此以"反革命破坏罪"被关进了监狱。后来多亏水利部党组和何长工等领导实事求是指出工程出现的问题是某领导的长官意志所致，姜达权才得以从监狱里出来。

王作秀虽然并没有从姜达权自己的口中知道他白白遭的这份罪，但这位善良的农家妇女认定像姜达权这样长年离家到中堡岛来为修三峡大坝不辞辛劳工作几十个年头的读书人，肯定是好人一个。因此她心甘情愿地为姜达权这样的"建坝人"做了十几年的"三峡饭"。

那些日子里，王作秀把为这样的读书人做"三峡饭"看作是自己生活中最幸福和自豪的事。

她心中始终有个美好的愿望：早日能在一百层楼高的大坝顶上安上自己的家……

然而国人的三峡工程梦实在做得太长、太苦了，曲曲折折，时伏时起，朝现夕隐。像姜先生这样埋头执着工作的人竟然也时常忽儿上岛来，转眼又无奈地被调离工地现场，而且在"文化大革命"时期一走便是几年、十几年……中堡岛上的岩心虽然依然耸立在滩头，却也饱受风雨侵蚀，不少被埋入泥土。王作秀觉得自己的头发也像这些纷落的岩粉，不是掉落，就是变成了白色。儿女们也有了自己的儿女，可三峡大坝就是没个影。她不明白。好在她的身体依然硬朗，她一直等着姜达权他们再来吃她做的"三峡饭"。

可姜达权再也没有来。

王作秀为此不止一次站在小岛中央默默地发呆……其实她哪知道身在北京的姜达权他们从来就没有间断过三峡工程的工作，只是这位卓越的地质学家因长年在野外辛劳过度，身体已然像快要燃尽的油灯。当1986年国务院决定对三峡工程建设进行专家大论证时，姜达权已经无法起床，胃出血、肺炎、肺脓疡外加类风湿、强直性脊柱炎，使得本来就瘦小的他，五脏六腑、四肢七窍俱损。可他的心却始终系着三峡工程，对大坝和库岸稳定的技术问题尤其时刻牵挂。他瞒过医生和亲人，挥笔给当时的国家主席李先念写了一封长信。当听说国家领导人亲自批转他的意见后，兴奋之情溢于言表。1987年7月14日，被病魔折腾一夜之后，姜达权早晨醒来感觉似乎大为精神，便坚决要求出院。无奈之下，他的二儿子只好抱着体重仅有30公斤的父亲回到家。回家后这位地质学家便在自己的书房内趴在桌子上开始工作，仿佛要将失去的分分秒秒时间抓在手里。啊，上帝呀，你再给些时间，让我把要说的话都说完吧！姜达权艰难地将自己心中要向国家领导人说的有关三峡工程的建议写成《万言意见书》，他还没有来得及写完最后一行字，便心力全无，气丝不见……从医院回家的第3天早晨7时28分，一颗赤诚的心终于停止跳动。

八宝山火化工人在为这位科学巨匠做最后一次整容时，惊愕得不敢相信“世界上还有瘦成这样子的人”。

姜达权去世后不久，中直机关党委追认他为中国共产党党员。滔滔长江接纳了这位三峡之子最后的拥抱——姜达权的骨灰撒在了大江之中，撒在了他曾经吃过无数顿香甜“三峡饭”的中堡岛上……

王作秀同样不知道这一切。那时，她已是80岁的农家老妪，但依然是一个身体硬朗的期待看到“高峡出平湖”的老妪。

几年后，有一天晚上王作秀独自坐在门口听着长江的涛声——老人已经习惯在吃完晚饭别人看电视的时候，以自己的方式欣赏自然的美妙音乐。突然，她听到岛上有锣鼓声，后来岸上的不少人也划船上了她的岛。人们边歌边舞，那喜庆劲儿跟当年庆祝新中国成立的情景差不多。

“啥子？三峡水库真要建了！真要在我们这儿建大坝啦？！”王作秀终于明白了：原来大伙儿是在庆祝全国人大刚刚通过的关于三峡工程正式上马的决定呢！

“喜事儿！喜事儿！”王作秀迈开小脚，跟着大伙儿一起欢呼起来。

后来不长时间，就有干部上岛来动员她家搬迁，说三峡工程马上要动工了。

“搬！咱不搬大坝建哪儿呀？总不能建我们头顶上嘛！”邻居有人舍不得搬，王作秀出来说话了。老寿星都有这么个觉悟，谁还有啥子话可说？

搬！

中堡岛的居民们便成了百万三峡移民中的第一批移民。只是他们搬得并不远——从江心岛搬到了大坝工程“红线”之外的那个山坳上。

“你瞧——我这儿就能看得到大坝！”95岁的王作秀听说我是从北京专门来她家采访她的，高兴地从屋里走了出来。老人是个很爱面子的人，见我手里拿着照相机，便转身回屋穿上一件干净的花格子衬衫，然后乐呵呵地跟我聊起那令人神往的中堡岛曾经发生过的一幕幕往事。

“光荣哟，光荣。我见过周总理，还见过李鹏总理，大江截流合龙那天，李鹏总理还请我上观礼台呢！江泽民主席也见到了。光荣啊！”95岁的王作秀耳不聋，眼不花，还独自起居开伙。

“我有一个月60元的补助，国家对我好着呢！我要活到大坝建成那一天……”她满怀深情地对我说，然后掰着手指算道，“还有6……7年，那时我都102岁了。哈哈……你信不，我能活得到……我知道的三峡工程的事比谁都多，你信不？”

“信，信信！”我在向这位可敬的“三峡见证人”点头时，眼眶里直发热。

这就是我看到的第一位三峡移民，一位我所见到的百万移民中的“老寿星”。

95岁高龄了，她依旧坚持与儿女分而居之，独立操持家务，还时常帮助儿女掰苞谷，到地里拔草……这位可敬的老移民为了实现她一生的“三峡梦”——那个属于三峡大坝人独有的三峡梦而顽强地显示着我们常人所不能完成的漫长的生命历程，辉煌而壮丽的生命历程！

该上马了

在中国，谁忽略了长江，谁就不可能成为这个国家和民族的主宰者，因为长江主宰着大半个中国兴与衰的命运。

谁读懂了长江，谁就掌握了中国的命运。

1989年7月21日，这是一个并不特别的日子，但这个日子对长江三峡的命运却意味深长。

在这个日子里，刚刚经历了一场“山雨欲来风满楼”的政治风波的中国心脏北京，尚处在飘荡不定的非常岁月。按照常规，国家最高领导者恐怕不会在这种情况下，离开自己的政权中心，去关注其他什么事。

但中国在20世纪末的最后十余年里崛起了一位政治领袖，他注定要做出非凡的举动。

这一天，新任中国共产党总书记的江泽民离开了北京中南海。

就当时的形势而言，他的每一个细微行动都显得特别重要，因为国际上所有的敌我势力都在关注着他的一举一动。

有人猜测他去了上海，也有人猜测他出访欧洲或者美洲，但这些地方他都没有去——他作出了一个人民领袖的明智决定。

他先是参观葛洲坝工程，接着又考察了三峡大坝坝址，察看荆江大堤。在从沙市顺江而下的船上，他详细听取了关于三峡工程的专题汇报；到武汉，又参观了三峡水库泥沙模型试验。4 天时间，江泽民总书记边看边听边问，从三峡工程效益到实际问题的解决方案，了解得非常具体。

江泽民总书记到了长江三峡。

这是一次没有公开报道的行动。就当时的政治局势而言，为什么首先选择了长江三峡，而不是别的地方？尽管人们可以作出这样或那样的想象和猜测，也可以说有这样或那样的意味深长的政治含义，但有一点在今天我们可以肯定：那就是作为中国共产党的第三代领导核心，江泽民总书记一走上人民领袖的岗位，就显露出了他那卓越的政治远见和治国之道。

考察长江三峡的意义，在十多年后的今天我们开始感觉到了。而且可以肯定，随着岁月的继续延伸，我们所能认识的远大意义会越来越明晰和深刻。

该上马了，几代人的伟大梦想，到我们这代人手里该变成现实了！三峡人民该有一种实实在在的企盼了！ 4 天的实地考察后，江泽民总书记说了这样一段非常肯定和坚毅的话。

他心中装的最多的还是邓小平理论。发展是硬道理。中国的事只有靠发展经济，才能有真正的出路。

长江三峡就这样沉甸甸地装在了江总书记的心里。这一装他就再也没有放下过。

“你就放开手，大胆地干起来！”江总书记对水利专家出身的、一心想把三峡工程搞起来的总理李鹏如此说。

“请放心，我一定遵照您和小平同志的嘱托，把这件事办好，让党满意，让人民满意。”李鹏总理充满了一种前所未有的信心。

啊，长江实在太大，大得连任何一位想主宰她的领袖都在她的面前感到一种巨大的压力。水利专家出身的李鹏自他出任国家总理后，许多力主长江三峡工程上马的人像是吃了兴奋剂，他们把实现梦想的希望寄托在李鹏任总理的这届政府身上。

你是总理，有权主持如此大的工程；你是水利专家，上马三峡工程让人多了一份保险系数。机遇难得，千载难逢。

李鹏总理能不感到压力？他从小生活在共和国第一任总理的身边，那是位深受人民爱戴的总理。可即便是周恩来，在三峡问题上，他所经受的压力也非同小可。有一回周总理在听完三峡工程论证会后，面对专家们的争论和各部门相互之间的指责，周恩来拍着胸口对大家说："长江上如果出了问题，砍头的不是你们几个人。要砍头，我是第一个。可砍头也不行！这是国际影响问题。建国二十几年了，在长江上修一个坝，不成功，垮了，那可是要载入我们中国共产党党史的啊！"

1990年春，两会按照惯例在北京召开。这一次会上，江泽民总书记收到了一份由当时的政协副主席王任重同志转来的几位政协委员联名的提案，题为"建议将长江三峡工程列入'八五'计划"。王任重在附信中向总书记建议"中央常委能抽出几个半天时间，听听有关三峡工程的汇报"。

江泽民总书记迅速对此作出批示。之后的国务院三峡工程论证汇报会便开始了实质性的工作，并由此成立了由国务院副总理邹家华任主任，国务委员王丙乾、宋健、陈俊生任副主任的国务院三峡工程审查委员会。三位副主任分别还是财政部部长、国家科委主任和国务院秘书长，可见三峡工程的分量！

关于三峡工程的论证其实从20世纪80年代中期就开始了，这应该说是中国人做了几十年三峡梦的具有历史性意义的实质性决策。这一决策首先归功于改革开放的总设计师邓小平。作为中国第二代领导核心的邓小平，在他主持中央全局工作之后，就把目光投向了三峡。1980年，邓小平从重庆朝天门码头登上"东方红"32号轮，那一路上长江的滔滔之水给我们的总设计师带来了滚滚思绪，面对这条同样养育了他的母亲河，他感慨道："看来，不搞能源，不上骨干项目不行，不管怎么困难，也要下决心搞。钱、物资不够，宁可压缩地方上的项目，特别是一般性的加工工业项目。这些小项目上得再多，也顶不了事。”1982 年 11 月，邓小平在听取国家计委准备兴建三峡工程的请示汇报时，果断地说：“看准了就下决心，不要动摇！”针对当时一些人担心三峡工程动起来后涉及面太大而出现所谓的“政治问题”，邓小平又十分明确地指出：“只要技术、经济可行，对国家经济建设有好处，符合人民的根本利益，这就是最大的政治。”

改革开放总设计师的话，高瞻远瞩，落地有声！从此，建不建三峡工程已不再是一个争议的问题。可三峡工程实在太大，大到连许多专家左思右想也想不到的问题此刻全都出来了。

1984 年 2 月，第二届国际水利问题裁判会议上，突然出现了一件令中国水利代表团意想不到的事：西方二十几个国家联合起来，向国际水利组织和本次大会提出了一项所谓中国建三峡工程“造成一百多万移民的人权得不到保证”的提案，向中国政府施加压力。

建三峡怎么还出来个“人权问题”？中国人感到莫名其妙。老实说，那时我们中国人还不太熟悉“人权”这个词，更不清楚西方国家的人权概念。不过，三峡移民问题已经真的不再是三峡工程中一个简单的“细节”了，而是一件巨大而敏感的超国界的大事！

其实这些年来西方人对中国的三峡工程问题有过分的“关心”。某国家想承揽一项工程，后来投标失利了，他们就发表文章说三峡工程一旦上马，如何如何会有几百万中国农民“丧失家园”“沦为难民”。我在库区采访时，云阳县的人告诉我，那一年某国有几个记者，想拍一组三峡移民不愿离开家园的“悲惨情景”。他们走了一路，没有找到什么“理想”的镜头可拍，后来假扮成中国记者（他们有人会说汉语），叫一个家住山腰上的农村大嫂，让她背一个背篓，里面装了不少东西，赶着一头猪，往山上走，说还必须有哭的样子。那大嫂笑了，说她哭不出来。那些记者就赶紧塞上 200 元钱给那大嫂，并说这是演戏，哭了才像。那大嫂看在 200 元钱面上，一边往山上走，一边抹着眼泪，可就是因为并非“专业”，所以总不像。那几个别有用心的记者的阴谋最终也没有得逞。这还不算，日本有个右翼组织为了污蔑三峡工程有“人权”问题，甚至在一次国际会议上指着中国代表团的人员责问，说你们中国人建了三峡水库后会造成污染，你们长江的“污水”就会直冲到我们日本岛上，就会影响他们的吃水问题，这是“太大的人权”问题！中国代表团成员一听就觉得对方在无理取闹，并反问对方：我们中国的长江出海口在什么地方？你们日本国的位置又在什么地方？那几个日本人中还算有一两人有点地理知识，一算，对呀——长江出口处是在中国的上海吴淞口，距日本国还遥远得很呢！再说长江出口处的东海海域的水也不会倒流到黄海海域呀！

在国际上，以美国为首的一些反华势力，对所谓“三峡移民人权问题”的关注更不用说了，所下的本钱已经进入了他们的某些“国家预算”。从20世纪90年代起的历次国际人权会议上针对我国人权问题的一次次提案，几乎无一例外地将“三峡移民人权问题”列入其中。他们在三峡移民问题上的奇谈怪论和说三道四，从来也没有停息过。一句话，他们不相信中国人自己能建造世界最大的水利工程，更不相信中国人能在建设如此规模的水利工程中将百万移民问题处理好！

纵观世界水利史，中国的三峡工程确实太伟大了。它是人类征服自然的又一次伟大实践。滔滔长江，从青藏高原的唐古拉山脉的源头至上海吴淞口入海处，全长6300多公里，其流域面积达180万平方公里，沿江汇集支流数千条，其中流域面积大于1000平方公里的有437条。全流域年平均降水量1100毫米，滋润着全国1/5的国土，每年入海流量近万亿立方米，水量无比充沛。落差5000多米，可资开发的水能2亿千瓦，年发电量可达1万亿千瓦时。流域内气候温和，物产丰富，养育着全中国一半以上人口，创造着整个国家七成以上的国内生产总值。长江是中国生存与发展的大血脉，影响着中国的前途与命运。

然而长江之水，在造福于民的同时，又因它的不驯性格，致使沿江特别是中下游地区的人民饱受洪水之灾。

关于历史上的长江洪水带给沿江人民的灾难，史书上的记载足以令人感到惊心动魄。远古的长江洪水史没有记载，只有到了汉朝才有了关于这条大江的灾情记录。长江水利委员会提供的资料显示，从汉代到清末即公元前 185 年至 1911 年，在 2096 年的历史里，长江共发生有记载的大水灾 215 次。通过这个记录，我们发现一个规律，即长江洪水平均不到 10 年就泛滥一次。且越到近代，灾害的发生越为频繁。秦代以前，缺少历史记载。前、后汉 400 多年间，有 6 次大水记录。魏、晋、南北朝的 200 年间，有 16 次记录。到宋代后因为中华民族的统治中心逐渐向长江以南转移，故对长江大水的记录准确性增加了，300 年间有记录的大水 63 次。平均每 5 年一次。元朝时中国的统治中心回到了北方，此间的长江水情没有被朝廷当回事，记录也随之不见了。到明代，江南经济文化逐渐繁荣，记录的长江大水有 66 次，平均每 4 年一次。清代时基本上将长江的每一次大水都详尽记录，共发生 62 次，也是平均每 4 年一次。“荆州不畏刀兵动，只怕南柯一梦终”，这是刻骨铭心的记忆。1860 年至 1870 年 10 年中出现的两次特大洪水，冲开了南北荆江大堤，两湖平原一片汪洋，百万生灵葬身鱼腹，仅死亡人数合计就达百万以上。发生在 20 世纪的长江大水，是我们许多人亲身经历过的。像 1931 年长江中下游发生洪水，淹没农田 5089 万亩，死亡人数达 14.5 万，汉口淹水百日；1935 年灾害再次降临，仅支流汉江遥堤溃口，一夜之间就死了近 8 万人。灾难，数不清的灾难，一次次把中华民族推到痛苦的深渊。新中国成立后的 1954 年的武汉大水，尽管人民政府带领沿江人民奋力抗灾，并启用刚刚建成的荆江分洪工程三次分洪，但武汉仍被洪水围困 3 个月，京广大动脉中断百天，仅洞庭湖区就有 3.3 万人死于水灾，直接经济损失百亿元。而 1998 年的那场由江总书记亲临大堤指挥的“长江保卫战”，更是历历在目。

长江啊长江，你给了中华民族太多的辉煌，你同时又让我们的同胞经受了太多的水患痛苦！

三峡工程是中国，也是世界上最大的水利枢纽工程，是治理和开发长江的关键性骨干工程，它具有防洪、发电、航运等综合效益。三峡工程首要解决的问题是防洪。要解决的一是水患、二是巨大水资源的利用。长江每年有9600亿立方米的水资源白白地流入大海，这对一个总体水量并不充裕的发展中国家来说，长江白白流走的哪里是水，分明是白银、是黄金！利用长江三峡大坝的巨大落差进行水力发电，其电力资源可以给中国人每年平均提供846.8亿千瓦时，相当于10个大亚湾核电站的发电总量。

水资源的利用，不仅仅带来巨大的电力资源。与火电相比，三峡水电可使国家每年少燃烧大量原煤，少排放1亿吨二氧化碳、100万吨二氧化硫、1万吨一氧化碳和37万吨氮氧化合物。有人估量仅此环境效益一项，三峡工程带给我们国家的经济效益每年至少有几百个亿。而规划设计的三峡水库在防洪能力上要做到的是确保百年一遇的大水来临时，中下游不受洪灾损失。“百年一遇”是个什么概念？就是100年中有一次特大洪水来临时，长江中下游因为有了三峡大坝而稳稳当当生活与生产，不用再像以往不是一梦醒来命归天，就是百万人的严防死守了。

有关人员告诉我，在长江有历史记载的洪水中，最大的一次洪水是1870年，那年洪水造成的死亡人数比唐山大地震多出了几倍。那一年的洪水流量为每秒80000立方米。三峡水库库存的泄洪能力可以保证在每秒102500立方米。如此百年一遇的大洪水来临时，我们国人可安心酣睡了！其实，长江洪水的百年一遇，并不是每100年就有一次水像1870年的大洪水那样从天而降。百年一遇是一种概率的表述，用一段通俗的话来比喻：一枚硬币有正反两面，转动一下，肯定有时正面有时反面，其概率为50%。但并不是说每转两次肯定是一正一背，也许是两正也许是两背。百年一遇的大洪水，也许100年中长江一次也没有，也许100年中就连续来了两次。三峡大坝给我们挡住的就是在一二百年中像1870年那样的大洪水，不管它来一次两次，还是一次也不来，我们都可以放下心来。

关于三峡工程的防洪效益，显然是整个工程中最突出的方面。它大得连经济学家都无法计算，因为人的生命本不是用多少钱能估算得出的。根据设计，三峡工程建成后，它的正常蓄水位到175米时，其防洪库容应为221.5亿立方米，可使荆江南北两岸、洞庭湖区和江汉平原避免“百年一遇”的毁灭性洪灾。如果非要用钞票来计算三峡工程的防洪效益，那么按1870年特大洪水来估量，可直接减少农村淹没损失约510亿元，减少中小城镇淹没损失约为240亿元，加上其他淹没损失共可减少800亿元左右的直接经济损失。这中间自然没有包括洪水吞没人民生命所造成的无价损失。总之，三峡工程的防洪效益是无法估量的，它所产生的影响不仅是经济的，还有政治、社会诸多方面。

将来“高峡出平湖”后，三峡水库的优势还在于它构筑起了一个效益巨大的长江航行新天地。预期到21世纪30年代，通过长江峡江坝址的单向货运量由现在的1000万吨提高到5000万吨，客运约400万人次。届时从重庆到宜昌所形成的660公里的深水航道，真正使我们看到“天堑变通途”的壮丽景象。那时长江的新一段黄金水道将名副其实，足可与世界上内河航运最发达的美国密西西比河以及欧洲的莱茵河、多瑙河相媲美。

三峡就是这般伟大！伟大得让一些敌视我国的人无不感到心惊肉跳。

然而，在三峡工程带给我们巨大效益的同时，毕竟要牺牲某些局部的利益，移民便是其中最重要和关键的一项。

目前世界上排在最前列的大型水电站有巴西与巴拉圭合建的伊泰普水电站，其移民数仅为4万人；非洲的加纳沃尔塔枢纽，移民为8万人；印度的萨塔萨洛瓦水库，移民为10万人。中国人太多，中国人又习惯随江河而居。在新中国建设的数以万计的水库中，移民共超过1800万人。超过30万移民的就有好几个，新安江水库，移民30万人；丹江口水库，移民38万人；三门峡水库，移民40余万人。这一方面显示了社会主义制度下移民工作的卓著成就，另一方面我们也饱尝了某个水利工程因为没有安置好移民所造成的痛苦。

三门峡水库的移民工作就是一个教训。那既有过去国力贫弱所致，也有决策本身的失误。三门峡水库已经成为历史，因建水库而得名的三门峡市如今美丽如画。我们在此诉说他们的不幸境遇，其实正是想说明水库移民工作的难度，说明今天三峡移民是在怎样的背景下举国家之力而进行的又一场伟大壮举。三峡是长江上的第一大坝，而三门峡则是黄河上的第一大坝。长江与黄河一南一北，一个今天一个昨天，两个大坝的移民，却是截然不同的两种命运。

当年的三门峡水库修在黄河边，那时的移民任务和安置地，全都由国家“计划安排”和“政策决定”，你去不去那可是“政治任务”，是“支持还是反对社会主义建设的大是大非问题”。为了确保移民工作的全面展开，有关部门将首批到宁夏的移民安排为一个特别的先遣队（必须是青壮年），共 5208 人，出发那天举行了隆重的仪式，县乡村上的干部们全部出动，并且动员了几万人的欢送人群。先遣队的移民们个个精神抖擞，胸前挂着大红花。根据文件规定：先遣队的移民必须以党团员和贫下中农积极分子为主，中农和上中农基本上没有，地主富农更不在其列。所以当时库区的百姓出现了父子、夫妻、兄弟、姐妹踊跃争当先遣队员的动人场面，有个乡分配的先遣队名额是 154 人，结果报名的达 1087 人。有人为了争取当上先遣队员而咬破手指，写血书，表决心。

当移民们扛着铺盖、带着农具，千里迢迢来到目的地贺兰山下的平吉堡一看便傻了：这里挨着光秃秃的贺兰山，为沙漠边缘地带，不是半人高的茅草地，就是光秃秃的一大片望不见边的石头地——移民们称那些是沙漠边缘荒芜之丘。“怕啥，再苦也吓不倒我们光荣的三门峡移民！”面对风沙，有人这样豪迈地说。先遣队的移民们再也不吱声了，默默地在荒滩上搭起了几个草庵子。来年春天，他们借得当地人的拖拉机，竟然还种下了 40 余亩麦子……新的家园就这么安了下来。但一年春夏秋冬过去，移民们辛苦种下的麦子在即将收获的时候，被一场风沙伴着的石雨吹得无影无踪。远迁的移民开始逃跑了。一个陶乐县共安置

800 移民，3 天里跑了 361 人。结果半途被当地基干民兵拦回 260 人，其余 101 人杳无音讯。

然而三门峡这边的整体移民工作刚刚开始，更大规模的移民还在源源不断地向宁夏方面遣送。有人听说先遣队移民的命运后，不愿去。干部说：“不去，可以，那你就去跳井！去跳黄河！”

移民们不得不走。他们来到贺兰山的新家园是个根本无法生存的蛮荒之地。当地农民本来就吃不饱，像宁夏陶乐县人口总共才 6000，移民却来了 13000 多人。本地农民与移民之间矛盾不断，社会不稳定因素增加。

政策上的偏激、工作上的简单化和当时国家整体物质生产水平的低下，导致了那个时期水库移民的灾难性后果。

贫穷。无法生存。三门峡移民们经历的那一幕在今天看来是无法想象的，然而它是真实的。几乎从移民们迁移到目的地的第一天开始，他们就踏上了返库之路（回到三门峡库区）。从 1957 年开始到 1990 年为止的 30 多年里，返回三门峡的移民多达一二十万人。他们中大多数是在中央〔1985〕29 号文件下发后迁回的“合法返迁移民”，还有相当一部分因为种种原因没有迁回三门峡，流落各地，有的则在返回的路上发生了悲剧……

三门峡移民留下的伤痛，像警钟长鸣，无时无刻不在警醒着党和政府的决策者：任何一项重大的水利工程的移民政策在其决定之前，必须充分考虑科学性、现实性以及绝不能动摇的人民群众的根本利益。离开了这几点，特别是最重要的人民群众的根本利益，我们将为之付出不可估量的代价。

三峡移民的数量远远超过过去任何一座水库的移民，甚至是过去几大水库的移民总和。根据规划，三峡工程的全部移民实际超过 120 万人。这还仅仅是人，须知迁移一个人，就会有随之同迁的物，而物的概念远远比人的数量大出几倍。长江三峡水库建成以后的水位基本稳定在 175 米，也就是说在这水位之下都属于淹没区。根据水利部长江水利委员会 1993 年向国务院报告的三峡水库淹没在

175米水位线以下的实物大致有：房屋面积共为3479万平方米，其中城镇1611万平方米，农村1087万平方米，工矿企业751万平方米，其他30万平方米。移民除了人和物之外，还有赖以生存的土地，合计被淹的耕地、果园等面积就达48万亩。另有工矿企业1599个，码头593处，水电站144处……更有外人并不知情的城镇淹没移民这一大块。三峡库区淹没线以下的市级县级城镇13座，乡级建制镇114个。其中全淹的县城有8个，他们是湖北的秭归、兴山、巴东，重庆的巫山、奉节、万县、开县、丰都。以上这些县城别看它们在册人数只有几万十几万人，但它们都是历史名城，而每一个城市不仅供养着固定居民住户，还有数倍的外来工。可见，三峡移民的概念何止是一个简单的“百万移民”。实际上每一个移民背上担起的则可能是一个家园，是一个码头，是一条公路，也可能是一座工厂，是一座城市……

1990年在江泽民总书记的亲自推动下，以邹家华为主任的国务院三峡工程审查委员会正式成立，至1991年8月该委员会通过了新编的可行性研究报告，即著名的“175方案”。在这之前的1984年2月，国务院曾对三峡水库蓄水到底多高有过方案，当时的方案叫“150方案”，即150米水位的低坝方案。这个方案差点促成了一个省的诞生，这是后话。重庆市领导们听说“150方案”后提出了异议，说水库蓄水150米万吨级船队就到不了重庆，这对重庆发展极为不利。于是，专家和领导们一起重新商议论证，最后确定正常蓄水175米，“175方案”便是这么诞生的。

1991年春两会按惯例又在北京召开，此次会议通过的《国民经济和社会发展十年规划和第八个五年计划纲要》和《政府工作报告》中没有提到三峡工程问题。几位力主工程上马的委员不干了，再次联名上书给江泽民总书记。

这里面有几位重量级人物，他们代表着党和国家的崇高利益。时任国家副主席的王震老将军一生铁骨铮铮，此时也被沸沸扬扬的三峡工程搅得热血沸腾。老将军在无数次亲临三峡地区视察和实地调查基础上，与时任全国政协副主席的三峡工程主上派人物王任重，一起邀来张光斗、严恺、张瑞瑾、杨贤溢等十来位著名水利专家，大年初三在广州召开了一次具有历史意义的“三峡工程诸葛亮会”。会上这些水利专家和老将军汇成一个共同心声：三峡工程早上比晚上好，中国人民和中国政府有能力在中国共产党的领导下做好百万移民工作。一定要抓住改革开放好时机，排除干扰，尽快促成三峡工程上马的法律程序。

“这个会更加坚定了我的信心。我要给小平同志和政治局全体同志写封信，建议他们尽快作出决策！”刚刚送走专家们，王震便抑制不住内心的澎湃心潮，对王任重说。

“好啊，有您这样德高望重的老一辈革命家支持三峡工程，我这个主上派劲头就更大了。王副主席，如果您不反对的话，我愿意在您的信上签上我的名字！”王任重高兴地说。

“还用说嘛，呼吁三峡工程啥时少得了你嘛！”王震乐开嘴巴，用拐杖亲昵地敲敲王任重的腿，“走，现在就写。”

于是，老将军回到房间，铺开纸，提笔写道：“……听了各位专家、教授的发言，我深感有必要大声疾呼，促进三峡工程上马……”

王震的信很快在中央政治局委员和小平同志的手中传开了。小平同志的态度非常明确，三峡工程看准了就早上。而其他那些影响中国命运的高层领导们也纷纷响应王震老将军的建议，表示完全同意他的想法。

这年9月，水利部的一位资深老领导李伯宁就当时争论的焦点——“三峡移民问题”给王震写信，并提出了自己的看法，更使老将军热血沸腾。

那封信这样说：“……三峡移民由于数量大，是个极为艰巨的任务，要想实现中央提出的一次性补偿为开发性移民所采取的就地就近安置的办法，关键在于早动手、早投入、早安置。如果丧失了有利时机，不及早掌握为安置移民所需要的土地资源，就会重走过去移民的老路，造成移民的极大被动，甚至丧失‘就地后靠，就近安置’的条件，这样三峡就可能修不成了……我们的水利水电专家呕心沥血地反复调查研究和论证了几十年，工作越做越深，论据越来越充分。特别是近两年零八个多月的重新论证，集中了全国50多个学科，在国内最知名、在国际上也有重大影响的400多位水利水电专家和权威，对三峡工程所存在的每一个问题和社会上每一点疑问，都认真地进行了客观研究和反复论证，从而再一次得出了‘三峡工程技术上是可行的，经济上是合理的，国力是可以承受得了的，建比不建好，早建比晚建有利’的科学结论。当然，还有少数不同意见，这是可以理解的、允许的，绝大多数是好心的、善意的、爱国的，但主要是不了解情况。我们也不能要求每个人都像水利水电专家那样了解三峡，因此即使三峡再争论100年，也很难有百分之百的赞成……移民工作是三峡工程的关键，因此建议中央早日进行移民工作的准备。移民工作动手越早，移民和三峡工程就越主动……”

是啊是啊，不能再因为移民的事影响三峡工程上马了！王震老将军又一次为三峡的事坐立不定，当即挥毫给江泽民、李鹏写信——

总书记江泽民、总理李鹏同志：

……我虽然没有分管过三峡工程的有关工作，但几十年来接触过许多水利专家、学者，并几次到实地看过。凡是参加过这一工程勘察的专家基本上都主张早日上马。与此相反，没有参加勘察工作的也不懂水利的一些所谓“专家”，则拼命反对。

大江滔滔，日夜不息，每年相当多少万吨煤炭的丰富水力资源付之东流，实在令人扼腕叹息。如果几十年内再遇特大洪水，那将造成不可估量的经济和政治损失。

毛主席说，我们中华民族有在自力更生的基础上光复旧物的决心，有自立于世界民族之林的能力。我完全相信总书记、总理能代表勤劳、勇敢、智慧的中国人民下定这个决心，使三峡工程早日上马。我也完全相信，在你们的正确领导下，把这件利国利民、功在千秋的大好事圆满光荣地完成。这对全党、全国人民将是一个极大的鼓舞。

此致

敬礼

王震

9月12日

晚年的老将军，已经很少再像当年开垦南泥湾那样动激情了。但这回为了三峡工程他又一次喷发着“南泥湾”时的那种激情。

中南海。江泽民总书记见王震副主席的信和政协转来的委员“上书”后，会心一笑，立即指示：“看来对三峡是可以下点毛毛雨，进行点正面宣传了。”

毛毛雨是什么？那是上海话，人们对春天里那种蒙蒙细雨的称谓。总书记通过几番考察和听取各界意见，心里已有几分数了。对长江三峡的正面宣传的“毛毛雨”从此开始“下”起来。

中宣部、水利部随即包下一艘游轮准备赴三峡实地采访，回来好在各媒体下“毛毛雨”。不想，大江中部的“毛毛雨”尚未见到，华东的一场特大洪水席卷江浙皖闽和上海等省市，损失惨重。显然，华东特大洪水主要是因为长江的原因，这条大江实在无法顶住上中游的巨流滚滚而下，于是把富饶的长江三角洲淹了个咯噔咯噔。这场洪水对华中的湖北湖南来说是小头，但两省损失也不是小数，1000个亿哩！

别说，坏事也有好的一面。原来一些对建三峡工程有些不同意见的人，这会儿转得特别地快。一个月前还明确表示对三峡上马与否要“慎之又慎”的同志，在目睹了洪灾的严重后果后大声疾呼道：三峡工程非常重要，其防洪作用不可小视！迫在眉睫！

总书记笑了：这回“毛毛雨”真的下得恰到好处。

1992年2月20日，中南海怀仁堂。中央政治局常委会在此召开。

议题只有一个：讨论兴建三峡工程的议案交全国人大审议。

会议最后一致同意提交议案请全国人大代表讨论。这就有了一个多月后那次历史性的表决场面。

三峡的命运注定曲曲折折。就在一年一度的两会即将召开之际，被三峡工程“主上派”称为“领头羊”的全国政协副主席王任重突然病倒。这一消息传出，令“主上派”们心头好一阵紧张。关于王任重对三峡工程上马所作的贡献和努力，在党的领导层内人人皆知。作为20世纪50年代的湖北省委书记，王任重在任期间，经历了1954年武汉被洪水围困的那场惊心动魄的灾难。所以，从毛泽东到邓小平再到江泽民，三代领导人在决策三峡工程问题时，王任重全都参加了，而且他的意见一直影响着三代领导的最终决策。“三峡工程能上的话，我愿意前去担当工程总指挥。”王任重在年富力强时曾多次向毛泽东和邓小平表过态；在他年高体弱的20世纪90年代初，还向江泽民总书记表过这样的态。三峡梦是这位坚定的老革命家毕生的追求和夙愿。据他身边的人介绍，在三峡工程进入最后几年的论证阶段，只要有人向他谈论有关三峡工程的事，身居要职的他会毫不犹豫地放下手头的其他工作，立即满腔热情地给予支持。有位专家说，仅他一人通过王任重之手转给中央领导的有关三峡方面的建议书就不下十几次。每一次，王任重都办得非常认真，直到有回音为止。身为全国政协副主席的王任重，比别人早知道这一年的人大会议上要将三峡工程上马的决议提交表决。作为政协的领导，又是三峡工程最坚定的主上派，王任重更加激动地期待这一伟大时刻的到来。然而，就在盼望夙愿即将实现时，他因劳累过度病倒了，而且一病不起，于两会开会前4天突然病情恶化，猝然逝世。他在弥留之际留下遗言：“一定要把骨灰埋在三峡工程的坝址。”长江滚滚东流，不舍昼夜。共产党人那份忧国忧民的情怀，与群山峡谷同在。

伟人逝世，举国悲哀。然而历史仍在前进，三峡工程如同已经扬起的风帆，它正以不可逆转之势等待人民代表的审定。

在中国全国人民代表大会的历史上，还从未有过像三峡工程这样引人注目的表决，因为它太激动人心了，同时又争议得太激烈了。

笔者当时作为中央某机关报的一名记者，有幸目睹了那个表决过程。

当主席台两侧的巨大荧光屏上显示出“《关于兴建长江三峡工程的决议》表决”的字样时，时任全国人大常委会委员长的万里同志起立宣布：现在表决，请代表们按表决器——

突然，庄严的人民大会堂里响起了一个不同的声音——这个声音来自大厅的西侧。全场所有的人都将目光投向了一个满头白发的老者。

“主席，我要求发言！”老者挺直身板，在万众注视下毫不含糊地面对主席台，高声说道：“三峡工程是一项举世瞩目的大工程，应作为重大方案处理，必须有三分之二的多数票才能通过。怎么能轻率地作为一般方案处理呢？”

那一刻，庄严的人民大会堂出现了从未有过的一片哗然。

人们等待着主席台上主持会议的主席的声音。

万里终于说话了：“今天的议程不包括大会发言。请代表们继续表决！”

代表席上又是一阵躁动。在代表们按下自己神圣的按钮时，只见那位要求发言的老者和同一排上的另一位人大代表一起离开座位，退入与会议大厅一墙之隔的宴会厅。后来这两位人大代表虽然对自己的意见在当时没有获得充分表达有些不满，但仍认为在三峡工程问题上，中国决策层是尽了最大可能的民主程序，仅这一点便值得载入史册。

正当这两位代表向记者表达他们的不同意见时，人民大会堂的会议大厅里爆发出了雷鸣般的掌声——《关于兴建长江三峡工程的决议》以 1767 票赞成、177 票反对、664 票弃权、25 人未按按钮的结果，获得通过了！

那场面太令人难忘和激动了！无论是主席台还是大厅的普通座席上，许多人相互击掌庆祝，有的紧紧拥抱在一起，有的在兴奋地抹着泪水。梦想 70 多年，调查 50 余载，论证 40 个春秋，争论 30 个冬夏，三峡长梦终于成真。

作为那次两会的历史性见证人之一，我同样感到激动，但也同样有种感觉：我们的那些决策者中间有相当数量的人仍在担心三峡工程可能带来的种种问题。这些问题中，外界都猜想可能是工程技术方面的，其实恰恰相反。三峡工程的技术问题，对我们这样一个水利大国和修建水电站非常在行的国家来说，已经不是什么大的问题了。因为在这之前，三峡大坝的不远处，中国建起了另一座大水电站——葛洲坝。由于葛洲坝的坝址地形、地势、河流等因素远复杂于三峡坝址，加上葛洲坝本身也是一座重量级大坝水电站，早在中央决定建设葛洲坝时就提出了要将它作为三峡工程的“实战准备”。所以，业内人士早有定论：既然我们能建葛洲坝，三峡大坝就不在话下。可是三峡工程毕竟是超世界级的人类从未有过的巨大水利工程，技术难题是不得不让人担忧的。可专家们包括那些社会学家们甚至有相当多的政治家们更担心的是移民问题，100 多万人要搬出自己祖祖辈辈的家园，到陌生的地方去生存，这谈何容易！更何况，伴随这 100 多万人的还有那些城市、乡镇，那些工矿企业、学校医院……那些你想都想不到的其他！

今天的移民，移得单单是一个活脱脱的人吗？不是。今天的移民，移的其实是堆积成的物质大山，移的是望不到尾的精神列车，移的是见不着底的欲望之海，还有思想、愿望和扯不断的顾虑与怀旧情结……

百万三峡移民因此被称为世界级难题。

西方国家不止有十个百个的权威曾经预言：中国也许有能力建起世界上最宏伟的水利大坝，却无法解决百万移民的难题。

移民在一些国家和地区，其实是难民、贫困、危险因素的代名词。

是你们中国人有特别的能耐？你们以往搞过的水库移民不是已经有过极其惨痛的教训吗？三峡移民人数众多，如今移民的要求也高了，你们经受得起这

100 万移民可能带来的政治、社会及文化的巨大冲击波?

我们不仅能经受得住，而且要使百万三峡移民都能搬得出，稳得住，逐步能致富！中国领袖们如此说。

“万众一心，不怕困难，艰苦奋斗，务求必胜！”1994 年金秋时节，江泽民总书记再次来到三峡库区，面对滚滚东去的长江，他以深情和期待的目光，向百万三峡移民发出总动员。

12 月 14 日，李鹏总理在三斗坪坝址工地上，按动了三峡工程正式开工的电钮——世界再次以敬佩的目光注视着中国的伟大征战！而当代中国人以充满自信的气概破解世界级难题的壮举也全面拉开帷幕……

一个直辖市的诞生

外界也许并不清楚，假如不是三峡移民，中国不会出现第四个直辖市。

重庆人太幸运了！重庆人得感谢三峡，重庆人更得感谢三峡移民。重庆是三峡移民最多的一个市（占移民总数的 80%以上，接近 100 万），重庆又是为三峡移民付出代价最为沉重的城市。

新重庆市的诞生因为三峡移民。三峡移民催生了新重庆市。

笔者在20多年前到过一次重庆,那是个极短暂的停留,前后不到三四个小时。照理像我这样一个远道而来的人难得去一次曾有“战时陪都”之称的名城重庆，理应好好观光一下，怎么着也得留上一两天。但我没能做到，住惯了江南的名城，游惯了上海广州，我实在无法接受当时的重庆那种出门爬坡、上码头登几十几百级石阶，到处人拥犬噪，污沟臭水满地以及阁楼歪歪斜斜的景致。然而，就在重庆成为直辖市 5 周年的 2002 年 6 月中旬，我第二次踏上新重庆的土地，我感到了一种前所未有的冲动：这里已经不再是我第一次来时的重庆旧貌，到处看到的是森林般的新楼群，是比广州上海更宽敞便捷的城市高速公路与立交桥，是直上直下轻盈平稳的码头升降车……特别是重庆的夜晚，我以为绝不亚于广州深圳甚至北京上海的美丽和华艳。山城之美艳，江城之光彩，令人激动，那是其他城市不可能有的。江上的汽笛，岸头的叠彩，朝天门的歌声，以及时而在足下时而在楼顶穿梭的车水马龙，加之素来爱美爱俊的市民，新重庆的每一个角度、每一个瞬间，她带给你的是激动和陶醉、亢奋与思考。那种在目不暇接之后就想伸开双臂将其拥抱、为其欢呼的冲动，不是哪个城市都会有的。除了第一次从纽约到华盛顿的夜路上，第一次在浦东“明珠”塔上看新上海外滩的夜景时，我曾经有过同样的心境外，重庆是又一次这样的感受。虽然目前她还在建设之中，有些地方尚不完美，但她足以征服一切挑剔的见多识广的过往者。

重庆市首任市长蒲海清，这位在重庆人民心目中有着很好口碑的“老重庆”，现在是中共中央委员、国务院三峡建设委员会办公室党组副书记、副主任，专司领导三峡工程事务。谈起重庆建市前后的变化，他会情不自禁地从椅子上站起身，滔滔不绝地讲上几个小时：

我从大学毕业后就一直在重庆工作，后来调到四川省政府当领导，前二三十年并不感到重庆多么落后，可到了20世纪八九十年代，像成都市这样的“小弟弟”也一天一个样，远远地把重庆甩在后面，更不用说广州上海那些现代化城市了。1997年6月18日重庆市成立，我再从省里回到这儿任职，有机会仔细地看看这个曾经与之相伴了二十几年的城市，这时我才猛然发现重庆被飞速发展的时代甩得太远了！白天你走在大街上感觉还是五六十年代时的样子。晚上再看看这个城市，简直就是一个小县城，连片像样的灯光都见不到。有一次我到一个企业检查工作，下岗职工们把我围住了。工人们情绪非常激动地要跟我这个市长对话，他们举着牌子呼着口号要让我这个市长给他们饭吃，给他们工作做。重庆是个老工业城，这几年她的产业落后了，新的产业又没上来，原先那些名噪一时的企业纷纷倒闭或者缩小规模，下岗职工成批成批的。那天我到一个地方，工人们反映说他们现在连基本生活都非常艰难，我当时特别冲动，拳头捶在桌子上咚咚发响。围在我身边的很多工人愣了，继而反问我说你这个市长发啥子脾气？你不给我们饭吃你还恼怒？我说我不是冲着你们来的，我是恨不得打天呀！可我的拳头够不上天嘛！如果够得上，我真想把天打个窟窿！我是一市之长，我心疼我的百姓过着这种生活，也恨自己没长三头六臂。面对这么个城市，这么个大摊子，怎么办？靠大家一起动手奋发图强呗！而这时我们重庆又幸运地得到了江泽民为首的党中央的亲切关怀，三峡移民使重庆市获得了千载难逢的发展机遇。

我惊诧地发现，无论是蒲海清这样的老市长，还是现在的重庆市新领导班子，他们和3000多万人民有一个共同的认识，那就是：新重庆的诞生与命运，与三峡移民息息相关，紧紧相连！

这件事与一个人有特别关系，他叫李伯宁。此人既不是现在的重庆市领导，新重庆市的那么多官位与他无缘，也不是四川省的官员，更不是湖北省的官员，但他的命运却与新重庆市的命运密切相关。

李伯宁，现年85岁，河北人，一个特别有性格的倔老头。据说年轻的时候在他老家英名传遍四方，是冀中抗日游击大队的大队长，在著名的肃宁大捷中威震敌胆。可他又是个文人，当游击大队长时就经常写诗作文，而且这种爱好到当上部长后依旧不改。我看到他自己写的简历中，当官的经历写得很少，大半内容是记述他一生的文学成就。2002年国庆前我到他府上拜访，临走时他给了我一大包作品。我几乎一夜之间看完，我有两个重要发现：这位老革命家从年轻时代到耄耋之年的漫长岁月里，对文学的那种激情始终如一。他笑说自己是中国作家协会会员中最老的会员——加入作协时，他年届八旬，已在部长级职位上干了二十几年。第二个发现是，李老不仅自己酷爱文学，而且造诣匪浅，更难能可贵的是连另一位抗日女英雄也被他“影响”成了作家，这位抗日女英雄是他的夫人，70多岁时，李伯宁和夫人都出版了长篇小说。

我生在燕赵大地／在慷慨悲歌中成长／父亲传给我做人真诚、善良／战火锻炼了我金石性格／“文革”破除了我迷信上苍／从此我只相信实践／红就是红／黑就是黑／白就是白／黄就是黄／任它众说纷纭／任它地动山摇／我屹立不动／自有主张／我嫉恶如仇／为伸张正义／为除奸安邦／我刀山敢上／火海敢闯／什么高官权势／我视如草芥／我不争宠献媚／也不卑不亢……这就是我的性格／我就是我！

80 岁高龄的李伯宁，依然像热血少年般地抒发着这份赤色纯真，这份铁骨铮铮。

他后来跟着毛泽东等共和国元勋们一起从西柏坡走进北京城，党的一声号令，使这位梦想当作家的职业革命家来到了水利部，并且一干就干了半个世纪，成了完完全全的水利行家、一辈子跟移民打交道的政府官员。

1985 年，国务院正式任命他为三峡省筹备组组长。在这之前，由于三峡工程一直在酝酿之中，所有准备工作在邓小平和党中央的直接领导下，从来没有间断过。在李伯宁就任筹备组组长之前，不叫“三峡省”，而叫“三峡行政特区”（有点像深圳经济特区的味道，只是差了中间两个字）。1984 年一次会议上，全国人大政法委的人提出“三峡行政特区”的提法，有悖于《宪法》，故而经邓小平同意，干脆叫“三峡省”。

三峡省的筹建，是中央依据对未来三峡整体建设的考虑而作出的一个特别决定。这也足见中央对三峡工程的重视。新中国从西藏和平解放以后，除建立海南省外，中央不曾对省或直辖市的行政区划有过重大调整。诞生一个新的省或直辖市非同小可，因而从不轻易行动。伟大的三峡工程催发了一个重大的动议，而这动议首先来自移民工作对中央决策层的影响。

“三峡工程是个阶段性的工作，再伟大也毕竟是短暂的。可三峡水库的管理与发展是个百年大计千年大计，600余公里长的库区，周围居住着几千万人，没有一个强有力的行政管理级别，怎么可能将三峡工程的优势发挥出来呢？更何况，三峡工程建设时期的关键性任务，就是移民。三峡因此必须有一个行政级别统筹起来领导和管理。”中央对这一具有战略远见的意见给予充分肯定。三峡省的动议便是基于上述考虑的。

一个因一项伟大工程建立起的新省份，自然需要一位有力的领导者。这个领导者的首要条件应该是什么呢？懂水利？会做移民工作？有魄力？好像都必须具备。这样的人上哪儿去找呢？

中央有关领导请水利部女部长钱正英协助挑选“三峡省筹备组组长”和未来“三峡省委书记”的合适人选。

钱正英看中了李伯宁，并向中央报告后获得认可。

“老李，你能行。”钱正英奉命正式找李伯宁谈话。

李伯宁不吱声。既不言要“违抗君令”，也不言“干不了”。他的默认是有他的道理，既然让我干，必须有三个条件：一是三峡行政区划，湖北、四川30个县市，都不能动；二是由他挑选一位中意的人当省长；三是自己年岁已大，只担当“筹备组组长”，一旦“筹备”结束，就回水利部当顾问。

钱正英把李伯宁的个人意见转告中央。

万里乐了，说：“伯宁同志行。”

其他中央领导也纷纷点头：李伯宁同志可以胜任。

就这么定了。

李伯宁因此走马上任三峡省筹备组组长和党组书记一职，在三峡工程尚未正式上马前，全盘负责三峡移民工作。这一年是1985年，距全国人大通过《关于兴建长江三峡工程的决议》还有7年。

在正式接到中央任命通知后的第一个星期里，李伯宁就打点行李，与秘书一起悄悄来到三峡库区。湖北和四川的省领导们听说他来了，开玩笑地说：“欢迎未来的明星省长到来！”

李伯宁大腿一拍：“向诸位求饶，我这个‘省长’现在是一寸土地也没有，是你们两个省上的‘悬空省长’。”

“哈哈哈……‘悬空省长’好啊，可以独往独来嘛！”

“好什么呀？到时不小心摔下来还望你们两省能给我老李一个埋身之地呢！”李伯宁也开玩笑回敬。

李伯宁就在他当“悬空省长”期间，走遍了三峡的每一个角落，特别是那些贫困山区。

当年11月，中央农村工作会议在北京召开。李伯宁作为一员没有地盘的“省长”出席会议，还爆了一个大大的冷门。

那时我国农村形势非常之好，可以说是从事农村工作的同志们最扬眉吐气的时候。也难怪，打农村实行土地承包以后，那几年全国的农村经济形势可以用“突飞猛进”四个字来形容。因此这一年的农村工作会议一开始，各省的领导大讲特讲“好形势”。李伯宁在西南组，那几日他整天听到“莺歌燕舞”的好形势，越来越坐不住了，终于有一天他激动地站起来说：

“这几天听大家都在讲大好形势，我要讲一讲‘不好形势’。大家讲大好形势时，讲得头头是道，讲得满满当当，可一讲全国有多少地方吃不饱穿不暖时就不敢讲实话了！说是怕影响改革开放形象！可我不这样认为，我们虽然一些地方形势发生了大的变化，但也应当有足够的勇气认识我们国家还有相当多地方的老百姓的日子难过啊！”

“我就说说我那个‘省’的情况吧：三峡区域地处大巴山和武陵山脉腹地，江汉平原的边缘地带，85%的面积是山区和丘陵，是标准的老少边穷地区。30个县（市）中24个是国家级贫困县（市），每年拿国家财政补贴3个多亿。我这里有笔账：三峡区域1984年人均工业产值仅510元，居全国第25位，农业人均产值228元，居全国第28位。尤其严重的是全三峡区内有30%到40%的农民还处在不能温饱的地步。相当多的农村人均年收入在100元以下。农民赵寿合一家，只有一口烂铁锅和一只烂木箱，作价不过5块钱，这是一个农民家庭的全部财产啊，同志们！”

李伯宁说到这里已经激动得有些不能自控了。“同志们哪，你们知道我在三峡库区看到我们的人民是在怎样一种情形下生活吗？”这时，只见他从口袋里掏出厚厚的一沓材料，前几页李伯宁唰唰唰地翻过了，然后在其中的一页上停下，“以彭水县为例，1984年该县农村人均收入在80元以下的有43500多户、21万人，分别占全县总户数和总人口的39.7%和43%。因家庭贫困找不到对象的30岁至40岁的未婚男子达4300多人。该县有个小厂乡，全乡总收入人均50元至100元，有70%的农民欠国家贷款，30%的农户人跟牲口同居一室或者住在岩洞里，50%的人冬天无棉衣，30%的户无棉被。有的冬天来了只能钻在玉米皮中过夜……同志们哪！这些都是我亲眼所见哪！同志们！”

此时的会场上静得能听见李伯宁这位年近七旬的老部长的心跳声。

“再说说三峡地区由于地质和生态环境原因造成的地方病给百姓们带来的苦难情况，”李伯宁将材料又唰唰唰地快速往后翻了几页，继续说道，“在三峡库区已发现的地方病有慢性氟中毒、血丝虫病、钩虫病、血吸虫病、甲状腺肿大、克山病等9种，其中以慢性氟中毒、甲状腺肿大、血丝虫和克山病最为严重。仍以彭水县为例，该县因地方病造成的瘫痪者达1000多人，他们生活不能自理，多半是‘床上挖个孔，床下放只桶，吃饭要人喂，解便不用手’，屎尿都在床上。农民刘焕云一家8口，7人得了氟中毒。女儿刘明碧今年15岁，身高只有85厘米，脚呈畸形，背弯颈硬，头不能左右摆动。孩子只要一见生人，就哭喊着救救她……那情景谁见了谁都会流泪。同志们哪，这就是我们三峡地区人民的生活状况！整个库区仅地方病患者就达100万人之多！他们为什么这么穷？为什么有病得不到治疗？一个最重要的原因就是这里的经济上不去，几十年没啥变化。可这儿的人民和各级政府也都努力了，但就是因为三峡工程从20世纪50年代一直到现在总说上上上，就是不上！国家无法在这儿投入，解放30多年，三峡库区的投资人均不到80元！这能干什么？能富得起来吗？同志们！”

李伯宁赤子般的声声疾呼，像串串响雷，久久回荡在金色大厅里……

参加会议的省委书记们哑口无言，他们都因李伯宁第一手材料所反映的情况而震惊。田纪云等中央领导同志得知李伯宁在会议上有个发言，也纷纷过来聆听。

李伯宁干其他事一身粗气，但为参加这次会议他做了充分细致的准备工作，为了有说服力，他事先特意制作了一盘从三峡库区拍摄的录像带，叫作《三峡在呼唤》，播放给代表们看，并且通过各种渠道给几十位中央领导每人送了一份。这盘现场录制的带子，是李伯宁在三峡库区几个月的最重要的收获，他自己录制编辑，亲自撰稿写词。

《三峡在呼唤》在中央领导们中间产生了强烈的冲击波。时任国务委员的陈俊生同志感慨万千地说：“真是不看不知道，看了触目惊心，睡不着觉。”

国家副主席王震当即让秘书告诉李伯宁：“我是《三峡在呼唤》的热烈拥护者。”

“看了《三峡在呼唤》，我睡不着觉啊！”老将军在给邓小平、胡耀邦等领导的信中感慨万千。

李伯宁的《三峡在呼唤》这一吼，着实让中国的高层领导者感到上不上三峡工程已远非是个工程问题、技术问题，也非资金问题，它关系到几千万人民生存与发展的根本问题。

自从中央和邓小平着意想给三峡工程上马增加一些热度以来，围绕三峡上与不上的争议也随之热浪滚滚。

每当此时，李伯宁是最着急的一个人。他绝不是担心自己这个三峡省省长的位子泡汤，而是着急能给国家经济腾飞、能使三峡区域人民脱贫的伟大工程要泡汤。

李伯宁的心思连同自己的政治前途一起押在了三峡库区的人民身上，押在了三峡移民身上。

“不错，我是因三峡移民而当上三峡省筹备组组长的。既然这是为三峡移民肩负起重任，我不为移民们着想，还要我做什么呢？”十几年后的今天，李伯宁依然如此说。

1985年，在三峡工程还是连个影子都没有的时候，我们的“三峡省省长”却干得正起劲。他在自己的一首诗中这样抒发着当时的情怀：

魂牵梦绕系三峡，
风风火火贬与夸。
有幸古稀不近视，
拼将余晖献中华。
喜盼三斗彩虹出，
愿作小草绿太阳。

有关部门早期对三峡移民确定的方针是“就地后靠，就近安置”。如前所言，三峡库区多为峡江丘陵地带，移民们原先住的地方都是一些沿江的好地方，土地比较肥沃，宜于种植，也容易解决基本的生计问题。而三峡大坝蓄水后，原来百姓们住的地方都淹了，后靠的概念就是水库淹没线下面的百姓往后面地势高的山上靠。恰恰往后靠的山岭山地都是未开发的，能不能开发都难说。所以“就地后靠，就地安置”首先带来的问题是那些地方适宜不适宜移民们生存。

著名的“李伯宁工程”便是在这种情况和问题下诞生的。

“就地后靠，靠到哪儿去？自然是要靠到有地种有果树植的地方！没地种、没果树植的地方，不是让移民们挨饿嘛！那样就谈不上‘就地安置’！”1986年，李伯宁来到湖北秭归的李家坡。在这里他代表国家给该村投下了14万元作为移民“后靠”开发试点。当地农民从几公里远的地方背来石子砌成坎子，又从更远的地方运来泥土填窝子，更是用汗珠子在荒地上改造出了水平梯田 159 亩。后来农民们又在这些梯田里种上了柑橘。农民们高兴极了：他们依靠国家的支持，每亩投入仅 1636 元，在第二年第三年就全部收回本钱，之后每年柑橘亩产收入都在几千元甚至超万元。

“李家坡的经验说明了什么？说明了今天的三峡移民不能光靠国家给点补偿费就完事了，只有开发性移民才是出路，才能解决过去移民迁得出安不住家的老大难问题！我们一定要在‘就地后靠，就地安置’后面再加几个字：‘开发性移民’。这才是我们三峡移民的原则方向！”李伯宁对李家坡的成功经验给予了高度肯定，并迅速在库区移民工作会议上向其他地区大力推广。

李家坡从此在三峡库区名声大震。这个三峡移民试点村的成功经验，如星星之火，点燃了三峡开发性移民的燎原烽火。李鹏、朱镕基等国家领导人多次到过李家坡，“李伯宁工程”也就这样传开了。

千万别小看了“开发性移民”这 5 个字，它包含的积极意义绝不是我们非从事移民工作的人所能理解得了的。

它的全部意义是：既要移，更要安，让移民们能迁得出，安得住，逐步能致富。这是多么富有时代特色的实践活动啊！

新滩，长江三峡北岸的一个小镇，这个在县级地图上也不易找到的地名，却在长江三峡一带有很高的名声，几乎无人不晓。新滩的名声是与它所处的险要地段有关。它处于著名的兵书宝剑峡，上距秭归旧县城 15 公里，下距已建的葛洲坝和正在建设的三峡工程坝址分别为 70 公里和 26 公里。它是万里长江最令人生畏的江段，又是川江航道的咽喉险滩，由上中下三滩组成，仅 1 公里的江面落差就达 10 米。遥相对望的南岸是艳色的键子崖，北岸是悬崖峭壁，临江屹立，三滩对峙，紧扼川江。早有“楚蜀诸滩，首险新滩”之称。据当地人介绍，别看新滩在长江三峡如此险要地段上，险得连猿猴都不敢鸣，但它却是峡江上一直比较富裕和繁荣的地方。为什么？就因为它险，过往船只到此一般都不敢贸然前进，所以便在江岸停靠。久而久之，这儿有了商店和客栈。本地人利用险滩，吃着险滩，因为他们熟悉兵书宝剑峡的险情，所以过往的船老板们都请当地人引航，收入自然丰足。新滩人靠滩吃滩，却也饱受另一种灾难的惩罚，那就是它的滑坡之险。据地质考察，新滩整个地段是块巨大无比的断裂滑坡岩层，随时可能发生天崩地裂。明嘉靖二十一年（1542 年），一场滑坡灾难降临，新滩镇“人畜所剩无几”，就连这地段的江面也断流整整 82 天，这是大江历史上最耻辱的记录。新滩新滩，就是因为几乎过百年就要来一次彻底的消亡和重建，这个险滩因而也总是推“陈”出“新”。

新滩的险情自古被历朝历代所重视。新中国成立后，新滩的险情几次呈上毛主席、周总理的案头。

1985 年，就在李伯宁视察三峡不几日，新滩来了一次“隆重”的“欢迎”：

6 月 8 日，新滩人突然感觉脚下的大地出现“扭动”。不好，灾神又来了！新滩人万分紧张。当地政府立即动员百姓撤离，省政府的命令通过无线电传遍了全镇每个角落，可是百姓们不肯走。“我活了 68 岁没离开过这个家，这房子是祖上传下来的，我不走！”杨启中老汉抱着门槛死活不走。

李伯宁得知此事后，命令部队：“传我的命令，所有拒绝撤离的人，不管是谁，统统都给我拖出来！”

部队和民警迅速出动，终于连拖带拉地把不愿走的人全部强行地带上了车，杨启中老汉和众人在哭喊声中离开了新滩。

等全镇 1371 人全部撤出，5 分钟后，即 6 月 10 日凌晨 4 时 15 分，六七万方岩土由山顶直泻而下，掀开了震惊世界的长江又一次断流的序幕。

山体在滑动，房屋在坠毁，整个新滩镇已经到了可以用肉眼看出的速度向几百米之下的滔滔长江滑去……

6 月 12 日凌晨 3 时 35 分，由 2000 多万方土石组成的巨大滑坡开始了。那令人毛骨悚然的闷雷声不断响起，山体滑动产生的强大磁场使得几公里外居民家的电灯都变得像煤油灯一样昏暗。巨石向大江倾泻，江面激起巨浪高达80米，犹如一条条蹿向苍穹的白龙……三峡下游赫然见底，三峡上游叠起逆浪犹如海啸，逆行4公里！那沿江航行的机船、木船、打鱼船，一艘又一艘地卷入江底。

新滩人在政府和科技人员的努力下虽然逃脱了此次灾难的袭击，但三峡断航长达90天，给国家造成直接经济损失1.3亿元，后来还花费了8000多万元的航道治理费。

大灾过后，李伯宁来到新滩，老百姓像欢呼救星似的向他拥来："李部长啊，要不是你下死命令，要不是你派人把我们拖走，我们怕是早就给葬在大江江底了……"

李伯宁点点头，回应说："我也是不得已而为之呀！你们的生命比什么都重要啊！"

在此次大灾之中，新滩镇所在地横遇灾祸，长江村304户村民中290户的房屋被推入江中，他们因此一夜间全都成了难民。然而长江村的村民们又是幸运的，因为大灾刚过，三峡省的李伯宁又给他们送来了"开发性移民"的及时雨。

长江村的难民们提前成了三峡移民。一项"就地后靠"的开发性移民试点工作，就在他们毁灭的家园废墟上热火朝天地干开了。因为是在新的滑坡上建设家园，因为有刚刚失去家园的切肤之痛，长江村村民们投入了前所未有的干劲与热情、智慧与技能。但在一个连乱石都找不见的岩体上造田种地，谈何容易！长江村人先用板车或拖拉机将土运至滑坡体边缘，再人拉肩扛一担一担地往山上运，然后一撮一撮箕地填到坑内。日复一日，月复一月，年复一年……长江村人用了整整5年时间，硬是在废墟上造出了600余亩梯田。当长江村人第一次在这些岩体上收获新产出的金黄色柑橘时，北京传来三峡工程即将上马的消息。他们一边欢呼，一边又在叹息：三峡水库一建，就意味着长江村人用5年心血造就的新地又要被江水淹没。他们又要重新拾起扁担和簸箕，进行新的家园建设。于是，长江村人又默默地在原来的那块“治理滑坡，保持水土，重建家园”的标语后面加了 4 个字：“安置移民”。

长江村人民是勇敢的人民、英雄的人民，他们的精神不朽。我到三峡采访，途经他们那儿，站在大江的轮船上，就能看到那块巨大的标语，尤其是“安置移民”4 个字特别醒目。

我后来得知，长江村人在这几年又根据三峡工程确定的淹没水位线，在新的岩体上以当年同样的精神和同样的方法，开垦出了 400 多亩新地，填补了将来水库淹没的农民耕地所需。

“长江村精神是真金！”李伯宁对新滩镇长江村的精神给予高度评价。10 年后，曾接替他职务的湖北省原省长、时任国务院三峡建设委员会副主任兼办公室主任的郭树言，来到新滩长江村，见了当地人民在昔日光秃秃的岩体上开垦出的一片片柑橘林后，心潮澎湃，久久无语。

“是真金，长江村人创造了三峡移民的真金精神。”郭树言在返程的路上，无数遍地说着这句话。

李伯宁上任三峡省筹备组组长后，全身心投入了移民的试点工作，并在李家坡和长江村干出了一番卓著成绩，同时又趁热打铁在库区迅速铺开了“开发性移民”的试点，可谓有模有样，热火朝天。总部设在宜昌的三峡省筹备组的同事们也似乎有了名正言顺说话与干事的份了。可就在这个时候，李伯宁从北京得到了一个很快要结束三峡省的消息：中央准备修改原三峡蓄水 150 米的方案。

李伯宁是水利专家，他明白中央决定修改“150 方案”就意味着整个三峡库区的格局发生重大变化。所谓的“150 方案”，指的就是未来的三峡库区蓄水水位将基本确定在 150 米。关于三峡库区蓄水到底应该在多少米高较为合适，早有争议。1958 年成都会议后，具体实施长江开发管理的“长办”对三峡大坝到底要修多高，工程规模到底要多大，防洪、发电、航运和供水等综合效益有多大，移民数量有多少，总投资应该是多少等等关键性问题做出综合考虑，向中央提出了蓄水 185 米、190 米、195 米和 200 米等 4 种方案，并表明他们倾向于 200 米方案。

“蓄水 200 米需要动迁多少移民？”

“大约 200 万。”

“太多了。这么大的数字会影响整个工程和国家的稳定的。”中央很快否定了“200 米方案”，这中间当然也有工程投资量的问题，但更多考虑的是移民问题。

“长办”只好收回方案。

1982 年，党的十二大召开，制定了到本世纪末实现国民经济翻两番的目标，兴建三峡工程也在考虑之中。从国力和移民数量等因素考虑，“长办”奉命按“150 方案”即蓄水 150 米向中央编写三峡工程报告。

1984 年 4 月，中央正式批准“150 方案”，大坝的高程也被确定为 165 米。

“这怎么行？闹了几十年的三峡工程，结果跟我们重庆啥子关系都没有呀！不行！我们不同意！再说这‘150 方案’无论从蓄水防洪还是从航运角度考虑，都不是理想的方案。我们重庆是西南最大的城市，眼看着三峡水库到家门前却又够不着，这算哪门子的事嘛！”重庆人开始吵吵嚷嚷起来。

这也难怪，从解放后的二三十年里，为了未来的三峡建设，重庆市一退再退，建设不能重点投入，盖房子也得往“200 米”未来水库线以上盖，啥子都别想顺顺当当做。堂堂西南“第一城”，原想等候三峡开工那一天重振威风，结果搞了半天啥子份都没有。

重庆人自然不干了！

问题是“150 方案”确实不是个理想的方案。既然在长江的三峡建大坝，结果建个不到位的大坝，该防洪水的不能保证“百年一遇”，该多发电的却不能多发电。“150 方案”考虑到国家的承受能力，可我们国家在飞速发展呀！最不能接受的是三峡工程“150 方案”的回水末端恰恰放在重庆以下的洛碛与忠县之间长约180公里的河段，这个位置十分不利，实际上把作为西南水陆交通枢纽的重庆港置于库区之外，使重庆以下较长一段天然航道得不到改善，万吨级船队难以直达重庆。由于整个川江航运通过重庆港的货运量占80%以上，重庆以下不到20%，这不仅会严重影响西南地区的经济建设，而且将影响到华中、华东地区的燃料和原料供应。重庆人因此建议三峡正常蓄水应在180米，其投资、淹没、移民比“150方案”均有一定增加，但综合效益大，又能基本解决川江航运问题，充分发挥三峡工程综合效益，国力又能基本胜任。

中央对重庆的意见十分重视，一方面派李伯宁担当重任，筹备三峡省；另一方面组织了14个部门的108位专家，重新论证正常蓄水150米、160米、170米、180米4种方案，并综合考虑各种因素，最终认为170—180米较为合适。

重庆人听说后好不兴奋。可他们高兴得太早了一点。就在中央有意确定正常蓄水170—180米之间的方案时，国内反对三峡上马的呼声又占了上风。

重庆人好不心凉。

“真要确定到170—180米蓄水的话，你们重庆地区的移民可就多了！你们的牺牲也就跟着大不少啊！你们有决心扛得起这份牺牲吗？那么多移民你们的工作做得好吗？”围绕三峡上与不上激烈争论时，有中央领导同志这样问重庆市领导。

“我们愿意为170—180米的蓄水方案付出代价，而且一定把移民工作做好！”重庆市领导坚定地回答。

中央领导欣慰地点点头。

此间，历时两年零八个月的专家论证基本结束，时间是1989年2月。三峡工程论证领导小组召开了第十次扩大会议，审议并原则通过了根据论证报告重新编写的《长江三峡水利枢纽工程可行性研究报告》。这份可行性研究报告对重庆市来说，太具有历史性意义。一是它明确了专家们的结论：三峡工程对四化建设是必要的，技术上是可行的，经济上是合理的，建比不建好，早建比晚建有利。二是关于正常蓄水位定在175米，几乎可以说是完全接受了重庆人的建议。值得一提的是，专家们在这次的可行性研究报告中，特别推荐了三峡工程的建设方案，即日后被中央接纳的如今成为三峡工程建设的总体原则："一级开发，一次建成，分期蓄水，连续移民"。一级开发，即为从三斗坪坝址到重庆市的630公里江段为一级开发，中间不再修建其他水利枢纽；一次建成，是指三峡水利枢纽建筑物均一次建成，混凝土重力坝一次建到坝顶高程为185米；分期蓄水，是指水库蓄水不是一次就蓄足正常水位175米，而是初期蓄到156米，回水末端恰好位于重庆下游的铜锣峡下口，库尾淤泥积沙不致影响重庆港区和嘉陵江口，以便有一个对库尾回水变动区泥沙淤积进行观测和验证的时期；连续移民，说的是从准备工作开始，库区移民即分期分批地连续进行，中间不停顿。这项凝聚了党和全国人民心血的新方案是一个更加有利于千秋大计的英明决策。

1992年4月3日，七届全国人大五次会议通过《关于兴建长江三峡工程的决议》，使重庆直辖市的诞生进入了"十月怀胎"期。

此刻的重庆，真是喜上加喜。刚刚迎接百年开埠的山城人民，都在议论"直辖市"的名分。

重庆人渴望得到这个名分已非一日。作为具有3000多年历史的城府，重庆人有理由在三峡这样一个伟大的工程中显示她的赤诚。尤其是对待移民问题，重庆所具有的特殊魅力非他人可比。如同奔腾不息的长江之水一样，重庆从来就以她宽阔的胸怀，接纳和融合着来自各方的儿女，使漂泊四方的儿女们能在这里安身栖居，繁衍生息，编写历史的动人华章。

几乎可以这样说，重庆的每一页辉煌历史，都与移民联系在一起。远可说到曾为中华民族创下惊天地、泣鬼神古文明史的巴人，那时重庆作为巴国之都，是何等的气派！随后的秦人入川，使重庆有了真正意义上的第一次大移民史。秦人灭巴周，本来是一段悲壮的历史。但另一方面由于"秦氏万家"入巴蜀，促进了当时原始社会生产方式的革命。中原文化的渗入，极大推动了落后的巴蜀部落的变革。之后的“湖广填四川”，又使重庆成为中华民族第二次大移民的“中转站”。可以说，没有这一次重庆所做出的特殊贡献，“天府之国”不会来得这么快。“湖广填四川”不仅仅是一次大移民，其时延续几个世纪。康熙六十一年（1722年），重庆府人口已有11万户，占四川省的五分之一。重庆在相当长的历史时期充当着“天府之国”的乳母。20世纪30年代，东方人类历史上出现了日本军国主义，他们把善良而贫穷苦难的中国人推到了水深火热之中。重庆再一次挺身而出，成为国难时的中国首都。这一次的“大移民”则使重庆奠定了作为西南最大都市的地位。

重庆注定因为移民而辉煌。20世纪六七十年代的“大三线建设”，后人虽然对它有这样那样的说法，但它对重庆的发展是无可置疑的。

重庆就是这样注定与中华民族历史上每一次值得记载的“大移民”联系在一起。

20世纪与21世纪相接的三峡工程建设，又一次因“大移民”而使重庆进入最辉煌的时期。

直辖市，这不是所有的中国人可以享受的待遇。

重庆人能不为它激动和欣喜，梦想与渴望？！

但中央的态度呢？老领导人邓小平的态度呢？急切等待消息的重庆人明白一件事：重庆要成为直辖市，中央的态度、改革开放总设计师邓小平的态度最关键。重庆人对邓小平的感情也许比谁都深，因为邓小平是重庆解放后的第一任“一把手”（中共西南局第一书记、西南军政委员会主席，办公所在地就在重庆）。“老领导”——重庆人这样称呼邓小平不为过。

是啊，“老领导”的态度对中央和人大决策起着至关重要的作用，这谁都知道。

1992年，重庆人从报纸和电视上看到老领导到了南方巡视，并且发表了著名的“南方谈话”。虽然没有听到中国现代化总设计师提到重庆的事，但重庆人照样兴奋不已，因为邓小平南方谈话的一个中心思想，发展是硬道理，中国的改革步伐要迈得更快、更大。

三峡工程系着中国的四个现代化。换句话说，中国的四个现代化需要三峡工程。重庆人的潜台词是：中国现代化既然需要三峡工程，那么三峡工程想建、想建好、想名垂千秋万代，重庆的直辖市问题就必须解决！

哈哈，哈哈哈……

重庆人在朝天门乐得直叫“啥子美哟，这才是美哟”！

重庆——移民，移民——重庆。重庆要发展，重庆的发展从来就离不开移民，而移民的崛起和发展同时又推动着重庆的发展，这是重庆发展史的一个显著特征。在争论了近一个世纪后的20世纪末，伟大的三峡工程终于在社会主义现代化进程中成为现实时，我们的总设计师邓小平再次把重庆建设的历史机遇告诉了当代人。

一句话，重庆的命运连着移民。重庆的今天和未来与新一次的伟大移民连在一起，那便是百万三峡移民。

在重庆市“直辖”之前，大家都知道“天府之国”的四川省乃中国第一大省，大到其人口最多时达1.119亿，是英国和法国的总和。在西方世界看来这是不可思议的事。中国就这么大，人口就这么多。60亿的全球人口，光中国四川一省就达1亿之巨，这在中外行政区划史上恐怕也是独一无二的。

四川省需要“分解”。然而，习惯了“多子多孙”和“天大地大权力大”等传统理念的历朝历代中国人，能接受这种“分家”吗？四川省的态度起关键作用，有时比中央任何一位领导的意见还重要。因为“分家”和“分权”带来的复杂问题，如果没有主要当事者的配合，一切后果都可能是“淘糨糊”。

时任四川省委书记谢世杰和省长肖秧同志，为重庆成为“直辖市”立下了不可磨灭的功绩。如果没有这二位当家人的宽阔胸怀，重庆也许到现在还尚未“成家立业”。

江总书记、李总理：

你们好！

十四大以来，四川在党中央、国务院的正确领导下，经过广大干部和群众的努力，无论经济建设、社会文明、民主法制各个方面都有了明显的进步。在工作实践中，我们深深体会到中央路线、方针、政策的正确，同时也感受到您们对四川的关怀和帮助，这是四川进步的根本原因。每念及此，无不万分感激，决心竭尽全力，奋发图强，不负重任。

由于四川地广人多，历史上由四川、西康两省和重庆市合并而成，大体相当日本的人口，要全面深入、及时了解情况，掌握进度，实属不易。加之四川是一个多民族的地区，经济、社会以及地理差异极大，很不平衡，就在西昌卫星发射基地，还存在母系社会，尽管我们随时想努力把中央各项指示，更好地加以贯彻，但时有顾此失彼，力不从心，忙不过来。我们思考再三，建议中央将四川省一分为二：四川省和重庆市，改重庆市为直辖市，将三峡库区的涪陵、黔江、万县、达县四个地市划入重庆。新四川约八千万人口，新重庆约三千万人口。这样做的好处是，可以避免一个省过于庞大，过于复杂，新的四川可以着重支持四川西部少数民族地区的发展；新的重庆可以担负四川东部三峡库区的移民。就整体而言，对于加强四川的全面发展，是有好处的。同时还可以在新成立的重庆市，探索适应社会主义市场经济体制的政府机构的改革和城乡接合的新路子，作为中央的试验区。以上设想，妥否，请指示。

再次问好！

谢世杰

肖　秧

1995 年 12 月 9 日

这是一封我们党和政府高级领导之间的私人信件，但同时又是一个地方党组织和一级政府向党中央、国务院的一份请示报告。它是促成重庆成为直辖市的第一份正式的历史文字材料，极其珍贵。由于谢世杰、肖秧两人的推动，加快了重庆成为直辖市的步伐。

重庆人应该向这两位领导人致敬，尤其应该记住积劳成疾而不幸早逝的肖秧同志，他为重庆直辖市的设立，表现出了一个政治家的博大胸怀。

次年 9 月，党中央、国务院经过缜密考虑，正式决定设立重庆直辖市，除达县地区外，基本按照谢世杰、肖秧的建议，将原四川省的万县市、涪陵市和黔江地区划给重庆，加之重庆原先的 11 区 10 县（市），面积 8.2 万平方公里，人口超过 3000 万。

一切均为水到渠成之事，只欠国家最高权力机构“通过”的东风了！

1997 年 2 月 19 日，中国人民的儿子，中国四个现代化的总设计师邓小平同志因病去世。在这一天，国务院做了一件特别巧合的事：把邓小平生前的最后一个心愿——设立重庆直辖市的议案提交到了全国人大常委会。

这个提案其实仅是李鹏总理给全国人大的一封信。

同年 3 月 14 日下午，第八届全国人民代表大会第五次会议闭幕式上，《关于设立重庆直辖市的决定》提交代表们表决。其结果是：出席代表 2720 人，赞成 2403 票，反对 148 票，弃权 133 票，未按表决器 36 人。

委员长宣布：“通过！”

人民大会堂顿时爆发出雷鸣般的掌声，特别显眼的是重庆的人大代表们个个从座位上站立了起来，一个个激动得欢呼起来。

人大的表决是下午 3 点 55 分，而 4 时许的重庆市内已经鞭炮齐鸣，市晚霞秧歌队的 20 名老年秧歌队队员作为第一批欢呼的队伍走上了大街……重庆人民沸腾了！

这个日子是山城重庆的历史转折。

当市民们纵情欢呼的时候，新重庆市领导们则在接受一个艰巨而光荣的任务："实际上建立重庆直辖市，是以三峡库区移民为基础的，如果没有这个任务，就没有直辖市的产生，希望你们把移民工作放在很重要的位置上……"

挂牌那天，李鹏代表党中央和国务院神情严肃地再次向首届重庆直辖市领导们一字一句地说着上面这段话。

新重庆诞生了，三峡省的筹备工作理所当然地停止了。

未在退休之前"扶正"的李伯宁，在重庆人民欢呼成立直辖市的时候，他老人家已经打道回府退休在家数年了。随着"150 方案"不断受到各方的质疑和"175 方案"的出台，深明事理的李伯宁懂得，"175 方案"是针对重庆建设与发展而考虑的，由重庆市来牵头承担统筹三峡移民工作，这是党中央深谋远虑的战略决策，个人算得了什么！

可是人们尤其是重庆忘不了李伯宁的历史功劳：不说他在重庆直辖市建立之前为移民试点所做的贡献，单单在他离开工作岗位后为三峡工程上马所付出的心血，我们也不得不折服。李伯宁的秘书至今仍记着"老头子"为了三峡工程"上书"中央的次数：仅 1990 年和 1991 年，李伯宁"上书"数量分别为 570 封和 700 封，且其中不乏洋洋洒洒的"万言书"。

李伯宁退休之前是国务院三峡经济开发办公室主任。1993 年 1 月 3 日，国务院下发了该年度的"一号文件"，决定成立国务院三峡工程建设委员会，这是三峡工程最高领导和决策机构，每一任的国务院总理是该委员会的当然主任，主管工业的副总理和国家建委几位领导出任副主任。接替李伯宁职务的是郭树言，他原是湖北省省长。

这又是一位"老三峡"。郭树言一干就干到今天，他因此成了"三峡移民时代"的风云人物。

真正的百万三峡移民时代是从郭树言手中开始的。这个"世界级难题"让郭树言和他的同事们几乎耗尽了精力和心血。与郭树言一样为移民工作倾尽精力的还有一位重要人物，他叫漆林，是国务院三峡工程建设委员会移民开发局的局长，是百万三峡移民的“最高移民官”。漆林在过去的6年时间内，就像当年指挥千军万马的一员骁将，长年辗转在库区，领导着整个三峡工程的移民工作实施计划，功绩有目共睹。

而我们尊敬的老战士李伯宁仍然没有闲着，他开始著书立说，几年后一部50多万字的《我的水利梦》出版了。

李伯宁在此书的《序言》中这么说：“我自1949年底参加组建水利部起，就与水利结下了不解之缘，成为生死恋。于是无穷无尽地做起水利梦来。这里有美梦，有噩梦；有快乐的梦，有痛苦的梦；有天真的梦，有困惑的梦；有晴空万里、鸟语花香、纵情高歌的梦，也有转而风云突变、乌云滚滚、泰山压顶、喘不过气来的梦；有昂首阔步、风流倜傥、驰骋疆场的梦，也有时而艰难险阻、紧裹着玻璃小鞋、寸步难行的梦。从1954年江淮大水，我被调到中央防洪总指挥部派往武汉市参加防汛起，我就又做起了三峡梦来，而且这个梦一做就是38年，直到1992年4月七届全国人大五次会议才梦幻成真。但接着我又做起了百万三峡移民梦，而这个梦也许会伴我走向另一个世界，但我相信，这个梦是个极其美好的梦……”

是啊，我想所有中国人都与这位尊敬的“老三峡”同怀这样一个梦：百万三峡移民，在中国共产党的领导和指引下，一定能胜利完成。

第二章　热土家园

泱泱中华，确实要感谢秭归这块风水宝地养育了屈原这位文化巨匠。然而多数人并不知道，秭归不仅养育了像屈原这样的千古风流人物，还是一块纳四海兄弟姐妹的老移民地。历史上每一次战争和自然灾难降临中华民族时，秭归总是以博大的胸怀接纳所有流离失所的人到此落脚安居。仅抗战时期宜昌沦陷的10天之中，逃至秭归境内的难民就达三四万人。现今秭归地盘上仍可找到如“宜昌墩”“巴东寨”和“陕西营”等地名，那是沧桑的历史留下的一份对秭归人情谊的永恒纪念。由于秭归“上控巴蜀，下引荆襄，扼楚蜀之交带，当水陆之要冲”的独特地理位置，兵争权夺，又加之长江咆哮不断，仅县城归州就有过6次大搬迁。

峡江“石头女”的情怀

不知怎的，自见她第一面后，我一直认为她就是当年铁凝笔下的那个“香雪”。与我年龄相仿的人大多读过20多年前铁凝发表在《青年文学》上的那篇成名作《哦，香雪》。我记得铁凝笔下的那个小山村里的香雪，提着小篮在火车轨道旁与同村的小伙伴们一起，争着为一天一次路经她村边的客车上的旅客们卖煮鸡蛋的情景，那是一种彻彻底底的纯情的美，那是一种中国式的山村女孩子彻彻底底的纯情的美，那是今天难以找到的那种中国式的山村女孩子彻彻底底的纯情的美，那是我们记忆中无法抹去的自然魂魄中流淌的美。

峡江边的“香雪”名叫付绍妮，纯纯粹粹的一个农家女，纯纯粹粹的一个“三峡女”。

她有一个美丽的名字。而付姓家族在她的家乡是个大族。现在这里的人十有八九要当移民了，要永远地离开那个养育了他们祖祖辈辈生命的江边沃土。这是一种什么样的情感撕裂？

人们都知道三峡的奇险之美，但未必都亲身经历和目睹过大江涨水最凶猛时在三峡江段呈现的惊天动地的景观。那是水的雄性的充分显示：浪起，两岸猿啼；浪卷，天摇地抖。关于三峡之险，李白、杜甫和天下才子早已把能够想到的最美妙的词汇全都用尽了，我无法详述，但我依然感到即使天下才子都用尽笔力，仍不能真正描绘出三峡之险之美。

这就是三峡，这就是中国长江上游最壮丽的山水经典，当然也是世界最壮丽的山水经典。三峡是上帝赐给我们的真正的可以无穷无尽地感受和想象的神圣峡谷。然而到过三峡的人，如果在巫山神女峰下稍作停留，再换船逆水而上，到峡江边的另一条河流后，会有全然不同于大三峡的另一种感受，会与我一样从心底深深地发出赞叹声：这里才是真正的美啊！

这条河流名叫大宁河，是长江在巫峡时接纳的第一大支流。它发源于陕西的终南山，流经150公里的崇山峻岭和大大小小的峡谷，又一路上纳清流接悬瀑汇溪涧，然后舒舒坦坦地在巫峡西口注入长江。许多人在走过三峡，惊叹自然险景后，面对一江与黄河之水不相上下的混浊巨浪，会情不自禁地对天长叹：要是长江之水又清又绿该多好啊！然而这几乎是我们不可能看到的了。我们谁会想到过去的长江肯定不是现在这个样，同时谁会想到如今的长江沿途仍有无数条碧水清流在向它汇拢拥抱。虽然这种水景由于长江的黄色浊流力大无比、势不可挡而难以察觉，但在长江与大宁河汇合之处的巫山城脚下仍清晰可见。这就是大宁河与众不同的独特魅力。

从巫山转船逆流而上到大宁河，一路河道更险、更窄、更曲，船在水中行进，你常为擦肩而过的两岸峻峭的山壁而失色惊呼，又随时为在清澈可见的河底上搁浅而担忧，其实你什么都不用担心，有经验的船老大可以让你放心地穿梭峡江险流。这就是出峡又入峡、大峡套小峡的大宁河，其沿途有龙门、铁棺、滴翠、剪刀、野猪等七峡。人们所说的自古桂林山水甲天下，而今应让小三峡的“小三峡”，就在大宁河段上。古人对大三峡留下了足有上万首不朽的诗篇，但却没有对小三峡留下什么笔墨。

人们对小三峡的开发和认识是在今天方得以实现的。我本不想在本文中对三峡作任何景致上的描述，但写到大宁河我不由得产生一种崇拜自然的激情，这也是我体会到生活在这片美丽峡江边的移民在不得不告别故乡时那种恋恋不舍的情绪是何等缠绵复杂之缘故。

借诗人公刘《小三峡印象》的诗句来诉说我对小三峡的那份崇拜吧：

滴翠峡真个像两匹其长无比的碧绿的锦缎，

这样的山色望久了眼珠子也会发蓝……
天上是谁织成白布又投入黑潭，
化一条水龙本想泡软肝胆却只能泼湿衣衫……
我当然不相信因果报应、阴阳轮转，
有的话，我一定做弄潮儿赤条条来往无挂牵；
假如我居然这辈子造下了什么孽冤，
那就罚我变山羊吧，
我要镶嵌于这绝壁悬岩！

公刘老对小三峡的痴恋，是期待自己能化作山羊而镶嵌于大宁河上的绝壁悬崖。不过我更倾向于化作水中的鱼儿，因为我更欣赏大宁河本来的那种水质之美。有人说大宁河像个隐居者，多少年来鲜为人知地流动着、存在着，然而大家并不知道它在进入长江之前的那份闲情逸致。而我认为大宁河是一个无法比喻的美女，她的清澈，可以让一切浊流变得自卑；她的纯洁，可以让一切肮脏退至地狱；她的美态，令任何人惊叹，腰的纤细处，柔软轻曼；胸的丰满处，其涓涓不息的乳汁总是供应着无数食尽人间烟火的善男信女们的生息与繁衍。

大宁河的水总是四季碧绿见底，水中的游鱼，河边的卵石，岸头的沃土，构成了这里宁静而富饶的生活景致。

付绍妮正是生长在这里的一位农家少妇。在她接受我采访时还剩下不多的时间里就要离开这美丽的家乡，成为真正的移民。

付家有兄弟姐妹 7 个，他们都已经作为前期移民搬至他乡，现在只剩下绍妮一个仍留在大宁河边。2002 年 8 月中旬我到她家采访，在她家的邻居墙上有一道用红色油漆刷写的大字特别醒目：“二期水位——135 米”。这样的字在三峡库区随处可见，即使在滔滔大江之中激流直下时，你坐在游船上也能不时看到耸立在两岸山体上的同样的文字。它向每一位三峡库区的干部和移民时刻提醒着这样一件事，即长江三峡库区将于2003年6月前蓄水至135米，而在这之下的两岸居民必须搬迁他处。这是一道钢的生命线，也是一条铁的纪律线。谁也无法抗拒的大江之水届时将溢涨至此线，那时来的虽然是水，其实同样是一条法律界线——违者不仅受到道义的惩罚，同时也将接受自然的拷打。

付绍妮告诉我，她说她应该算是村上的年轻一代，20世纪80年代末就到过广东等地打工，见过外面的世界。可是自从长江水利工程委员会的技术人员在10年前标出那道红线后，自己被确认为移民的那天起，她的心就像断了线的风筝，从此没能安宁过。为了寻觅和挽留对大宁河的最后一份情感，她断然在七届全国人大通过三峡工程上马决议的那天起，从广东回到大宁河的家乡，拨动起她童年时就不肯割舍的那份“石头情”。

“我知道一旦大坝建成，我们这儿那清澈碧绿的小三峡之水便不会再有了，奇景险峰也不再复还。我们的根都一起随涨水而飘向远方，生活和生命都会发生变化。这是无奈的，抗拒也没有用。所以我想到了童年曾经有过的经历和编织的梦：那时我们村上的女孩子们都喜欢上山下地去摘花，将自己打扮得美艳艳的。唯独我不爱摘花戴，偏偏下到大宁河滩上去捡石头玩。我开始只出于好奇，发现每次大水过后的河滩就变了样，细细一看，原来是河滩边的卵石翻了身，那一翻身整个河床就是另一番景致。这一发现叫我兴奋不已。当我再低头捡起一块块大小形状各异的卵石时，更加惊诧地发现那石头简直是个令人陶醉的奇妙世界，有‘山’有‘水’，有‘月’有‘日’，有‘人’有‘牲’，有‘云’有‘雨’……总之，天地人间有的东西，河滩上就能找到同样的卵石。那石头可能是世界万物的变体，可能是万物世界的微缩，你只要说得出的东西，河滩上就能有什么样的石头，只是需要你去仔细观察，真心寻觅。这一发现让我好不高兴！我做梦也想让自己变成河滩上的‘石头女’，想让人间变成什么样，就美滋滋地变成什么样。世界上没有人比我更有本事了，因为我可以拥有整个世界的一切……”付绍妮富有诗意地讲述着她曾经破碎过的童年之梦。

破碎的梦本该随着岁月的磨砺而渐渐消逝，然而三峡工程使付绍妮这位农家女不仅没有淡忘童年的梦，反而越发勾起往事，尤其是10年前长江水利工程委员会的工程技术人员到库区进行移民人数和被淹实物统计，那用红色油漆标出的淹没水位的字样在家门前醒目耸立起来后，付绍妮的心用她自己的话说是“再也不能安宁了，比女孩离开父母远嫁他乡还心神惶惶，心头整天七上八下的……”

在被确定为移民时，付绍妮没像有的女孩那样不是想法赶紧找个好一点的安家地，就是想法嫁给一户能留在本地的男人。她选择了与他人完全不一样的路，那条路是她童年有过的梦，这梦便是她与大宁河同枕共眠的梦。

那条路在弯弯的河滩上，那条路在清澈碧绿的河水的时退时涨间……

从此开始，扎着辫子的付绍妮从早到晚只要一有空闲就独自跑到河滩。她忽而举目峡江两岸的青山神峰，忽而伸手捧起一掬河水。每当此时，这位多情的农家女便会两眼发湿……她说她曾多次将自己的身子融入大河之中，感觉是那么舒展爽朗，于是干脆赤身裸体潜入水中，这时身边就会有无数小鱼簇拥过来，在你身边戏水玩耍，你自己仿佛也像一条鱼儿，“其实很多时候我真的想变成一条鱼儿，变成峡江水中的小鱼儿，它们多么幸福啊，无愁无忧，不用为库水涨起而搬迁，美丽的峡江水永远是它们的家园，永远可以在戏水拍浪间欢歌跳舞。”

她也曾有多少次在夕阳西斜后的傍晚，一个人来到河边，脱下衣服，潜入水中，仰躺在水面上，举月遥望星空，“这时候的我就特别想把自己变成瑶姬，她为大禹触礁而死，最后落地生根在咱巫峡岸边，变成巍峨耸立的神女峰而永远驻在峡江。瑶姬以殉身换得与峡江相伴的精神同样叫我神往。”

啊，神女峰的故事经这位即将离家远行的女移民之口一说，我顿觉多了几分悲壮的色彩。

“我知道三峡移民是国家定的政策，与法律连在一起，我们不能不走。到时候不管什么情况你都得离开。但谁能理解我对大宁河、对峡江边的家园的那份深情？那份对自然美景和对祖先留下的有形和无形的遗产的留恋？你们外人是根本不可能有我们对大宁河、对峡江的每一泓水、每一块石头、每一座山峰的那种留恋。我觉得自己的生命与这里的一山一水一草一木融化成了一体。我潜入河水时，觉得自己就是河中的一条鱼，那种舒坦，那种自由，那种欢欣，是无法用语言表达的；当我上岸时，我觉得自己呼吸的是清新的空气而让自己透体舒展滋润，没有别的意念。就是哪一天因父母之命非嫁人不可时，我的第一选择是男方必须是大宁河边的，神女峰峡江边的。真的，我一直这样想，才使我后来有了十余年的石头情……"

付绍妮现在开设的已经远近闻名的奇石馆，就是她石头情的结晶。当三峡移民的时间表定下后，付绍妮不顾家人的反对，不顾村里人的冷嘲热讽，开始了捡石头的"留梦生涯"——她自己解释：对三峡移民来说，断梦和碎梦都不可取，唯独留梦是可以做到的。留梦里包含着对过去的怀恋，也包含着对未来的某种期待。

有首诗这样写道：河滩上的石头最能试金，无动于衷者踩着它走，有情有义者拾它而起，拾起者爱恋收藏者是真正的诗人。

付绍妮应该是位不写诗的诗人，因为她是真正的拾石者。不仅如此，她对生活和自然的理解以及抒发内心感觉时的那缕缕情丝，其实就是诗。

石头历来造就诗人。峡江边的石头更能造就伟大的诗人。

在村里人不停地把家中一切可以拆卸的东西搬运出去的时候，付绍妮则将一筐筐石头背回到家里，然后逐一整理，排列编号，对其中上乘之品甚至还不惜从柜子里取出最好的新衣布匹将它包裹得严严实实。

有人见后笑她，说："妮妮你把石头护得那么好，是不是以后做嫁妆呀？"

绍妮回答："可能吧！"

有人说："你绍妮不绣花不做工，专门捡些石头回家，想靠啃石头过日子呀？"

绍妮回答："我啃石头比啃馒头更有滋味。"

有人长叹说："现在移民要搬迁了，家里能变卖的都变卖了，多换几个钱就是最实际的'补亏'，你妮妮整天弄石头能弄出个金蛋蛋来？"

绍妮回答："我的这些石头个个都是金蛋蛋。"

村里村外的人都叹气了："唉，瞧，移民搬迁把咱妮妮这么好的娃儿都整成疯子了……"

"谁说我疯了？我好着呢！"绍妮站起身，挺着胸，一脸灿烂地对大伙儿说。

"可不，她不像是疯了嘛！"人们好奇地等待这迷上石头的娃儿下一个出的是什么怪招。

有一天，一位外地来小三峡旅游的客人路过付绍妮的家，见她正在弄石头，便好奇地凑过来观看，这一看不打紧，那老兄的眼珠子就差没被五彩缤纷的石头给勾出来。

"太神奇了！哪儿捡到的？"

"就在咱大宁河滩上。"

"你能卖几块给我吗？"

"卖？"

"嗯。"

"可……可我不是为了卖才捡的呀！"

"不卖？你别骗我了，不为卖，你捡这么多石头干啥呀？是收藏？你们农民也收藏？哈哈哈，你逗我，你们连吃饭都要靠到广东打工挣的钱来维持，还搞啥收藏？

这回付绍妮有些来火了，"告诉你，这石头我就是不卖！有了它，我口袋里也会感到沉沉的，肚子也不觉饿的。"

外乡人发怵了，半天不明白这峡江边还有这样不懂"世故"的农家女，便悻悻地走了。

付绍妮因此哭了半天，她为自己这份不被人理解的故土之恋而痛苦悲伤。可哭过后她冷静思忖起来：人家对咱石头感兴趣想买也没啥子错，要是真的能将自己对故乡的这份石头情分享给别人，让天下的人能更多地了解大江三峡，也是一件好事嘛！

姑娘想通了，突然感到自己那份孤独的恋情多了一方天地。

大宁河上的小三峡每天吸引着成千上万的游客驻步，他们也经常光顾付绍妮家的农舍田间。于是有一天付绍妮认真地挑选了几块比较好的石头放在家门口试着看有没有人来买。

“哎哟，快来看，这些石头真漂亮真奇特呀！”已经在屋里等候了多时的付绍妮终于听到了她想听又怕听到的声音。

“喂喂，这石头的卖主在哪儿呢？我们要买些石头呀！”游客们大声嚷嚷起来。

姑娘一听这嚷嚷声就赶紧从屋里出来，她不是担心到手的生意跑了，而是害怕这一嚷被左邻右舍瞧见她在“做石头生意”哩！

付绍妮看着围在她家门口的一群游客，脸顿时绯红——毕竟她从来没有做过买卖。

“嘻，这小姑娘还挺腼腆的。”有位女游客拉过付绍妮的手，问：“这石头是你捡的还是从其他地方批发来的？”

“全是我自己捡的。不信你跟我进屋看看，还有好多呢！”付绍妮一下绷紧了脸，一本正经道，“这石头只有咱大宁河有，与其他地方的都不一样。”

“好好，相信姑娘说的是实话。我们买几块行吗？多少钱一块？”游客们友善起来。

“这……”姑娘的脸又红了，半晌才喃喃地说，“你们给多少就算多少吧。”

“哈哈，这姑娘倒挺实在的。”游客哄笑起来，又说，“那 1 块？ 5 毛……怎么样？”

付绍妮还是红着脸，直点头。

于是游客们高高兴兴地挑拣了不少石头，按每块 5 毛钱付给了姑娘。

“嘟——”一声汽笛，轮船载着游客们走了，远远地走了。可手中拿着十几张钞票的付绍妮则依然站在家门口发呆，她不知是喜还是悲，那手中的钱来得突然，来得令她不知所措，也搅乱了她原本对石头的那份质朴情感。

她依然一有空便到河滩捡石，并且在家门口竖起一块用纸糊的硬板板，上面写着：“三峡奇石，欢迎参观”。后来又在“参观”后面加上“购买”两字。于是付绍妮的石头情开始了一部分的商业化——而她自己坚持说这丝毫没有减弱她作为一个即将离开故土的移民对长江和大宁河的那份深深的情感。

生活所需，无可非议。再说既然物有所求，物的主人不仅创造了新的一种物品交易，同样还输出了一份精神和文化。

石头的收藏更富含精神因素。付绍妮开始并不清楚自己在与游客们交易石头的同时还扮演了三峡文化传播者的角色。

她的“石头生意”变得日趋红火。

有一天，她发现左邻右舍的小姐妹、大嫂阿婶、婆婆老伯们都像她一样在自己的门前摆起了石头小摊。而过去仅在他们那儿停留吃一顿午饭的游客们也渐渐把观赏购买“三峡奇石”当作一项必须任务了。

这是付绍妮没有料想到的，左邻右舍那些过去瞧她不起，背地里骂她“神经病”的人如今一口一个“妮妮亲”“妮妮巧”的，时不时凑过来向她讨教学艺。

姑娘一下感到她的石头成了灵性之物。那一天，她独自走到河边，张开四肢，伏在卵石堆上痛哭了好几个小时。

“我一点也没有为生意兴隆而兴奋，相反越来越感到忧伤，因为当我发现咱三峡的河滩之石一旦出现除精神价值之外还有丰厚的商品价值时，我更感到作为一名即将离开三峡的移民的那份不舍之情。我因此痛哭不止，甚至想像瑶姬那样一死而成永伴峡江的神女峰，那就可以不走了，可以不离开三峡，不离开我的大宁河了。可现实不允许我像瑶姬那样，我因此好不悲切……”

石头女，一个多情之女。她的那份幽情令人感动。

经过多年苦心经营，付绍妮的石头小摊变成了奇石馆，而且名声传遍十里八乡，在小三峡一带都知其名，甚至连外国的报纸都报道过。可有一样付绍妮始终没有改变，那就是她的“三峡移民”身份。

是移民就必须离开大宁河，离开大江那条淹没线。尤其是当自己家的兄弟姐妹都走后，付绍妮更觉岁月的无情，更觉得三峡蓄水期限每天都在向她逼近……

她知道一旦水库建成，175 米的最高水位升起后，她家门前的大宁河将不再有如今美丽的卵石河滩了，她不可能再回到大宁河边捡些如夫如子的三峡奇石。

付绍妮比其他百万三峡移民多出一份割舍不断的哀痛。

“我现在最想做的就是在离开大宁河离开三峡时多捡些奇石，然后把我家里所有存留的石头一起带到新的家园，在那儿开一个‘三峡奇石馆’，让更多的人了解咱们曾经生活过的故乡是多么的美！”付绍妮将心中的秘密告诉了我。

一场大雨刚过，千山万峰的涓流汇成一河，随即涌入大江，组成滔天洪流，惊得湖北、湖南和江西等地大堤摇摇欲坠，险情不断。然而大宁河依然是清澈的，只是河水涨起数米，小三峡因此变得涛声震耳，烟雨朦胧。

石头女未等天晴，便又背起竹筐直奔河滩。那河滩仿佛是刚刚化过妆的美女，艳丽无比，与雨前的景致全然不一样了。

石头女有经验地告诉我，她最喜欢这个时候上河滩来，因为经大水一番冲动，河滩上原来“睡死”的石头，一下“醒”了——它们个个都翻了身。这时捡奇形怪状的石头就容易得多。

“你现在还是天天到河滩捡石？”

“是的。一般早上到中午时间在家做家务和守摊，下午两三点钟等来小三峡的游客们走后我就上河滩捡石。”

“每天都能见到奇妙的好石？”

“不一定，有时一天能捡好几块，有时几天捡不到一块。”

“就在家一带的河滩上捡？”

“不。现在村里捡石卖石的人多了，她们常常跟着我走，所以我只能到大宁河的上游去捡，一走常得花四五个小时。”

“最得意的时候捡过什么样的奇石？”在付绍妮的小小奇石馆里，我看到一些放在特别装置的木柜内的精品，好奇地问她。

“你看这块石上的影子像屈原在唱《离骚》吗？这像不像两只腾飞的仙鹤？还有，看得出这像不像是青藏高原？……”我发现这时的付绍妮特别神采飞扬，连眼睛都显得格外亮。

真是自然奇珍。我随手拿起一块半个手掌大的卵石，那上面清晰可见两只白色猫儿，尤为神奇的是其中一只猫的眼睛活灵活现，使得整个《双猫图》栩栩如生。

“像这样的奇石一定能卖个特好的价钱。”我有些爱不释手。

石头女伸过手来，笑嘻嘻地说：“这样的宝贝我不卖。”

“哈哈，我也买不起呀！”我开玩笑道。

付绍妮告诉我，每次轮到游客们向她索买这样的珍品时，她最痛苦。因为一方面她特别希望有人慧眼识宝，另一方面又极不情愿卖出这样的珍品。为送第一批搬迁外地的哥哥一家离开家乡，她想为侄女们每人买件礼物，可她身上除了石头，没有几个积蓄。无奈之下她把一块很有代表性的“神女峰”石卖给了一位游客，换得 1000 元钱。付绍妮说，失去这块“神女峰”石，就像自己被错嫁出去一样痛苦。为此她哭过至少 3 次，因为这样的奇石珍品，一般是很难再找到了。

昔日的石头女如今已有了家庭，而且选择的就是大宁河边的小伙子。木匠出身的丈夫起初并不能理解妻子的石头情结。1998 年那场特大洪水，也使长江支流的大宁河咆哮起来，付绍妮的二层楼新婚小窝也被淹了一人多高。洪水来的当晚，全村人惊慌失措。年轻的付绍妮夫妇也投入了紧张的抢险战斗。当丈夫拼命将底层的粮食往楼上搬运时，只见妻子抱起石头跟他抢攀楼梯。丈夫火了：“你到底是要这个家还是要你的石头？”

妻子怵怵地看了一眼丈夫，猛然一抹脸上的雨水和汗水，斩钉截铁地哭着回答道：“我先要石头！”

丈夫这时才真正明白妻子的那颗“石头心”。

“好吧，先搬你的石头。”雨中夫妇俩抱成了一团。

北京呼我回去开会，临别大宁河时我再次来到石头女家，我知道过不了多少时候，她这个三峡女也要永远地离开她的那个美丽家乡了。

这天，付绍妮特意给我这个外乡人看了第一次给外人看的两样极品奇石。

那是两组奇石。一组是“2008”，由4石组成，上面清晰可见“2”“0”“0”“8”字样。她告诉我这是特意为庆贺北京申办奥运获得成功而收藏的，等再捡到“北京”字样的奇石后，准备在2008年北京举办奥运会时献给大会。另一组“中国石”，由3石组成，上面同样清晰可见“中”“国”“石”字样。

“这组‘中国石’曾有个旅居加拿大的华侨要出50000元买走，可我没舍得。我要一直珍藏到2009年，那时三峡大坝已建成。我想捐赠给未来的三峡水库博物馆，想用它来告诉后人，作为一个三峡移民，我们对故土的那份不舍之情……”

听了她的话，我忍不住要过那组“中国石”细细端详，那石很坚硬，很有光泽，鬼斧神工的3个字是那样的清晰逼真。我一遍又一遍地抚摸着，渐渐感到那奇石开始微微发热，直到发烫……我的心猛然一颤：这不就是一位三峡女对家乡、对峡江、对大宁河的热爱之心嘛！

渐渐地，我又感觉那“中国石”三个字变成了“中——国——心”。

是我的泪水模糊了眼睛？还是奇石真的显灵？

啊，我终于明白了，什么都不是，是我们的百万三峡移民们热爱祖国、无私奉献的赤子之情在感动着我……

百万移民“第一户”

关于“百万三峡移民”到底谁是第一个，我走了库区一路，发现很有意思的是有不少版本。作为一个伟大事件的起始，应该说具有一定的意义。因此，我一路追寻，一路思考……

在重庆市涪陵库区采访时，有人自豪地告诉我：百万三峡移民最早的应该是我们，“事实”非常清楚，因为七届全国人大五次会议通过三峡工程建设上马的决议是 1992 年 4 月 3 日。而在这个具有历史意义的日子前 13 天，我们涪陵区原属下的丰都县就开始在长江对岸动工建设新县城了。当建设 5 平方公里面积的新县城的第一声鞭炮响起时，第一户移民就产生了。再说你们外乡人可以来今日的涪陵看一看，那就啥子废话都甭说，就会明白这“百万三峡移民第一户”可不是吹出来的。

丰都是中国有名的“鬼城”，在此地各式各样的阴曹地府庙宇就有 70 余所。传说长江沿岸的人死后，都要魂归丰都，其原因之一便是灵魂在转世时仍离不开水。聚灵集魂的小城人就是聪慧，别人尚未发觉风吹草动，他们已开始全面行动。

我知道在三峡工程上马之前，涪陵是库区最穷的地区之一。可现今的涪陵人确实很牛，在别人正被一波接一波的移民工作弄得精疲力竭时，他们却早已站在长江岸头笑逐颜开地年年迎接着收获的喜悦。单单那“十朵金花”在你面前一亮，就会叫人赞叹不已。当然还有本地特产——进入千家万户的“涪陵榨菜”。这么多“金花”靠什么响出名的？

当然是三峡移民工程嘛！涪陵人这样得意地告诉我。

他们有一大把实例证明自己是最早的移民，因为别人还在刚刚走出大山和峡江时，他们涪陵人已经在新家园上欣喜地饱尝着胜利的果实。但我知道涪陵人今天的笑，也是从昨天的伤痛中获得的。身为几百万人口的当家人王鸿举书记也许是伤痛最深的一个。王鸿举记得非常清楚，在他作为涪陵当家人时，别说沿江的百姓日子过不下去，就是他这个书记的工资也常常得用香烟来折抵。说起当年的事，这位峡江汉子的眼眶就湿润起来。那时机关干部的工资没有来源，涪陵有个不小的烟厂，始建于 1982 年，因为本地产烟叶，所以烟厂的产烟数量不成问题，可因为无资金进行技术改造，烟卷质量上不去，只能卖给本地烟民。但本地烟民的工资都没地方拿，哪还有钱买烟抽？一方面烟厂不断产出烟卷来，另一方面涪陵人没钱买不起烟抽。烟厂越干越赔，到 1991 年已经亏至千万元以上。可成箱成箱的烟卷却还在仓库里往上堆。不太抽烟的王鸿举他们为了“救市”而动员部下一起抽“爱国烟”。一时间，机关干部不分男的女的，月底见不到工资下来，却拿回好几条“涪陵”香烟。

“这烟能填饱肚子吗？”掌勺的娘们急了。

会抽烟的爷们苦中作乐道：“吸一口这烟草味，总比看着工资单拿不到钱强些吧！”

“强！强！强你个龟儿子！你 10 天不吃一口米饭，光抽大烟看不死在长江里才怪呢！”

“那我有啥子法子？”爷们无奈了。

“没法子你就明儿把烟都给我还给他们市长、书记！让他们抽，不抽死才怪！”

辣妹子本来就辣，第二天，王鸿举他们这些头头们上班一看：了得，办公大楼前全被一地的“涪陵”香烟堵得水泄不通！

这就是涪陵有名的“香烟闹市府”的历史性一幕。

在那些年月里，王鸿举他们有苦无处诉，有泪无处掉。就在这时候“三峡工程上马”的消息从北京传来。

“三峡移民工程是机遇，涪陵经济要借这机遇盘活死水。”王鸿举等决策者眼睛突然亮了起来。

“烟！还是先从烟上做文章。”已经被烟熏得脸色蜡黄的王鸿举依然想到了涪陵香烟。

靠自己已经没有什么出路，走出去，搞联合。

王鸿举首先想到了“烟王”——玉溪烟厂，并前往云南。

“你们？涪陵？那也叫烟？哈哈哈……”对方就差没笑掉大牙。堂堂一市书记（那时涪陵还称市），竟然只能在“烟都”见个科级干部。

第一次无功而返。王鸿举并不泄气，不多时再赴玉溪烟厂。随员愤愤不平道：“要是玉溪烟厂的龟儿子领导这回再不出来，老子就让‘玉溪’鸟烟永远进不了咱重庆的朝天门！”

王鸿举则不以为然：“你以为你是谁？人家不进朝天门，就更多地进天安门！怕你那么几个亿的区区小账？哼！放明白点：该当孙子的时候就别充爷！”

就这么着，一群堂堂七尺峡江汉子，为了几百万人的饭碗和三峡移民们能搬得出山弯弯，在人家门口整整等候了三日四宿。

“玉溪”老板终于出来了，问：“你们是……”

“我们是三峡移民……”王鸿举毕恭毕敬地想作一番陈述，可后面的话还没说完，没想到对方已经张开双臂将他紧紧拥抱住。

“哈哈，你们是移民哪！是三峡移民，我们一定全力支援你们！说，你们想要什么？尽管往大里想，往大里说！”“玉溪”老板不愧有“烟王”之气概，令峡江汉子们一下泪湿衣襟。

合作就这么着开始了。大批的先进设备，一流的进口流水线，涪陵老烟厂竟然生产出了正牌的“玉溪”，并且是中国烟王的“当家品牌”儿！

酷！那才叫酷！昔日人见人头疼的“涪陵”烟，如今摇身一变成了全国抢手的精装、简装、极品的大“玉溪”。抢啊！烟商们疯了似的前来订货。仅合作的1993年第一个年头，涪陵烟厂就甩掉了亏损帽，当年实现利税1.36亿元。之后又每年以亿元以上的速度递增利税，正可谓一烟带活全涪陵，三峡移民奔小康。

1994年10月12日，那一天，秋高气爽，大江两岸青山如黛，枫叶似火。江泽民总书记乘车沿江而行，看到崭新的美丽江城一片欣欣向荣景象，不由得大为惊叹：涪陵市这么繁荣，比想象的好得多，好得多。大有希望啊！

这时，一旁陪同的王鸿举在汇报完后忙请总书记指示。

“没有了，没有了。孔夫子有句话：‘知之为知之，不知为不知，是知也。’你们已经搞得相当好了，我很高兴，非常高兴啊！”总书记又一次将深情的目光投向耸立在大江边的涪陵新城，并频频点头。

这时，人们发现王鸿举这位汉子的脸颊上情不自禁地淌下了两行热泪……

顺大江之水而下至湖北境内的三峡库区，当地人一听有人问“百万三峡移民第一户”是谁，身为三峡库区第一县的秭归人可以直着脖子冲人说：“这还用争吗？除咱秭归还有谁？”

秭归人没有说错，在600多公里长的三峡库区中，秭归是离大坝最近的一个县，也是大坝开始蓄水后的首淹之县，有11个乡镇、154个村、530个组（生产队）将被淹，其中包括有千年历史的县城所在地归州也将全部被淹，其一个县的财产损失综合指标占整个三峡库区21个县市的10%，也就是说，当三峡大坝一旦蓄水上来，秭归一县则要承担全库区十分之一的巨大损失！

那是一种什么样的巨大损失？当然有看得见的财物、村镇、农舍甚至整个城市的消失，更有大片大片肥沃的田园和土地、渔港和码头的消失。但这仅仅是有形的东西，秭归人真正心疼的何止是这些？他们真正心疼的是那份对故土的割不断的感情！

“秭归胜迹溯源长，峡到西陵气混茫”（郭沫若）。秭归人的这份割不断的故土之情可以追溯到他们对7000多年前的祖先的怀念。1958年至1985年间，我国的考古工作者一直在秭归县境内的朝天嘴遗址进行大规模的发掘与鉴定，确认在7000多年前的新石器时代这里便有了秭归人的祖先。而秭归作为一座名城已有3200多年历史。《汉书·地理志》载：“秭归，归乡，故归国。”特别令秭归人骄傲的是，在公元前339年的战国时代，我国伟大的爱国诗人屈原先生便是诞生于此地的。“文章均得江山助”，屈原身为秭归骄子，得益于长江西陵峡之山水灵气，写出了千古不朽之作《离骚》，使秭归人扬眉吐气了几千年。

泱泱中华大国，我们确实要感谢秭归这块风水宝地养育了屈原这位文化巨匠。然而多数人还并不知道，秭归不仅养育了像屈原这样的千古风流人物，而且还是一块纳四海兄弟姐妹的老移民地。历史上每一次战争和自然灾难降临中华民族时，秭归总是以博大的胸怀接纳所有流离失所的人到此落脚安居。仅抗战时期宜昌沦陷的10天之中，逃至秭归境内的难民就有三四万人。现今秭归地盘上仍可找到如“宜昌墩”“巴东寨”和“陕西营”等地名，那是沧桑的历史留下的一份对秭归人情谊的永恒纪念。由于秭归“上控巴蜀，下引荆襄，扼楚蜀之交带，当水陆之要冲”的独特地理位置，兵争权夺，又加之长江咆哮不断，仅县城归州就有过6次大搬迁。

第七次搬迁是三峡工程所致。秭归人因此理直气壮地说他们是“三峡移民第一人”，其中最“铁”的事实——他们是“库区第一县”，而县城归州古镇则是库区最先要淹没的城池。一县首府淹入水中，不等于几十万人成了无头之众吗？更何况，在古城淹没的后面，还有全县整10万人的移民呢！又一个“百万三峡移民”中的十分之一！

秭归人能不急吗？在全国人大关于三峡工程上马的决议还未表决之前，他们就已经火烧眉毛了。

第一铲土动下，就会铲到第一个移民身上。

江三，一个普通的农民，一个从不在别人地头动一把土的老实巴交的农民。然而现在不仅有人要动他的土，而且要连根拔掉他。江三的心开始流血了……

那些日子他天天待在橘园不肯回家。

望着挂满枝头的橘树，江三长吁短叹：这可是10年的心血啊！也许三峡之外的人并不知道在峡江两岸有几千年的种橘历史，屈原的《橘颂》其实就是他对故乡所倾注的那份深情的咏物言志。橘树曾是古代楚国的社树，峡江之地本为古代楚国地盘，可见楚人与橘树的情缘自古便很深。当地的农民不止一个告诉我说，你们外乡人都说我们峡江两岸穷，那不假，但要是谁家有两三棵橘树，再穷也能养得活全家。

橘树是峡江人的摇钱树。江三对自家橘园的那份情，村里的干部不是不知道，但三峡大坝要建，“库区第一县”的人首先得搬迁。家园拆了，户口迁了，剩下的橘园也得砍呀！

江三大喊一声：“啥都可以不要了，可橘园不能砍！”

干部们知道他说的不是理，可还是软了手。

等一天再说吧。

一天过去了，江三没有松口。

两天过去了，江三不仅没有松口，而且干脆卷起一床席子，提着一把斧子住进了橘园。

村上组成的伐林队伍，有几十人。那是一个特别行动战斗队：个个手持利斧钢锯，他们接受的任务是在规定的时间完成规定的伐树面积，凡属三峡一期水位之下的树木一棵不留，这是命令，也是界限。不这样干，三峡水库就不会有开工的第一铲土！

这就是库区人的牺牲。没有这牺牲就没有“库区人民”这个光荣称号了。没有这牺牲怎能拉开“百万三峡移民”悲壮的序幕？

伐林的队伍挥动着亮铮铮的斧子和钢锯，所到之处，在当地乡亲们看来是一片片“惨不忍睹”的景象，那唰唰唰的砍伐声如同利刃剜在他们心头……

“走吧，你这头倔驴，我求求你了……”妻子带着孩子跪在橘园的地头一遍遍地乞求。

江三铁了心，视而不见。照样不分白天黑夜，拎着闪亮的斧子在橘园里来回巡视，一双布满血丝的眼睛像是见谁就跟谁拼命的架势。

“他真的要吃人呀！”砍伐队的人被这位誓死保护橘园的汉子吓退了。

干部们无奈，向上级请示后动用了警察。全副武装的小伙子们在充分准备的情况下，向怒目而视的江三突然发起攻击，几个人一拥而上……

那一瞬惊心动魄：干部们，江三的妻子孩子们，还有村上的老伯老婶们的心全都提到了嗓子眼儿。但奇迹也在此时发生了：早已打算与橘树同归于尽的江三，却在警察发起攻击的那一瞬，愣在原地，连动都没动一下，只见警察将其拖出橘园……

天！警察们从江三手中夺下那把闪闪发亮的斧子时，每个人的后背是凉丝丝的。人家好端端的老百姓一个，你既不能像对暴徒那样干，又不能像对坏人那么狠，可他真要动手拼命又会怎样呢？警察也是人，警察中许多人的老爹老妈哥哥妹妹也是移民，也是橘农，他们同情江三，但又必须制服这位死也不肯搬出橘园的倔汉子。

感谢老天，最危险的事没有发生。警察们在夺下江三手中的斧子后不由得松了一口气。可谁也不曾想到这时的江三突然像头脱缰的野马，疯一般地冲出警察的包围圈，飞步直奔橘园……警察们下意识地紧追其后，但刚追几步的小伙子们一下止了步：原来江三出人意料地抱住一棵橘树，像个受了天大委屈的孩子似的伏在树上大哭起来。那痛哭声伴着峡江山风，回荡在西陵峡两岸，与呼啸的大江急流汇在一起，骇人魂魄。在场的伐林者、村干部和警察，还有与江三同是移民的父老乡亲们无不跟着挥泪哭泣起来……

即便这样，当地干部告诉我，江三这位不舍橘园的峡江汉子仍然不是百万三峡移民第一人。与真正的三峡移民第一人相比，他只能算是一个后来者。

谁为三峡移民第一人？难道真的有此人？第一人是肯定有的，但何以证明？秭归移民局办公室王海群主任是秀才出身，他给我提供的一个名字可供以后三峡工程史学家们考证。他叫韩永振。考证依据是，他的家里有块县政府颁发的“三峡坝区移民第一户”的牌匾。

县政府颁发的，还有假？而且据我所知，全三峡库区几千万人中，没有政府部门给哪一位移民和哪一个家庭发过类似的牌匾。韩永振老人的那块牌匾具有“移民第一户”的“专利”。

韩永振常自豪地告诉我们这些外地来采访的人，说他这块匾“来之不易”。那是10年前的1992年冬，三峡工程尚未正式拉开帷幕，秭归县领导指挥的几十辆推土机已经隆隆地开到了施工现场。

“乡亲们，我们要在这里建新县城！给你们六天时间挪窝，要不工地就不好开工，要真误了国家三峡工程建设这大事，我们三峡人的脸面往哪搁啊？大家想一想是不是这个理？”新县城建设前线指挥部的干部们站在几人高的推土机上扯着嗓门喊着。

可不，盼了几代人的三峡工程现在真的上马了，咱三峡人还有啥子说的？千年逢一回，迁吧！国家需要嘛！村上的乡亲们都觉得干部们讲的话一点没错。腾地建三峡大坝，盖新县城，那是没说的！全村人仅有两个退伍兵曾经出过峡江见过外面的世界，除此之外连村支书韩永振本人都上没到过重庆，下没出过宜昌。干部们这么看得起咱，把国家三峡大工程的头一份“贡献”搁到咱村上，这可是天大的光荣嘛！龟儿子，三峡工程还真让人露脸啊！

嘿嘿，那是的哟，要不啥叫“三峡人”嘛！

乡亲们你看我我看你地乐呵着。

迁！明儿个就迁！老子盼了多少年三峡工程，这回总算在咱的家门口干起来了！迁！

男人们乐，女人们跟着乐，娃儿们更乐。迁，我们一起迁！

可迁往哪儿呀？对呀，搬迁搬迁，总得有个好去处呀！

于是乡亲们回头找到动员他们拆迁的干部。干部们站在大推土机上一挥手：还用说，当然是迁到该去的地方，比如说离这儿三五里的那些不被将来大坝水淹的山坳坳上呗！

啥？弄了半天建设三峡，原来是叫我们让出好地上那些荒秃秃的山丘呀？呸，这是谁的主意？老子找他论理去！

可不，好不容易盼来了三峡工程的正式上马，盼来了新县城搬到咱家门口了，怎么着要搬也要让我们搬到将来离三峡大坝最近的地方，要迁还不趁好机会把我们的农村户口迁到城里去啊！

全村男女老少全都“炸”了起来。建新城的推土机方才还是昂着高傲的头在农民兄弟面前耀武扬威的，转眼间都成了这些泥腿子脚下的一堆废铜烂铁。

工地干部急电县领导求救。于是乡上的县上的头头脑脑们来找村支书韩永振。

“老韩哪，你是老党员，大道理甭多讲你也会明白的。建三峡工程是国家的大事情，建三峡我们秭归县城是全淹的地方。尽管现在上面对整个三峡移民还没啥个具体政策，但我们不能等啊，等一天那以后大水就是赶我们一天！所以我们县上要抢先开工建新县城。乡亲们的情绪是可以理解的，但建新城、筑大坝是大局，我们都得识大局，老队长你说对不对？”韩永振当了几十年生产队队长，现在叫生产组小组长，可大伙儿还是习惯叫他队长，县里乡里的干部也是如此。

韩永振抽着旱烟，点点头，嘴里是啊是啊地应着。

“那老队长，你看是不是就请你动员大伙搬迁吧！”干部们心急如焚，建新县城的工程进度表是人大用决议的形式通过的，马虎不得。

“是啊是啊。”韩永振还是这句话。

“那给你们3天时间，要不施工的大队人马都来了，耽误一天就是几十万元的损失啊！老韩，你知道咱是个贫困县，几十万元可不是个小数呀！”县领导用手揪着自己的胸襟，像是要掏心窝窝。

“是啊是啊。”韩永振老队长似乎只会说这句话。

“那我们可就全拜托您老了啊！”说完，领导们都走了。

村口只剩韩永振一个人愣在那儿，直到暮色降临，老队长这才低着个头往家回。

“爸，你说咱搬还是不搬？”儿子见他一个人闷在灶前半天不吭一声，便上来试探着问句话。

“是啊，是啊是啊。”韩永振依然喃喃地说着“是啊”两个字。

儿子有些急了，伸手摸摸老爹的额：“爸，你没事吧？”

“你说有什么事呀？”突然，韩永振立起身子，怒吼一声。再瞧他的样儿，像头断了腿的老狮子，可怜又可惧。

“哇——”那天未过门的儿媳妇正好也在，乡下的姑娘胆小，见老人吼得这么惊天动地，吓得哇哇直哭。

“你这个死老鬼，自己有闷气跳长江去！干啥子拿家里人出气？能耐啊！”老伴不干了，一顿奚落。

韩永振一甩手，回到里屋就往床上一躺，一丝儿声音都不出。家人谁也不敢再出声。直到半夜，那屋里才发出呜呜呜的哭声——那是一个老男人的哭泣声。

“呜——呜，呜呜——”儿子没有听过这样的哭声，老伴没有听过这样的哭声，村里的人也没有听过这样的哭声。这样的哭声像是大山深处被猎人掏了心窝的老狼临死时的那种嘶嚎声，听了全身会发冷发颤。

第二天天亮，一家人谁都不敢提昨晚的事。可奇怪的是老头子在清晨起床后似乎格外精神，只见他先在新屋前后转了一圈——房子是前年盖的，基本上新砖新瓦、新窗新门。然后韩永振招呼儿子和老伴，还有没过门的儿媳妇。“你也算是咱韩家的人了，”老头子瓮声瓮气地说，“都听着，今天你们啥子事都别干了，儿子你腿快，去跟外村的亲戚好友招呼一声；老太婆你就把村上的人招呼一下，让他们明天都上我们家来……”

“干啥子都上咱家来？”儿子和老伴瞪着眼有些不明白。

“少啰唆，让他们来就成。”韩永振显得异常武断和暴躁。

隔日，韩家的院内院外一片喜气洋洋办大事的光景。韩家的远近亲戚好友、村上的男男女女都来了。韩永振的脸上今天显得特别喜气，他笑嘻嘻不停地跟人打招呼，有人问他是不是给儿子提前办婚事？他只笑不说。

该来的人差不多都来了。这时只见韩永振站在院子中央，面对亲戚朋友和村上的父老乡亲，拉开嗓门高声道：“按咱三峡人的风俗，哪家结婚、生子、盖房、搬家，都得办酒请客。我呢，前年才盖了这4间新房子，照理今天是该给儿子结婚办喜事的。可不行啊，现在国家三峡工程要上马了，儿子的婚事得改动日期了，因为上面让先拆这房！所以……所以今天请大伙儿来帮我一起把这新房子给拆了……老韩我今天可能做得有点怠慢大伙儿，中午的这顿酒要等把房子拆了才能喝，啊哈，拆完了才能喝……动手吧！”

韩永振说完，登上木板凳，第一个冲上了房顶。

4间新房就这样稀里哗啦地在众人手下拆了个精光。

末后，韩永振摸了摸脏兮兮的脸，然后极其严肃地举起一碗酒，再次冲村上的乡亲们大声说道：“大伙儿听着，你们如果还认我这个老队长的话，明天开始，你们就像我这个样，把自个儿家的房都给扒了……这是国家的任务，我们得服从，可不能丢我们村的脸面！我在这儿敬大伙儿这碗酒了。”说完，韩永振一扬手，一饮而尽……

“干！干了，学老队长的！”男人们悲壮地举杯。

女人们则开始抽泣起来。

不知是谁最先呜呜地发出哭声。于是整个村上的人全都号啕大哭起来，就像决口的江堤，怎么也挡不住。

这一天是1992年12月2日。三峡工程从此有了第一户搬迁的历史纪录。

十几天后，全村的人跟着老队长义无反顾地将自己心爱的家园全部拆毁，移至几里外的荒山岗，留出一片开阔地，迎来建设新县城的千军万马。

次年4月8日，“库首第一县”的秭归新县城开工仪式隆重举行。韩永振在几万人的热烈掌声中走到主席台上，从县委领导手中接过那块金光闪闪的“三峡坝区移民第一户”的牌匾。从此，这块牌匾记录着一段光荣的历史，让韩永振一家骄傲至今……

当我将韩永振的故事带到宜昌时，让我意外的是，宜昌人对“三峡坝区移民第一户”的牌匾大有看法。

这，这怎么个说法嘛！秭归人为三峡工程建新县城动作是快是早，可三峡大坝建在咱宜昌境内，大坝的第一车土是在咱这儿，怎么可能移民第一人、第一户就跑到他们秭归去了呢？不对不对。“三峡移民第一人”肯定在我们宜昌，这是没有任何怀疑和争议的！

宜昌人的当仁不让令我有些吃惊和暗暗发笑，但听完情况介绍后，我真的无话可说。“百万三峡移民第一人”不是他们宜昌人又会是谁呢？

与秭归同处在“坝头库首”的宜昌（这里指的是原宜昌县，现已改名为夷陵区，属宜昌市管辖），地处三峡大坝的北岸，与秭归新县城隔岸相望。宜昌的大部分面积在库外，可因为三峡大坝建在宜昌的三斗坪，这使得宜昌在整个三峡工程和百万移民工作中所处的地位非常特殊。大坝建设所在地，说一千道一万，你坝址上的人不搬迁转移了，这大坝咋个建法？所以当全库区都热火朝天、紧锣密鼓在高喊“三峡大移民”时，宜昌段的移民工作其实早已结束，并且已经进入了新小康阶段。

宜昌的移民在三峡工程正式开工前就得先行动，把建坝的那块儿地方给腾出来!

听起来"腾出来"很容易，可对坝区的百姓来说，那可是他们祖祖辈辈生息繁衍的地方，哪那么容易?

不容易也得搬!

宜昌人不是不识大局的人，可关于建设三峡这事闹得时间太长，来得却异常突然。

按照规划，三峡大坝建设的地方，需要搬迁的移民涉及宜昌4个镇，31个村，141个组（生产队），2个集镇，93家单位，19个学校，共17216人，征地面积及淹没土地共38826亩，房屋78万平方米。1992年4月3日七届全国人大的决议公布后，宜昌人是全库区几千万人中最高兴的，因为他们处在整个三峡工程之首，又是大坝的坝址地区，将来一旦三峡工程建成了，宜昌人就等于手中掌握着这颗"世界水利明珠"。因而人大决议通过的那天晚上，宜昌人自发地在坝址所在地——中堡岛等地着实庆贺了一番。农民们兴高采烈地欢呼几代人做的三峡梦终于有了实现的时间表。但在欢庆的锣鼓声中，宜昌人并不知道建三峡大坝对他们来说要作出的牺牲有多大，而在这之前他们所做的三峡梦几乎都是想着一切好的方面。

哪知，三峡工程还未上马，落到宜昌人民头上的首先是接二连三的利益牺牲、精神牺牲……

1992年11月8日，初冬的寒风已经吹拂在峡江之上。时任湖北省省长的郭树言来到坝区，给当地干部和群众带来了当时任总理的李鹏同志的指示：三峡工程进入前期准备，坝区移民工作要提前进行。

一个星期后的清晨，坝区乐天溪镇的老百姓出门一看，好家伙，一夜工夫，他们的家园全部被长龙般的大过场院、高过屋顶的各种推土机、运输车团团包围，三峡大坝的数千名建设者像远方的客人突然来到他们面前。他们的面孔是陌生的，但个个精神抖擞，斗志昂扬。

天，咋回事？三峡工程真的上马了？！

可不。上午，被建设大军同样推着走的宜昌县委、县政府的领导不得不赶紧出来尽地主之谊，在八河口举行了一个仪式简单但声势隆重的欢迎会。数百台大型机械，数千名建设大军，整整齐齐、威风凛凛地排在一块还种着庄稼的田地里，摆开了三峡工程决战的阵势。当地的农民们从未见过这种阵势——其实这仅仅是三峡大坝建设大军的先遣队伍而已，他们激动得直跺脚：嘿，这回三峡工程算是真的要建到咱家门口了！

可不，欢迎的仪式刚刚结束，当地农民们迎接"大坝建设者亲人"的笑脸还那么热情洋溢万分友善之时，有几位现场的记者觉得这么个三峡大坝建设开工场面不够"逼真"，所以建议会议组织者开几部推土机，挖那么几铲土，象征象征大坝开工仪式的"战斗场面"。

好说好说。会议组织者叫上几位推土机司机，说你们找个地方刨几铲土，让记者们照几个相，整几个热热闹闹、喜气洋洋的镜头。

要得！推土机司机飞步跨上高高的驾驶室，神气地发动马达，然后扬起巨大的铁铲，直向一块庄稼地伸去……几十个记者的镜头紧张地等待那一具有历史意义的瞬间。

"慢慢！谁让你们在地里挖土的？没看还有要收割的庄稼呀？你们是吃啥子长大的？再敢把铁铲往地里伸，老子就跟你拼！"突然，几个农民冲到推土机的驾驶室，将司机的衣领揪住，那架势像是要吃掉对方。

"我……我……我们是来建设三峡大坝的呀！"司机吓得语无伦次，浑身发抖。

"你们爱建啥就去建啥，老子管不着也没那闲心管。可要挖我们的地不行！要挖，得补偿呀！愣着干啥？给钱呀！"农民们不依不饶。

"我……我……我哪有钱嘛！"

"没钱就甭在老子的地里耀武扬威的！"

推土机的司机哭丧着脸被农民们从驾驶室里拖出来。记者们一片埋怨，说这算哪门子的事嘛！

组织者赶紧出面协调，结果是临时拼凑了几百元钱，才算让记者照了那么几个“大坝建设开工”的镜头。

有人看到这儿可能会说，如此浩大的工程似乎上得仓促。但诸君不知，国家和水利部门对三峡工程的前期准备早在20世纪50年代就已开始，再者人大决议后的几个月里有关工程准备，其实已在水利部门的筹谋之中。据有关工程部门介绍，当时的物价指数很高，工程每提前一个月便意味着可以省下工程投资千万元以上，这使得“三峡建设大军”无论从精神斗志和物质方面都在争取抢时间。然而工地前方的问题，尤其是移民工作此时尚未全面展开，这是建设大军始料不及的，困难也因此冒了出来。

挖几铲农民庄稼地的土，就出了这么个岔子。要在十天半月里让一万多人扒房搬家，难度不言而喻。更何况三峡工程是边建边制定相应政策的，移民问题本来就复杂异常，一根稻草一寸土地没商量好，农民才不买你账！“要顾国家大局，这不错。我们并不是不支持三峡建设，可没有小家哪来大家？你们不把我们的小家安顿好，三峡大坝的“大家”能立得住脚吗？”农民们说。

“有道理嘛！农民们讲得有道理嘛！要想三峡工程建设早上一天，就得先想办法把移民最关心的事给办好才行！”长期从事农村工作的郭树言省长特别嘱咐宜昌县领导要处理好这个问题。

“可老省长，国家的移民政策条例还没下，更没有一分钱专款，咱们从哪儿弄钱发给搬迁的移民？”县领导一副苦脸。我们这些外省市的人只知道湖北有个宜昌县，其实并不清楚宜昌县城的百姓就是过去建葛洲坝时的移民，宜昌县城也是因为葛洲坝建设才建起的，那时的本地地名叫小溪塔。宜昌县机关开始设在大宜昌市内，十几年前县机关从大宜昌搬出时国家才给了40万元钱。40万元要建一个县级党政企事业机关和小城市，宜昌县人民尝够了艰苦奋斗的滋味。他们生下来就是穷人，现在又轮到三峡大建设，数以万计的百姓要大搬迁。钱，钱从哪儿来？国家还没给，贫穷的宜昌县土地上又不生钱，而建设三峡大坝的战鼓已经擂响，往下的事咋个整法呀？

县干部们垂头丧气，盼着郭树言省长拿主意。

“嘿，我这冤大头啊！让你们行动，结果我得想招先给你们拿出‘买路钱’呀！”郭树言一边摇头看着自己的部下，一边拍着脑袋想招。

“有了，我给长江三峡开发总公司写个借条。他们已经从财政部那儿弄到钱了，我们先从他们那儿借600万元来。”郭树言挥笔就在秘书递过来的纸上签下自己的名字。

“咋才400万元？您不是说共借了600万元吗？”宜昌县的干部拿过单子一看发现只有400万元，便问郭树言省长。

“你们想全拿走？美得你！”郭树言头也不回地扔下一句话，“我还得留200万元给秭归，要不然我老郭一进秭归，说不定就让那儿的移民给扣住了，你们知道不？”

“嘻嘻。郭省长也真不易啊！”宜昌的干部望着老省长的背影，感慨道。

“大坝建在宜昌县，全县人民做贡献。”靠了这400万元的启动资金，宜昌拉开了三峡坝区移民的序幕。如今10年过去了，那紧张情景，宜昌人还记得清清楚楚。

这是一场真正的战斗，一场只讲奉献不讲价钱的战斗。

由于大坝建设初期的工程征地用一块征一块，推土机开到哪儿，哪儿的老百姓就得搬家走人。而当时宜昌还没有来得及按照国家的统一规划拿出消化移民的具体方案，更没有相应的补偿政策。只能是推土机开到张三家，干部们就动员到张三家。这一天推土机开到刘家河村的一位农民家，当家的男人不幸病逝，死人还躺在门板上。干部们进村一见啥话都不便说，开推土机的大坝建设者也忍不住悄悄熄灭了发动机……

“你们干啥停机了？挖吧！挖土推房子呀！”死者的儿子突然从屋里跑出，冲村干部和大坝工程建设的推土机司机哭喊着说道。

干部们忙摆手：“别急别急，你家情况特殊，咱跟施工队商量一下，争取晚几天好吧？”

“啥？你们这不是作践我爸吗？他老人家临咽气时还在反复说，啥都可以耽误，可别因为我们家耽误了三峡工程。现在你们到我家就停活了，这不是作践我爸是啥？”

干部感动得上前直拍那年轻农民的肩膀。一切看在眼里的推土机司机抹了一把眼泪，重新发动了机器。

这时死者的家属，一边招呼人抬起棺材，一边招呼人拆房卸门，那情景在三峡建设史上可以称为最悲壮的一幕。

我甚至对宜昌移民局领导们说：那位农民应该当之无愧地成为“三峡移民第一人”——是那种特殊奉献的“移民第一人”。

宜昌移民局的干部默不作声，我的话勾起了他们无比深沉的回忆。不久后，他们告诉了我另一些事：

当时大坝工程建设接二连三地迅速投入大批队伍，每天都有成百上千的新队伍开进坝区，他们一进坝区就干劲冲天，你追我赶地干开了。工人老大哥还有水利武警战士的精神好让人感动，可也苦了宜昌人民，因为征地移民的工作如同烧在脚跟前的大火，停一分钟也不行。大坝建设的气势真是大啊！当地的农民没见过，宜昌上上下下的干部也没见过。昨天还是风吹稻谷香的庄稼地，转眼成了机器隆隆的工地。每一块稍稍平整的地，都让给施工建设大军当作安身落脚之处。而祖辈在这儿的移民们的安身之地却成了问题。房子要拆，人要搬迁，可搬到哪儿？安在何处？这一切都成了让宜昌干部和当地农民们非常茫然的事。

然而困难再大，再茫然，搬迁安家是不能容你想好了再干的！

无奈之中，农民们或选择了山坡，或选择了冬季放水的稻田。

于是一个个昔日荒芜的山坡上，一夜之间竖立起了众多的歪歪斜斜、参差不齐的茅棚；水稻田地立起的油毛毡房也连成了片……

哪知，冬季的三峡地区也时不时有大雨小雨袭来。这下可惨了：有人住在搭在山坡上的茅棚里，晚上睡觉时还好好的，第二天醒来时发现自己的床竟然在水中飘荡……

安在稻田里的移民们更难堪。冬季到来，漫天大雪飘舞。乡亲们赶紧买来木炭取暖。哪知因为脚下是水田，上面的温度一高，地面冒出浓烈的水蒸气，油毛毡房的四壁又不透气，老少爷们婆婆婶婶媳妇孩儿们直呛得咳着往雪地里跑……

郭树言省长等领导春节到库区慰问时，看到这种情景，热泪纵横地说：“坝区的移民们是三峡建设的第一批奉献功臣，将来一定要把他们的事迹写进三峡建设史。”

“那一间房子里住着谁？咋大哭小叫的？”郭省长见不远处一间破旧的生产队仓库内传来阵阵婴儿和女人们的嘈杂声，便走了过去。老省长一进屋双腿都快站不稳了：“这么破旧的房子里，怎么能让这么多产妇住呀？她们得了病可是一辈子的事！婴儿一降临能受得了这般苦吗？”

当地干部们只好如实向省长汇报：“这间三四十平方米的旧仓库里安排了8位产妇，已经是条件最好的了……”

郭树言又一次落下了泪水。然后吩咐同行的干部：“无论如何，想一切办法，将产妇和即将分娩的孕妇全部安排到县城里去。医院安排不下的到居民那儿借住，居民那儿住不下的就住你们县委、县政府的办公室！”

后来宜昌县真的这么做了，一个小小的10万人县城，先后接收安置的移民竟有4万余人！宜昌县城的机关干部和普通百姓没有一声怨言，因为当年葛洲坝水库建设时，他们就是以同样的方式被好心的当地人接纳安置的，成为如今的新宜昌人。

作家你说："我们宜昌人算不算'三峡移民第一人'？"

"当然非宜昌人莫属！"我毫不含糊地这么说。

其实，在坝区我还听到这样一些真实的传说：

徐耀德是位让我肃立在他纪念碑前久久不能平静的一位移民。

38岁，正是风华正茂时，可他却早已静静地躺在了崆岭峡的绝壁岩崖上修筑的公路边。

关于崆岭峡之险，当地有段非常悲壮的传说。该峡位于长江三峡之一的西陵峡中部，此地峡中套峡，一峡更比一峡险。当地有歌谣这样说：青滩泄滩不是滩，崆岭才是鬼门关。走过西陵峡的人都会亲历那一段的惊心动魄。此处的峡江之险恶，据当地人讲不知吞没了多少生灵。

崆岭滩啊崆岭滩，
十船过滩九船翻，
舵手莫怕对我来，
保你通过鬼门关。

这是崆岭峡江的一段船工号子，其实也是导航的四句隐语。而这号子中还有一桩极其悲壮的故事：

清末年间，崆岭滩岸头有位青年舵工叫张来子。小青年是位在大江急流中"打滚"的高手，加上对崆岭滩的每一块明岩暗礁了如指掌，所以他在险峡虎口的一块大礁石上刻下"对我来"三个大字。好气魄的"对我来"！其实小伙子的这三个字是告诉过往船只怎么行的导航语，意思是说，航行到这险恶之滩，见到面前急流中的明礁，千万不要被虎口险情所吓倒，只有对着礁石前进才能幸免于难。光绪二十六年（1900年）十二月，德国商船“瑞生”号装着一船宝物出峡，闯至崆岭滩时，面对滚滚江涛，洋老大吓得不敢往前。后听说张来子熟悉此峡水情，便使招将其押到船上让他导航。船至“对我来”险礁的不远处，洋老板信不过中国小伙子，便用一把长刀架在张来子的脖子上：“你要老实导航，否则先斩你头颅！”张来子微微一笑，说：“放心，你们照我指的航道行驶定不会有事。”他继续让船舵往“对我来”驶去。船越行越近，洋鬼子们眼见船只就要与礁石相撞，便以为中国小伙子想把他们引上喂鱼之路，惊慌失措地紧急夺过船舵，急忙躲避。哪知就在此刻，只听得轰隆隆的巨响——“瑞生”号船体不偏不倚撞在了另一块暗礁上，顷刻间船倾舵断。张来子一看洋人不听他的导航而导致事故，赶紧跳下江中，欲夺路逃命。哪知他刚刚冒出水面，却被已经快要淹入大江湍流的洋船长举枪打死，鲜血顿时染红崆岭滩……“瑞生”号和一船的物品，连同船上的洋人全都葬入峡江之底。

崆岭滩之险留下无数悲惨的故事和传说。在崆岭峡边的大山峭壁岩体上，因为三峡工程需要修建一条山巅公路，从而结束峡江两岸百姓背篓走峡江的历史。

移民壮士徐耀德便是这支开路先锋中的一员虎将。他是共产党员，而这样的险道派谁去谁都会心惊肉跳。共产党员不上谁上？徐耀德就是在这种情况下卷起铺盖冲到了施工最险要地段的。

自己的小家要搬迁了。徐耀德托人告诉妻子：山上的活没有人替，下不了岩崖，你自己想法请人将小家拆了，人一迁就完事呗！

他是工地某路段的领导，当领导的就不能马虎，处处应当冲在前头。9月21日那一天中午刚刚吃完午饭，徐耀德像往常一样照例利用午后一段休息时间检查路段质量。就在这时，他发现有几个石粒子掉在自己头顶，他仰天一看：不好，有塌方迹象！

“大伙快撤！可能要塌方了！快快！”徐耀德火速转身招呼正坐在路边休

息的18名村民，然后逐个看着撤离险情现场。老天无情，就在最后一个村民撤出的那一瞬间，只听轰隆一声巨响，山体岩石迎头而下，砸向徐耀德……一位年轻的移民，一个优秀的共产党员，就这样永远地在这崆岭岩崖上安下了自己的“家”，连同其壮烈的灵魂。

那一天采访途中，我站在徐耀德烈士的纪念碑前默哀，移民干部们告诉我，在同一条公路上，徐耀德是第17位长眠在峡江边的牺牲者。

我感到强烈的震撼。

在那17位长眠者中，我不得不提到其中的一位女移民。她叫向英，33岁，一个普普通通的农家妇女。为三峡的未来建设公路，那是“子孙万代”的工程。可建公路没钱，县上把任务分段到乡上，乡上又把任务分到村上，村上又分到各家各户。向英家分到的那段任务在新公路线的一公里处。那是一段要在飞鸟也不敢停留的悬崖绝壁上开凿路基的险道，一切石料都靠就地取材。筑路的用沙则需要到两公里外的河滩上去取。向英家的任务便是从河谷底下向陡峭高崖运送18000斤左右的沙子。没有吊车，更不可能有滑轮飞车，只能靠背篓往山头背，还有一双铁脚板。

向英，是当地有名的美貌媳妇。村上的男人们羡慕她，村上的孩子们喜欢她，村上的老人疼爱她。向英不仅是位贤惠手巧的好媳妇，还是位时时处处不服输的女强人。别人一天背三趟，她背四趟，多走一趟要多流多少汗？只有她自己知道。40多天了，18000余斤沙子的任务，差不多还需两天时间就可以完成了。向英一咬牙，将最后的两天任务，用了一天时间完成。那一天，她背回最后一篓沙子，便全身瘫在地上……她对丈夫和孩子说别来打扰，让她好好在沙子堆上躺一宿。“太累了，能躺下睡上十天八天，比啥子都美！”她对亲人露了最后的一丝微笑，便呼呼地睡着了。丈夫给她盖了一条被子，不忍心让她睡在露天……

就在这一夜，突然一阵暴雨降下，转眼漫山遍野雨水如注，随即到处正在开凿的山体出现塌滑。“不好，有危险！”公路指挥部干部迅速招呼散宿在几里长施工工地的村民们撤出险情区。然而等各家各户逐一清点人数时，却发现独缺了向英……

“向英——”

“向英，你在哪儿——”

“妈妈——你回来呀——”

“……”

干部、丈夫、孩子和村民们在雨中狂奔着四处呼喊寻找，却再也没有听到向英那从来不知是愁的爽朗的欢笑声。人们只见她昨晚熟睡过的那处沙堆连同路段全都被泥石流冲得无影无踪……

第二天清晨，有人在一条乱石沟里找到了向英的尸体，那是个面目全非的向英。

“好媳妇！”

“妈妈！”

大人和孩子们断肠裂肺的哭嚎声撕碎了每一个在场人的心。

峡江在呜咽，山峦在低泣。为向英送葬的那天，大雨依然如注。镇党委书记和镇长亲自为向英抬灵柩，几百名村民——他们几乎是清一色的三峡移民，每人举着一支火把，自发组成了浩浩荡荡的送葬队伍。

县长汪元良闻讯赶来，见到向英的灵柩，便扑上前大哭起来。

那场面无法用言语表达。

让我们记住向英、徐耀德等等三峡移民的名字，他们虽然普通，但他们在尚未走出大山时却已将自己的生命，永久地留在那条通向光明安康的三峡移民之道，使得这条三峡移民之道更显光芒与壮烈、平坦与宽阔——

历史和人民应当为他们树一座高高的丰碑。

香溪河边“昭君情”

大凡诸君一到长江三峡，面对一路惊心动魄的急流险滩、峡谷狼嚎之景，总会情不自禁地吟诵起李白的那首《早发白帝城》：

朝辞白帝彩云间，
千里江陵一日还。
两岸猿声啼不住，
轻舟已过万重山。

李白的这首千古绝唱作于他第三次入峡之时。比起李白来，诗圣杜甫在三峡写的诗更多，住的时间也更长。仅在夔州就住过两年之久，唐大历二年至三年（767—768年）间。杜甫在此写了400余首诗作。其中有被后人称为“古今七言律第一”的《登高》，那“无边落木萧萧下，不尽长江滚滚来”的名句便出自此诗。但我更喜欢诗圣的另一首诗，即他漂泊流离后首度到夔州时写下的《秋兴八首》，其中之一为：

玉露凋伤枫树林，
巫山巫峡气萧森。
江间波浪兼天涌，
塞上风云接地阴。
丛菊两开他日泪，
孤舟一系故园心。
寒衣处处催刀尺，

白帝城高急暮砧。

大诗圣为何独自钟情夔州，史书上不曾记载。当我知道古夔州即为王昭君的家乡时，我似乎明白了杜甫先生的那份钟情。

在长江三峡之一的西陵峡，大江以其雄浑的魅力，又吸引了一条“桃花飞绿水”的美丽支流，它便是诞生中国美女的香溪河。

香溪河，多么甜美的名字！其实它的实景远比文字美丽，只有身临其境才能感受得到她独有的旖旎迷人之处。那里的水之绿，是糅进了蓝天与青苔的那种色泽的绿；香溪河水与众不同之处在于她的水源，她始于神农架原始森林的龙潭垭，然后潺潺欢流100公里才归入长江，其间分流两支于崇山峻岭之中，一路与涧嶂相拥汇合，又与万千石滩峭岩戏击欢伴。我到香溪河时正值夏季旺水期，大江水涨，倒灌于宽阔的溪口之处。那风景实在美哉：河口之内溪绿水青，温温和和；江岸旁边浪腾水欢，雄雄壮壮。真可谓天造阴阳，地缔雌雄。香溪河就这么美丽多情，妖娆丰韵。

一条香溪河上，出了两个中华民族历史上的名人，一是乐平里的屈原，二是古镇夔州的王昭君。传说香溪河之所以“香”，是因为昭君总在这条河里沐浴。当地人告诉我，香溪河上有一奇特景致：每年桃花盛开时，水中总有一种与桃花片儿一样大小的鱼儿，成群结队地出现。你可以用手轻轻抚弄嬉戏它，但只要一出水面就不见了影子。百姓说这是昭君当年奉旨北上侍奉君王，离家别亲行到香溪时泪洒溪江留下的恋乡灵泪……这种传说富有诗意，也充满悲情。后来科学家考察结果是：这种奇特的“桃花鱼”其实是一种罕见的淡水母，而水母一般在海里才有，香溪河为什么会有，却无法解释。于是老百姓说，那是因为有着大海一般爱国胸怀的昭君落下的眼泪灵验，才使这样的海洋生物繁衍于香溪小河之中。

桃花开时，“桃花鱼”浮现；桃花落时，“桃花鱼”也随即逝去。这就是香溪河无与伦比的美妙之处。

昭君，这位中国历史上千古不朽的美女，因为她为国献身出塞的精神而被世代传颂。但昭君之美，昭君出塞，昭君传颂，对故乡的父老乡亲而言并不见得都是好事。比如现在香溪河一带还流传着一种风俗，叫作“灼面”。就是婴儿出生后的三天至七天里，要用火星灼面，俗称“烧灯火”。娇嫩的娃儿哪受得这般酷刑？可这儿的孩子父母反而并不在意，倒会笑嘻嘻地说他们的孩儿“破了相，才养得”。这个“灼面”，据说就是由于昭君入宫、出塞后不能回娘家团聚而引发的。香溪河的父母害怕自己的女儿长得像昭君一样美丽而不得回家省亲，便不惜用灼面毁掉女儿的美貌。这种风俗在唐朝以前就在香溪河一带流传。白居易的《过昭君村》中就有“至今村女面，烧灼成瘢痕”的描写。然而香溪女儿天生丽质，灼面虽可毁容，却难毁昭君姐妹们的爱美之心，她们总是偷偷把自己打扮得艳丽出众，光艳四射，难怪有清代诗人感叹道：“琵琶远嫁灵均放，词客年年吊秭归。村下女儿不解事，娥眉底事学明妃。”明妃便是王昭君。

香溪女儿的美曾经倾国倾城，香溪女儿的美也曾经给她们带来灾难。

“姐妹们，过去你们想美还要躲躲闪闪，这会儿我们是移民，是响应国家号召迁出三峡库区到新的地方去安家，去安一个更加幸福安康的家，所以姐妹们，大家听着：这回我要求你们把平时想美又不敢美的全部美，都拿出来！给咱们昭君的姐妹们露露脸啊！”香溪镇有三峡工程建设中最早的一批移民，镇党委书记吴爱军在动员时特别对女移民们这么说，而她自己又恰恰也是一位“昭君女”。

“嘻嘻……书记让我们当美眉哩！要得要得，让峡江外的人看看咱真正的昭君女是啥子样嘛！”姐妹们一展搬迁初期愁眉不展的情绪，个个很是开心。

那些日子风和日丽，香溪河上总是传来一阵更比一阵高的欢笑和戏水声，女儿们常常在河滩上赤裸着玉体沐浴，尽情享受着香溪河水的滋润与抚摸。在岸头忙着拆屋装卸货物的男人们偷偷往河边窥视一眼，一天的疲劳顿时烟消云散。

万事俱备，只欠东风。浩浩荡荡的车队已经停驻在香溪河畔的那些相对平坦的浅滩上，等候出发前的最后道别。

到处都是打扮得漂漂亮亮的姐妹们欢欢喜喜地跟家人和孩子们忙碌着，看到这最后的搬迁情景，女书记吴爱军的心头半是喜半是愁，喜的是昭君故乡的父老乡亲们在国家利益面前勇于奉献的精神，愁的是这些移民将从此不再可能沐浴和滋润这清澈的香溪河了……他们都是当代的新昭君。

起程的日子原定 26 日。后来镇上把出发的时间汇报给上级，领导们说 26 日是星期一，市里当天来不及安排那么多车辆来帮助香溪镇移民们搬家，于是建议香溪镇干脆推迟到 28 日。

“那是个吉利的日子嘛！二八二八，我发我发，你们香溪镇移民今后肯定会发的！”吴爱军书记听着电话那头的话，想笑又笑不出来。

全镇上千人的一次搬迁，200 多辆车子一起动身，对于偏僻的山村来说，如此大规模的行动是从未有过的。即使是当年昭君离家，据史料记载也就是 3 条船，几十个人的送行队伍。女书记肩头的担子比高高的西陵峡谷还要重几倍。她最担心的是眼前这条平日看起来非常温柔静谧的香溪河。吴爱军从小在香溪河边长大，这条美丽无情的河溪给她留下了终身不忘的记忆：13 岁那年，一场大雨过后她在香溪河边洗衣服，哪知溪水突然猛涨，她被吓呆了，转眼间河水没过她的小腿肚子……“快跑啊，小妹子！”是一个过路的大人见此险情救了她，使吴爱军有了日后的美丽和工作上的进步。

27 日，是一个烈日高照的日子。移民们纷纷自发地来到王氏祠堂——这是先人专门纪念昭君和王氏祖宗的一座祠堂，在祠堂后山有昭君的衣冠墓，也有王氏家族列祖列宗的墓茔。那几日，王氏祠堂内外，香火格外旺，就连后山的墓地上也摆满了各式各样的祭品。

可是吴爱军越看到这样的情景，心头越沉重，她想得最多的是要让自己的父老乡亲兄弟姐妹们，在离开昭君故里时做到万无一失，走得顺顺当当。

“你说说清楚，到底是今天还是这几天没雨情？”吴爱军的爱人是县气象站干部，于是她一天3次从丈夫那儿挖“情报”。

“是这几天！我的姑奶奶，已经给你说了有几十遍了吧？”电话那头的丈夫有点不耐烦了。

“咋，烦啦？哼！要是我的移民出了一点点差错，我就拿你是问！”

“好好，有情况我会立即通知你的。不过，你这几个月心里除了移民还有没有我们这个家了呀？告诉你，再这样下去，我也宁可去当移民！”那头丈夫在埋怨。

“好啊，有人自愿多报一个移民名额，这样我可以少跑几十趟腿了嘛！”妻子回敬道。

“哎，你这种人，当领导当得连我这话你都听不出什么意思？我是说……那样好跟你在一起嘛！”

“去去，等咱香溪镇的移民都走了才轮到做你的工作啊！”吴爱军放下电话，心里苦笑一下，便走出了办公室，直奔香溪河的几个村子。

此时为27日下午5点多钟，夕阳下的香溪河变得更加美丽恬静，只是河滩上比平时热闹了许多，即将离家远行的移民们老的小的围着已经装满货物的车辆喧嚷取乐。

“真是气派，这么长的车队，排在河滩上的气势，要真开动起来，一定让当年出塞的昭君也妒忌啊！”到万古寺村时，与吴爱军同行的镇移民干部老韩指着停在河滩上的50多辆车，一阵感慨。

可不是。吴爱军抬头望去，整装待发的车队顺着河滩停泊，远远望不到头似的，确实够气派。而这还仅仅是全镇移民车队的一小部分……

“不行，车队这样停着非常危险！”突然，女书记的心头涌起一种不祥之兆。

“怎么啦？不会有什么问题吧？”年轻镇长王元成不由得起疑，便问。

“别看香溪河现在平平和和，可它说翻脸就翻脸。这么多的车停在河滩上，一旦降雨涨水就不堪设想！”吴爱军神情严肃地说。

王镇长和老韩看看天，看看地，然后摇头说：“好端端的，不像会有雨。至少到明天移民出发前不像有雨。”

“千万要多一个心眼！”吴爱军叮咛同事，并且下到河滩见了当地办事处主任就问，“这么多车停在河边，万一河水涨起怎么办？”那位主任解释说：“一是这里场子宽阔，明天队伍出发前要在这里举行欢送仪式，县领导也要参加。二是这个村的移民都紧靠河边，车子停在现在这个地方便于大家装车时省些力。再说这么好的天，哪里会有雨嘛！”

谁都认为不会有雨。吴爱军因此不再说什么了。而且无论移民干部还是移民本人，这么长时间了，天天为搬迁工作准备，已经忙碌几个月了，能让大伙省些劲也是必要的。吴爱军事后万分后悔自己当时察觉到事故征兆，却没有下决心让车子开到离河滩远一些的岸上，结果导致了十多个小时后的一场可怕的洪水劫难……这是后话。

吴爱军拖着疲乏的身子离开万古寺村后，便同一名县委副书记来到龙王庙村。该村一部分移民的补偿款还没有发放完，她一直就在那儿跟村干部忙乎到晚上 11 点多钟。当她走出移民家时，发觉头顶滴着雨点。

“坏了，准要下大雨啦！”

吴爱军一声惊叫，惹得同行的人哈哈大笑，说：“吴书记你也太紧张了，咱这儿就是烈日当空时也会从天上飘几滴雨下来，那是咱峡江深谷人家的特别之处，啥子问题都没得。放心好了！”

“别马虎啊！出了事我可要找你们算账！”吴爱军一脸认真。

回到家已经深夜 12 点了，吴爱军将丈夫从被窝里拉起来：“赶快给上游的兴山县气象站联系，看看那儿的水情怎么样了！”吩咐完丈夫后，自己又拨通了王镇长和移民站老韩的电话，要他们立即到车停在河滩上的几个村检查情况。“我马上也到。”她说。

“看看，还没在家待几分钟，又要走啦？”丈夫埋怨道，又说：“放心我的书记大人，上游的兴山气象站说他们那儿只有80毫米的雨量，不会有事的。”

“那也麻痹不得。”吴爱军说完就走出家门，立刻消失在黑夜之中。

那边，先一步赶到万古寺村的王镇长他们打着手电走到河边，见潺潺河水依旧温柔平和，看不出有一丝像要发怒的样子。劳累了数日的移民们多数睡在车子上，有的则裹着被子躺在后车的顶上。身为一镇之长的年轻父母官，此刻感触颇多。为了保证移民能“走得出”，几天前，所有搬迁移民的房屋全都拆除了，现在临走的移民们只能在外边露宿。

对不起大伙啊！王镇长和老韩在几辆车前帮着几位露宿的移民将掉落的衣被重新盖好，沉睡的移民们竟然没有知觉他们的到来。

香溪河还是那么静谧，静谧得有些令人害怕。

此时，已在另一个村的吴爱军打来电话询问王镇长这边的情况，并说：“上游的雨量虽然仅有80毫米，可我们还是多从坏处做准备，最好咱们把司机叫起来，让他们把车停到岸头高一点的地方，以防万一。”

“吴书记，恐怕有点难啊。”王镇长非常为难。

“怎么啦？”

“吴书记你想，现在是凌晨两点多了，司机们都在熟睡之中，明天他们还要开远路，半夜吵醒他们我有些不忍。再说你知道吗，200多个司机都是市里从各单位抽来支援我们的，现在全部住在离这儿十几里的县城招待所，何况我们也不知道哪些司机的车是停在河滩上的哪些不是停在河滩上，这要是一折腾可不就到天明了！”

王镇长说的全是实情。吴爱军无奈地叹了一声，说：“那就要看我们几个人的命大不大了。”

女书记的最后这句话比什么都重。王镇长他们不敢怠慢，分组派人到香溪河边巡视观察水情……

“镇长，不好了！雨下大了！”有人前来报告。

王镇长的心噌地跟着立即提了起来：“快到河边去！”

刚出门，便可听得河滩上已经有喧喧嚷嚷的人声，转眼这喧嚷声越来越大。见鬼了！王镇长再用手电照了一下河水，发现一小时之前还是那么温情平和的水，此刻却浪涛滚滚……

“发大水啦！发大水啦——”不知是谁先喊了一声，立即整个河滩上喧腾起来，男人们吼，女人们叫，孩子们哭，总之乱成一团。

要出大事啦！王镇长的第一个反应便是这。他想喊，大声地喊，嗓子眼儿里却像塞着什么东西似的，怎么也出不了声。顷刻间，他眼里的两行泪水像决堤似的，默然淌下……28岁，太年轻的镇长！他没有经历过如此大的突发事件……

“抢车！先把车抢出河滩！”他呆呆地看着乱成一片的河滩，突然嗓子有了声音，“抢车！那是移民的财产，是他们的生命，是比生命还要重要的东西啊！”

在王镇长的提醒下，干部和移民们纷纷跳进已经汹涌的河中，投入抢车的战斗。

“不行啊镇长，车门都锁了——开不开呀！”

“妈的，司机们都到哪儿去了？都上哪儿去了呀？”移民们眼看自己家的东西要被无情的河水冲走，又急又恼，有人干脆操起大铁棍砸起车门。

“砸！就这么砸！会开车的就把车迅速开到安全地带，不会开车的，请大家马上撤回到岸上。乡亲们哪，千万要注意安全，车上的东西能抢的就抢，抢不到的就不要管它！我以镇长的名义向你们保证：政府一定会赔偿你们的，一分钱不会少大伙呀！你们得千万注意安全啊！”风雨中，王镇长站在湍急的河水中撕破嗓门高喊着、指挥着……

那是一场混战，那是一场恶战，那是一场令香溪镇移民们无法忘怀的离别故土时的生死考验！

移民李兆海家的东西装了两整车，看到滚滚而来的河水时，他发疯似的冲到河中央……身后，他的妻子孩子哭喊着宁要车上的东西，也不要命了。在这紧急关头，干部们立即跳入水中，先将他妻子和孩子拉上岸，然后抱住李兆海往岸上拖。谁知李兆海死死拉住车门就是不放手。

“你们给我滚！没有了东西，我还移什么民啊！滚，你们让我跟车子一起让水冲走算啦！呜呜……”泥水中的李兆海像头垂死的雄狮，号啕大哭起来，那哭声震撼着河边岸头，引来更大更多的哭喊声……

“海子，你这是熊啥劲嘛？镇长县长都说了，政府赔你全部的损失！快上岸吧！快快！”干部们拼命扯他走，但就是扯不动。

“我不走！死也不走啊！呜呜……”

“狗日的，看你走不走！”干部老叶抡起大巴掌，结结实实地打在了李兆海的脸上。

李兆海一愣，双手无力地垂脱下来。干部们趁机不管三七二十一将他拖回岸头。

王镇长见此总算落下了心上的石头，身子骨儿则像抽掉了筋似的瘫倒在地。顷刻，他看到大水已经开始吞没那些没有来得及抢上岸的车子，所发出的声音似虎啸狼嚎，骇人魂魄，地动山摇……

香溪移民在临别家园时经历了一场突如其来的浩劫，有人说这是上天想留住自己的儿女，有人说是昭君想念自己的故里亲人和姐妹们而显的灵，有人则说香溪河人之所以出峡后都能成为千古传颂的伟人，就因为他们总会经历比别人更严酷的离别家园的考验。

女书记吴爱军则痛悔地说，那是她工作的失误和移车念头不坚定所致。

可乡亲们说，这种事谁也不会料得到的。大家都在香溪河生活了那么多年，要说，就说是香溪河想留我们大伙在美丽的故乡多待一会儿，跟昭君女多叙一会儿离别之情……

雨过天晴时，浩浩荡荡的移民车队真的要离开香溪河了。吴爱军还是想着一件事：“姐妹们，兄弟们，大伯大婶们，咱是昭君故乡的人。现在我们要出远门了，大家千万别忘了把我们的姑娘们孩子们打扮得漂漂亮亮呀！男人们把车子擦干净，女人们把自己的脸面化化妆！因为我们是香溪人，是昭君故里的人，就是当移民，也是像模像样的！”

“对对，我们是香溪人！是昭君的姐妹兄弟！一定要像模像样地出峡江！”

浩劫后的香溪边又恢复了阵阵欢快的笑声。这时，欢送的锣鼓声响起，女书记吴爱军和镇上县上的干部们一个一个、一户一户、一车一车地跟移民们告别，那亲切的道别、深切的叮咛和松不开的拥抱……走的和留下的男人女人们，无不是在挥洒的泪水中惜惜相拥相别。有人说，那一天香溪河里的“桃花鱼”特别特别多，连成片，连成河……

城市举迁烽火

如果不深入三峡库区，就不会知道真正的移民工作重点在哪儿。到了库区走一走，才知道移民的最大战役是在那些城镇的搬迁过程中。

据统计，三峡水库淹没线以下的县（市）城 13 个，建制镇或者场镇 114 个。湖北的秭归、巴东和兴山县城；重庆的巫山、奉节、万县、开县、丰都和云阳县城基本全淹，还有涪陵、忠县和长寿县城大部分淹没，这就是说，以上县（市）城内的居民都是移民对象。过去的街道、码头、工矿企业、商店、学校和医院等一切城市基础设施将随之搬迁。

没有比这更波澜壮阔、更激动人心的大搬迁了！我三下三峡，见证了库区城市的建设与搬迁过程，那种场面只有身临其境，才会有情不自禁的冲动。

那一天与素有“中国诗城”之称的奉节县陈县长见面，正好是他刚刚从旧县城赶回来的路上。陈县长顾不得拍一拍身上的灰尘，颇为兴奋地指着身后如长龙般的车队对我说：“每天我们要派出 200 辆的大卡车，从旧县城向新县城搬迁。这已经搬迁了 3 个月！估计还得用个把月，才能把旧县城的人和物全部搬迁到新城。”

三四个月！每天 200 辆大卡车！你见过这样的大搬迁？这不是一场波澜壮阔、激动人心的战争又是什么呢？

陈县长还告诉我一个数据：“在过去的 3 年多时间里，由于新县城正在建设之中，居民们大部分仍住在旧城，学校先搬迁到了新县城，每天从老县城接孩子们到新县城上课的车辆就有 50 辆之多！”

我不敢相信在这样一个小小的县城，一个江边的小县城，一个在山体岩壁上盘旋着的公路上，每天要进行如此规模的如此长久的大搬迁，该是一种什么样的大战役？而作为战役指挥者的陈县长他们所要付出的心血和代价又是怎样的呢？

无法想象，也不敢想象。我知道即使在北京这样有宽阔马路、一流交通设施的大城市，每一次几十辆的车队要通过长安街时，指挥者的心也总是吊在嗓子眼儿——唯恐出一丝差错。

三峡移民的十几个城市，114 个镇（场），在几年中天天进行着这样的大搬迁！你我去那种地方当一回县长市长镇长试一试，敢吗？

三峡移民战斗中，我们的各级领导与干部们，押上的是自己的政治前途和身家性命。

然而，这仅仅是表象。

在三峡库区，几乎所有被淹的城镇，都是历史名城名镇，也就是说都是老祖宗们传下的宝贝疙瘩。怎么个搬？怎么个建？一句话：动一动，都是非同小可！

城市的迁移，决定着三峡库区的未来。每一个方案，每一个部署，都将影响子孙万代。

科学的决策更显得至高无上。

湖北秭归的秭归县历史悠久，商朝为归国所在地，周朝为夔子国，战国后期称归乡，距今已3200余年历史，先后7次迁城。秭归老县城归州将全部被淹，需易地迁建。旧县城太小，站在屈原寺的大庙高处望去，就像临江戏水的一个脚趾头。整个旧城就那么2条街，最宽处不足7米，书记县长进县委大院从不敢放心大胆地坐着车子进去，因为只要对面有个人骑辆三轮车便可堵死道路。老县城没有一个交通警，更没有一盏红绿灯——事实上这些都根本用不着。3万来人，挤在不足1平方公里的这么一块小斜坡上。用秭归移民办公室主任王海群的话说，是“晚上睡觉都不敢痛痛快快放个屁，怕吵醒隔壁邻居”。这位湖北大学行政管理专业毕业的公务员告诉我，老县城不但没有交通警，没有红绿灯，就连一所公共厕所都没有。“我们这里的干部群众最平等——没有坑位，你书记县长照样等着忍着；有了坑位，你官大官小也照样平起平坐不是？”

可是今天我到秭归新县城所看到的，则完全是另一番景象。那景象让我感觉似乎连现在的北京市在许多方面都比不上秭归县城——可以说我对三峡库区的那些搬迁的新城镇都是这种感觉，因为在那里你看不到一所破旧的房子。这是包括北京上海广州甚至是深圳都不可能做到的，三峡库区的搬迁城镇却都做到了——他们居住在全新的漂亮的整齐的现代化的街道和社区内……

有句话叫：吃尽苦中苦，才有甜上甜。三峡搬迁城镇的人民享受着这份苦与乐。

他们在移民和搬迁中用智慧和奋斗创造着历史的新奇迹。

秭归县是三峡水库“首淹之县”，老县城属于全淹地。于是在三峡工程建设即将上马之际，有人传言说，既然归州全淹了，干脆将秭归一分为三，彻底抹了算了。“一分为三”是指将秭归分给临近的巴东、兴山和宜昌县。

“谁想当‘秭归末代县长’，谁就来接班，反正我不干！”时任秭归县县长的汪元良愤怒地批驳谣言。

秭归是屈原的故乡，单单这一条在中国的行政版图上也不能没有它。县一级行政区划的决定权在北京的国家最高权力机构，不是谁说说就能做得到的。秭归人因此开始努力争取寻找走出大山发展的机会和可能。

他们把新县城的城址选择在离三峡大坝最近的地方。俗话说，依山吃山，傍水吃水。三峡大坝世界瞩目，如把县城建在大坝最近的地方就能迅速使县城与现代化接轨。

不行。管理长江包括三峡在内的实权机构——“长江委”否定了秭归人的梦想：三峡大坝 7 公里之内不得有城镇出现。

秭归人挨了一闷棍后仍不死心，而且有了更大的设想。他们在三峡大坝的下游看中了一块叫作高家冲的地方，不过那地方不属秭归，是宜昌县的。“没关系，试试呗！”秭归几位领导找到直管宜昌县的宜昌地委书记。

书记一听，笑了。然后摇摇头，说：“把自己的地种好，别总想打别人的算盘。”

秭归人好不懊丧。

那一年，国务委员陈俊生正好到秭归视察。

“有什么要求和想法，可以说来听听。”临走时，身兼国务院秘书长的陈俊生问汪元良。

汪元良一急，眼泪都快跟着出来了：“首长，我们秭归人民不怕为三峡作出多大的牺牲，就是担心没有一个好的县城城址供我们选择和决定啊！”

“别急，从头到尾慢慢讲来我听听。”陈俊生安慰道。

汪元良便一五一十地作了汇报。

最后，陈俊生叹了一口气：“秭归新城不定，就是五心不定，五心不定，就会输得干干净净。”

“首长，太谢谢您的理解了！可这么大的事我们做不了主啊！”汪元良又急出了眼泪。

陈俊生笑笑，站起身来，深情地拍拍小伙子的肩膀：“你把秭归的材料和报告都准备好，找个机会到北京去找我。”

“嗯！”汪元良又掉了眼泪。

秭归人好不兴奋！他们随即投入了新县城选址战斗，经过周密考虑，决定选在一个叫剪刀峪的地方。此地离三峡大坝最近，未来发展空间不可限量。

四大班子的决策会一散，汪元良县长带着资料和报告，直奔宜昌地委。这一关非常顺利，他又到了省城。

主管副省长一看报告就点头：“凡是好事，我都会全力支持。”

报告很快转到民政厅。管规划的专家对秭归新县城地址提出两点：一是那个剪刀峪是不是地名，得调查一下；二是如将县城定在这一地方，生活用水问题怎么解决，报告中没有注明。

汪元良县长急得直拍胸脯：“好好，我们马上回答好上面两个问题。”程序上的事急不得，汪元良为此花了 9 天时间。事后他说这 9 天里他急白了不少头发。

省民政厅的批文下达当天，汪元良直飞北京，住在国务院三峡建委招待所。怎么进中南海找陈俊生秘书长呢?

急中生智的汪元良突然想到了一个人——李伯宁！求他准行，老头是个三峡热心人，只要一提三峡的事他总是倾全力帮助。汪元良心头一喜，连夜找到李伯宁家。

秭归人民为三峡作出那么大的牺牲，这个忙我一定帮到底。李伯宁见过汪元良，立即挥笔给陈俊生写一封信，然后又叫自己的秘书，用他的专车亲自送汪元良进了中南海。

那一天太阳特别明媚，汪元良深情回忆着：日理万机的国务委员陈俊生见他后，很为汪元良的办事作风所感动，明确表示会马上将秭归迁城报告批转给民政部从速办理。

20天后，来自北京同意秭归县城搬迁新址的“红头文件”到了汪元良手里。那一天晚上，汪元良和县委、县政府的几位班子成员畅快地喝了几瓶烧酒……

“8 年啦，别提它啦！”酒桌上，汪元良他们时哭时笑，一直闹到天亮。第二天一早，几大班子人员全部到了县城新址，面对举目可见的长江三峡大坝坝址，他们不禁兴奋地敞开心扉大笑起来，那笑声在峡江两岸久久回荡……

6 年后，与三峡大坝毗邻的秭归新城出现在人们面前。这是三峡库区第一座依靠国家、本地和对口支援建设起来的全新的现代化新城，它的城区面积 5.5 平方公里，4.1 万多被淹移民全部搬迁到新城，而且新城还留有 6 万人居住的空间。在采访三峡时，我有幸专门参观了这座搬迁了 7 次的屈原故里。如今的秭归已今非昔比，新城那几十米宽的马路，那成片如林的高楼，那绿荫镶嵌的巨型休闲广场和保持原生态植被的自然森林公园，一直延伸至三峡大坝下……它有着无可比拟的独特地理优势，有着现代化城市应有尽有的发展空间，难怪连“澳门赌王”何鸿燊先生都跃跃欲试要在秭归投资未来的“三峡水上飞艇航母”……

与秭归相比，开县的被淹可以说是“飞来横祸”。它距长江 70 多公里，许多当地的百姓，一辈子连长江是啥样都不知道，可三峡工程却使他们成了移民。干部们告诉大伙说是以后三峡水库的大水要把这儿的房子和田地全淹没，所以才让大家搬迁的。这不是“飞来横祸”是什么？

开县是共和国开国元勋刘伯承的老家。这是一个“六山三丘一分坝”的特殊地区。在开县全境，即使登高远望，也见不到滚滚东去的长江。开县建县于东汉建安二十一年（216 年），是个有着 1780 多年历史的老县，现有人口 140 余万。此地虽山高路深，却是物产丰富、矿藏遍地的聚宝盆。县境内有个储量 500 亿立方米的特大型天然气田。开县的柑橘年产量达 6 万吨以上，在三峡库区名列第一，素有“金开县”之称。

在三峡库区，那些依长江而居、吃长江水而长的人，此次因兴建三峡水库搬迁，在情理中。可开县人感情上有些不好接受：他们与长江“井水不犯河水”，偏偏回灌而来的长江水，将淹掉他们开县高达85%以上的面积，受淹的人口12万人，接近三峡北库区的全部被淹人口。

当三峡“175方案”传出后，“金开县”上上下下几乎全都沉浸于欲哭无泪的状态之中。一方面，建三峡水库是国家的百年大计，必须全力支持。另一方面，自古以来自给自足、年年丰裕的开县与长江“井水不犯河水”，现在要为长江作出牺牲，而且牺牲的几乎是“金开县”的全部——其实就是全部：被淹的85%的地方都是开县最好的坝地和山丘，剩余的15%的地方都是高地荒山，是不可种植之地，更不适合人畜居住。沿长江的被淹县市，一般都是“一条线”式的，呈现梯级状态。开县则不然，它的淹没区呈一个巨大的葫芦体，地势平坦，高低差几乎没有，一旦三峡水库蓄水，淹没将是一次性的彻底的淹没。开县领导算过一笔账：县城和10个镇（场）全迁，按开县自身的建筑施工能力，需要35年才能完成；如果引进一支3000人的建筑施工队伍，在资金保证前提下也需要19年。作为纯粹的回灌被淹区，开县的损失还有一个最让人有苦说不出的隐性问题：由于地处水库回水末端，三峡电站蓄水与放水形成涨落（汛期水位145米至150米，汛后的冬季水位175米）。每年30多米的“涨落”造成被淹区时裸时泡，必然带来严重的水土流失和气候变化。处在已退至高山丘地的开县人如何面对？而这一切又不是在当初“长江委”进行的实物指数调查中所能体现出的。

开县吃足暗亏。他们在高喊“支持三峡建设”的同时，心头裂开了一个血口。也许正是因为开县远离长江，所以在很长一段时间里，这个淹没大县和移民大县，却很少能见到高层领导巡视。相反，那些淹没不算很大的地方因处在三峡名胜地带，却总有人光顾……

开县人默默地承受着，期待着。

终于有一天，他们盼来了中央领导，盼来了能够表达心里话的机会。

“正是不到开县看一看，就不知道三峡移民有多难啊！”全国政协副主席、“老水利”钱正英面对开县风景如画的青山和良田，感慨不已。

国务院三峡工程建设委员会副主任郭树言看了开县的坝子，听了县领导的汇报，又深入被淹农民家里，然后站在大片大片瓜果飘香的坝子面前，久久不语。他深情地说：“来开县两个没想到，一是没想到开县为三峡工程要牺牲那么大，二是没想到开县这么繁荣。”

三峡整个库区都难寻到像开县那么好的坝子，淹没了太可惜！郭树言立即指示一起到开县的三峡建委移民局和长江水利委员会的负责人：“马上着手对开县淹没和移民情况重新作调查研究，以供国家最高层正确决策。”

一场尽全力保护“金开县”的战斗在轰轰烈烈的三峡大战中悄然拉开序幕。

同年10月，当郭树言再次来到开县视察时，随行的长江水利委员会的人便带来了《小江大防护工程规划设计报告》。这个《报告》是建议在长江支流的小江下游云阳县的高阳镇修建“小江水利枢纽”，从而将三峡库水拒在开县门外，用电排抽小江水至三峡库内达到“保开县”的目标。这个方案被开县人称为“大防护”。

“谁说我们开县没人管？‘大防护’就是中央对我们开县最大的关心和重视！”开县人感激万分。但这并不能从根本上清除他们心头的疑虑，他们为了保护美丽的家园，力求争取到更加完善的方案……

机会来了。1995年10月底至11月初，国务院三峡建委移民局和四川省人民政府在北京联合召开“小江防护工程规划”专家级评审会。历时4天的会议上，专家组组长、中国工程院副院长潘家铮代表专家评审组表示：“《报告》仍需继续研究。”

会后的第7天，时任总理的李鹏同志和副总理邹家华亲自来到小江坝址考察。

“开县的同志来了没有？”李鹏问。

开县书记、县长赶紧报告：“来了，总理！”

李鹏点点头，关切地问：“你们对‘大防护’方案有什么意见？”

开县张书记先发言。他没有直接回答总理的提问，而是说：“报告总理，我们认为长江水利委员会提出的解决开县移民问题只是一种方案而已，我们认为还有其他方案。”

李鹏转头朝邹家华副总理笑笑，又饶有兴致地问开县的同志：“你们快把其他方案说说。”

开县正、副县长赶紧将开县的地图铺开，然后在总理面前一番陈词：“长江水利委员会的‘大防护’，固然有可取之处。但我们开县被淹的面积中有十几个大小不等的坝子，如果也能用筑坝的方法保护起来，对我们开县移民和未来建设将有极大好处。”

听完介绍，李鹏总理频频点头，陷入了思考。“你们的意思我明白了。”总理站起身，分别与开县的几位领导握手，然后对邹家华副总理说，“他们的想法有道理，我看对开县的问题要从长计议，从长计议才对啊！”

次年 12 月 17 日至 21 日，决定开县三峡移民问题和未来建设命运的会议再次召开。我国水利界泰斗、两院院士张光斗教授出席并任专家组顾问，专家组组长仍由潘家铮院士担任。28 名国内外著名专家和 71 个相关单位的代表参加审议。争议仍在“大防护”与“小防护”之间展开。开县出席的是县长刘本荣，这位肩负 140 万人民重托的县长声情并茂、慷慨激昂，他的倾向性意见得到了专家们的首肯和赞同。最后专家组认定：从开县实际出发，从科学的和长远的角度考虑，“大防护”方案不宜采用，建议仍采用以移民为主的加之“小防护”并举的方案来处理开县的问题，以达到尽量保护好当地生态环境和减少耕地被淹之目的。

历时 5 年的“开县悬念”，就是这样最终解决的。那是一个符合科学和符合开县人民根本利益的方案。经过运用小防护的方案，开县最肥沃的 17 块坝子全部保了下来。县城和赵家、安镇、铺溪、厚坝 4 个移民集镇整体搬迁……

从 1998 年开始，开县投入了紧张的城镇搬迁和大规模的移民工作。他们并没有忘记党和国家给予他们的关怀，在依靠政策及合理科学地安排搬迁的同时，积极培育未来开县 140 多万人口生存与发展的新天地，先后组织了 30 余万非三峡移民的“南下务工大军”。今天我们来到三峡库区，看到开县移民新村移民新城里比别的地方楼房更多，道路更宽，生活更富裕，原来就是这支 30 余万人的“南下务工大军”每年挣回的几亿元在起作用……

开县人从来目光远大，高人一筹。在三峡移民的战役中，他们又一次显示了非凡魅力。

奉节是三峡库区又一个全淹县城。奉节的淹没，对我这样的文化人来说，是个极大的痛苦。

奉节，是产生和积蓄中国灿烂文化的一块宝地。

“朝辞白帝彩云间，千里江陵一日还。”几乎每个中国人都会背诵李白的这一千古绝唱，“白帝城”就在奉节。奉节因此还有“诗城”之称，除李白之外，王维、杜甫、白居易、刘禹锡、陆游、苏东坡……都在此地留下佳句。

“刘备兵败托孤”“诸葛八卦阵抵敌”，一个个历史典故与传说，无不向人昭示着奉节深厚博大的文化底蕴和沉甸甸的历史沧桑。瞿塘悬棺的神秘、锁江铁柱的风烟、举世无双的天坑地缝，还有泣鬼神的黄金洞、孟良梯……奉节的天造美景与奇观，留给中华民族的不仅仅是自然遗产，更多的是文学与文化方面的精神遗产。

正因为奉节文化底蕴的深厚，昭示百万三峡移民伟大工程的“三峡库区第一爆”选择在奉节县政府所在地永安镇。

“三峡库区第一爆”选择了 4 个标志性建筑。一是镇政府大楼。始建于

1991 年的 6 层钢筋水泥建筑，当初曾被一些媒体说成库区“著名的高级楼堂馆所”，它象征奉节的权力机构。二是县教委大楼。这座庄严大方的大楼，位于县城唯一的只有篮球场那么大的广场边，这座庄严大方的大楼，奉节人称之为“希望之楼”。还有城边的奉节火电厂和自来水厂这两个与当地居民生活息息相关的公益性建筑。

真是“别有用心”。

权力象征走了，孩子上学要先迁了，水和电没了，还想留在老城怎么个活法？搬吧，这回是动真格的了！

爆破的那一天，奉节县城的百姓心情异常复杂。

爆破时间定在 2002 年 1 月 20 日下午 1 时 40 分。首先爆破的是那栋政府大楼。指挥者选择政府大楼为“第一爆”中的首爆，其用心显而易见。

上午 10 点，爆破点外方圆 100 米内的群众开始疏散。当地公安出动了 300 多名干警，后来又临时增加了几十名保安人员。但即使这样，仍然有不少群众不愿离开。特别是那些政府机关工作人员，他们尽管已经在 10 天之前就接到通知搬家，可似乎谁也不愿接受这一事实。6 层高楼，在三峡库区的十几个老县城中，那是绝对一流的楼房，奉节人曾为它自豪。当地第一次进城的百姓，总是要看一看这座政府大楼。能把孩子送到那大楼里工作，是许多奉节人的梦想。

现在要拆了，马上就要夷为平地。整个县城的百姓纷纷围聚过来，他们像送别自己的亲人一样，神情极其严肃地注视着那栋 6 层大楼……突然，前面的围观群众中出现一阵骚动，只见一个中年人不顾一切地跳过网栏，翻过已经被解放军战士打成千疮百孔的残壁，又飞步奔向 4 楼的一间屋子，蹲下身子呜呜地大哭起来。有人说那是一个管文件的档案室干部，他从参加工作的第一天起，就没有离开过这栋大楼……最后是 4 名公安人员硬将其抬出大楼的。从办公楼到爆破隔离层之间的 100 多米空道上，那中年人撕心裂肺的哭声，让现场成千上万的围观者潸然泪下。

另一个爆破点是广场教委大楼，那里聚集的人更多，他们中间多数是学生和家长，还有普通的市民。教委大楼和广场，是他们最熟悉和亲切的地方。不知是谁的主意，几十个平时每天傍晚在广场跳舞休闲的市民特意提来一台他们常用的扩音机，在爆破现场指挥者宣布引爆最后 10 分钟的“倒计时”时，他们按响了那台扩音机，于是凝固的广场上空传来了雄浑的贝多芬《第九交响曲》……

先是孩子们掩面哭泣，后是老人们的失声抽泣，再后来便是全体围观者跟着哽咽起来……那场面后来奉节县的陈县长向我描述时只用了一句话：“第一次真正感受到什么是悲壮！绝对的第一次。”

下午 1 点 40 分整。爆破指挥者按动了电钮，随着轰隆一声巨响，6 层大楼顷刻间被夷为平地，21 米高的政府大楼仅在两三秒间就变成了一堆瓦砾……与此同时，广场边的教委大楼也消失在人们视野之中。

2 点 25 分。火电厂和水厂同时引爆，同样“温柔”地倒下。

据说“三峡库区第一爆”仅用了 168 公斤炸药，曾经让奉节人引以自豪的四大建筑就这样在瞬间永久地消失在大江边上。这回留给奉节人的只有无限的追思，没有半点诗意。但“第一爆”对三峡建设和移民工程的意义而言，比诗更浪漫、更动情。

“诗城”奉节真的要搬迁了！

当政府大楼、教委大楼和火电厂、水厂只能成为奉节人的记忆之物时，不由得让人想起了当初寻找新县址的事来。

新县城建在哪儿？还在美丽的长江边上？千古不朽的“白帝城”怎么办？“诗城”就这样“蒸发”了？ 103 万奉节人民期待着答案出现。

于是，新县城选址成为奉节拉开移民战役的首场决战，且关系到整个战役的成败和这座有 2300 多年历史名城的未来。

“诗城”是浪漫的，但建设一座什么样的新“诗城”则是实实在在的基础工程，浪漫在这中间退至后位。可没有浪漫的设想，显然首先就是一个失败。

奉节人为寻找一个理想的县城新址而苦苦奋斗了十余年。因为长江水利委员会的“绿皮书”告示：奉节在兴建三峡工程中，全县被未来上涨的库水淹没的有 17 个乡镇，97 个村；县城属于全淹；与县城遥遥相望的白帝城将成为一座水中孤岛。

老城没了，新城该建何处？去过奉节的人一眼就能看到，奉节老县城紧贴长江，两岸尽是高山峡谷，无论逆江而上，还是顺水行舟，见不着哪儿还有一块比现在的奉节县城更平坦的贴江之地！更何况，新县城必须建在未来水库 175 米水位线之上。

奉节县的领导们把未来新县城的选择权交给了全县 103 万人民。民意的结果是：新县城应该“不脱离长江，不脱离历史文化背景，不脱离白帝城风景区”。这“三不脱离”代表了奉节的全部历史和优势，人民的意愿一点也没有错。

但何处寻找这“三不脱离”呢？已经有几届县领导为此伤透了脑筋。

说起来最早的应该从 1984 年算起，在当时的四川省城乡建设环境保护厅牵头下，奉节县开始了第一轮的新县城选址。经过一番马拉松式的考察论证，最后提出了三个地址：一是老县城上游的安坪一带；二是老县城后面的莲花池；三是靠近白帝庙的宝塔坪。

“安坪离老城太远，那儿的话我们肯定不愿搬！”县领导坚决否决了第一方案。

“莲花池也不行，虽然那儿是属于老县城的就近后靠，可把县城建在离长江的水平面太高的地方，以后我们吃水难，出门的路也难走。莲花池不合适，我们不去！”第二个方案老百姓不干。

“宝塔坪看起来是好，可那儿地形陡峭，地质结构复杂，滑坡多，不利于在这样的地方建城市。这个方案我们不同意。再说白帝庙都要给库水围了，你们新县城再选那儿没有什么理由。”第三个方案被负责整个库区城市建设规划的权威部门长江水利委员会否定了。

“这么说咱奉节新县城要建天上啦？”有人开玩笑说。

建在天上是不可能的，但奉节新县城到底建在哪儿更合适真是成了比上天还要难的事。“长江委”后来又提出在一个叫“朱衣”的地方，可立即被奉节人否定了，原因还是“离老县城”太远，离白帝庙太远，离长江太远。就为这新县城选址的事儿，双方不同的意见折腾了六七年。最后，奉节人和有决定权的“长江委”总算有了一个双方妥协的方案——新城建在宝塔坪一带。这个方案的决定与全国人大将要通过的《关于兴建长江三峡工程的决议》有关，否则，有人估计还要“拉锯”十年八年。

1993年12月8日，奉节人在得到省建委的批文之后，立即投入了新城的正式开工。奉节人急啊，如不把新县城建好，一旦长江蓄水，整个老县城将淹在水中，那时几十万人上哪儿去？上山？山上咋个吃咋个睡？还是背井离乡搬到别人的地盘？那奉节还有没有了？即使后人答应，祖宗答应吗？

干哪！大干快上，早日建设起新城，奉节才会在整个三峡移民建设中不落伍！

然而奉节人万万没有想到，正当他们热火朝天地在宝塔坪建设之时，“长江委”的总地质师崔政权率领一批工程技术人员又一次来到奉节。他们在宝塔坪一带转悠了十余天，直转得奉节人心里发毛。最后果真麻烦又来了——

“我们现在正式告诉你们：把新县城建在宝塔坪是绝对的错误，至少新县城的中心不能是宝塔坪！原因只有一个：这里的地质条件、地形条件都不具备。这是不可改变的铁的事实。”

“这……你们早些为什么不说呀？”奉节人一听就愣了，本来就穷得靠勒紧裤腰带开工建设新县城的他们，无论如何也接受不了白白扔进长江的几千万元建设费的现实……

“早——我们早在几年前就提醒过你们的。”“长江委”的人也有一肚子的气。

此时已是1995年初秋，三峡工程正式开工已经有一年多了，全库区恐怕唯有奉节人还在犹豫新县城的选址，能不急吗？

事情闹到了省里和中央。

国家有关部门领导亲自坐镇奉节，以便了却这件火烧眉毛的要事。

“朱衣方案”还是比较合适。“长江委”再次推出几年前他们的意见。

“奉节的同志，你们的意见呢？”领导问。

“朱衣还是远了……”奉节人始终不松口，但态度远比以前软了许多。

“走，我们还是到现场看一看，然后再听听百姓们是怎么个意见。三峡建设是个百年大计的事，县城建在哪儿，怎么个建法，既要注意科学，又要考虑百姓的利益，所以更要从实际出发，从长远出发。”领导提议道。

又是一次从头到尾的认真考察，反复论证。最后，大家一起坐下来议定。“既然奉节的情况特殊，那么我们也不能死抱着陈旧的思维方式。城市建设的最终目的是什么？三峡库区的城市建设又是为了什么？因此，建议大家要从这些着眼点来思考问题……”领导不愧高瞻远瞩，在指点迷津。

在新的思路下，大家很快有了新的统一的认识：既然奉节地理特殊、情况特殊，那么新城的建设不一定非要找块找不到的集中地，那就根据可能，将奉节新县城建在既满足奉节人所希望的“三不脱离”范围，又不影响百年大计、千年大计的符合科学和长远发展的地质条件好的地段。于是，地质条件好的朱衣——离老县城最近的莲花池——已经建成一定规模的宝塔坪的“三点一线”的新奉节县城思路，便这样被确定下来。啊，这是一个“长江委”、奉节人都能接受的方案。

“谢谢领导的英明决策！”转悲为喜的奉节人紧握北京来的领导之手，感激之情溢于言表。

悬在奉节人心头十余年的新县城建设方案终于可以使他们放开手脚大干了。1997 年 3 月 1 日，作为奉节主城区的三马山小区正式动工兴建。此时距三峡工程大江截流仅有 8 个月，奉节人自知比库区兄弟县晚了 3 年，但他们没有因此气馁，而是急起直追。2002 年夏，当我来到奉节时，已经看到那犹如散落在长江边的珠子般的新县城，绵延 15 公里，气势磅礴，独成一景，不由惊叹这奉节不愧是诗的故乡。那新县城的独特韵味，首先是它的别具一格，其次仍是它的与众不同，那伴江延伸的城郭，与伴山嵌建的楼群和穿梭环绕在楼宇城郭间的条条崭新的马路，如此和谐地组合在滔滔长江边，这不正是未来三峡的魅力所在吗？今日之奉节新城，不正像李白手中的那把弹奏千古绝唱的琵琶吗？

是的，“诗城”奉节依旧无与伦比。

在我离开奉节的那一天，从老城区倾城而出的浩浩荡荡移民大军，正欢天喜地地登上汽车，朝新城迁移。坐落在瞿塘峡之旁的白帝庙保护工程也正式启动。未来，这里将是风景更迷人和更超然的“泽国诗城”……

第三章　世界第一难

什么事最难？我们可以列出十个、百个，比如上大学难，生孩子难，找工作难，恩爱百年难……但到过三峡库区或者从事过移民工作的人才知道，千难万难，都难不过移民工作。深入三峡库区，到了移民第一线之后，我才真正明白为什么有人将三峡移民工作称之为“世界级难题”。

外界之所以将它比作“世界级难题”，更多的也许是着眼于三峡移民的数量以及可能带来的种种社会问题。即使如此，这“难题”要冠上“世界级”也足够分量。但有一点，无论外国的专家还是政要，他们绝对不会理解和懂得中国的三峡移民工作还有许多远远超出他们想象的问题。那就是中国百姓特有的民情民风，而且不少还是过去一直被颂扬的美德呢！如对故土的爱恋、对土地的依赖，讲究亲情、注重家庭。然而所有这些却给移民工作带来了更大的困难，这样的国情只有中国人自己知道……

难在情上

有一首歌中这么说，谁不说俺家乡好。确实，我们中华民族是个特别看重“家”的民族，尤其注重孝道亲情，怀恋故土。即使是功成名就的伟人，也会非常看重“叶落归根”，更何况普通人家、庶民百姓。

无论是三峡移民，还是其他移民，只要是移民，首先面临的是告别故土，告别原有的家园。而这恰恰是中国百姓最为忌讳的，为了保卫家园固守故土，他们甚至不惜以生命为代价。

三峡移民工作首先要做的就是劝说库区人们离开自己的家园和故土。不了解峡区情况的人，普遍认为，三峡地区穷，让百姓搬迁不会是难题。实际情况恰恰相反，几乎所有三峡库区的移民原先居住的地方都是当地比较好的。与其他水库不一样的地方是，三峡水库是以江建库，即以长江本身为基础，在宜昌三斗坪建高坝后，利用宜昌至重庆间630多公里的江段蓄水，使长江在这一段形成一个巨大的高水位库区，实现“下可发电防洪，上可航行泄洪”之目的。库区的移民，便是这一江段蓄水所造成的淹没区内的人们。

殊不知，人类自古以来就有沿江河栖息繁衍和以水促富饶的传统，就是因为遵循了这一定律，才有了中华民族的灿烂文化和辉煌历史。这是因为近贴江河的地方都是些好滩好地，能植能耕，而且总会人畜两旺，俗话说有水则灵便是此理。三峡一带更不用说了，当年衣不掩体、四面受敌的巴人之所以安身峡江两岸，就因为这儿除了能守能攻之外，到处都是临江富饶之地。诸葛亮劝说刘备定国此地，更多的也是从这种独特的地域优势考虑。

三峡大坝建成，沿江被淹之地几乎无一不是那些临江的最好地段、最肥沃的滩地与坝子。移民们首先遇到的就是不舍的故土情感。

在三峡工程建设初期，国家实行的移民政策基本上是“就地后靠”，即从175米的蓄水线以下居住地，往后退移，搬到更高的坡岸和山丘上。后坡岸和后山丘都是些什么地方呀？！高，自然不用说，在那儿极少找到坡度为25度以下的地方。关键是这些地方不是荒就是秃，哪是人待的地方！

移民们无法接受与过去那些“不耕也能自然熟”的家园告别的现实。

但，搬是不可更改的。于是难题出现了——

上过中央电视台《东方之子》节目的云阳县普安乡移民站副站长汪学才，向我举的事例就很能说明问题。他所在的那个村叫姚坪，是三峡库区几千个村落中的一个普通村落。千百年来，人们习惯了这里日出而作、日落而息，自食其力、饱暖即安的生活，世世代代与世无争。但三峡工程打破了这种宁静，上级要求全村的人舍掉过去熟耕熟作的土地，搬到175米淹没线之上的山坡。老汪告诉我，他们姚坪村基本上全在水淹线底下，而且所有可耕种的田地也都在这个位置。三峡移民政策下达后，全村人所面临的就是彻底告别原来的生活地，退到后岸的山头上。那是个什么地方？那是个陡坡的乱石岗。村民们跟干部嚷嚷起来，说我们愿意响应国家的号召，可在乱石岗上咋生活？咋盖房？咋种地？啥子都没有嘛！干部能有天大的本事在乱石岗上给村民们建一个跟以往同样的家园？于是问题就出来了。但办法还得想，而且国家搞的移民试点经验也借来了，那就是在这个陡坡上开垦出可以盖房安家和种植收获的地来。谁来开垦荒山？不用说，还是动员村民们自己来干。中国的老百姓好嘛，国家的政策一下来，干部们一动员，大家就动了起来：各家各户每人每月出8个工作日的劳动力，而且有规定，谁家完成不了任务得每个工作日交5元钱罚款。峡江一带农民是南下打工最多的地方，家里剩下的净是老的老、少的少，新的问题又出来了。啥法子？继续动员呗！于是像汪学才这样的村干部就得一家一户地去做工作。做工作也不一定有人理会你呀！干部们只好自己带头行动，从我做起。再找自己的亲戚带头，亲戚再串亲戚来带头，就这么着一户带一户，个别“钉子户”只好由干部们舍去汗水和劳力帮着完成任务。汪学才能从一名普通的村干部，成为全国先进移民干部，受到中央领导接见、上了《东方之子》的电视节目，就因为他在“就地后靠”中把自己的村子搞得比过去的村子还要好，全村人过上了比过去还要幸福的生活，有了比过去还要美丽的家园。可汪学才告诉我，打1991年至今十余年间，他本人从一名全村最富裕户沦为最贫困户——他靠双手致富，1981年时家中存款就有7万元，而为了帮助全村实现“就地后靠”有个更好家园的“移民之梦”，他不惧倾家荡产。村民们没有资金开荒垦殖，他借钱送苗；筑路筹资款到不了位，他垫着。这七垫八送，自己家的存款就全都流了出去。“咱是党员，能让村民们按照国家的号召搬出水库淹没线，就是头等任务。要敢于舍得小家为大家。”汪学才说他过去身体非常结实，体重在70公斤左右，可搞移民工作后，瘦到了49公斤。而姚坪村则在他的带领下成了全库区的移民先进村，家家户户的生活水平、居住环境、耕种面积，都比以前好，移民们一百个满意。

汪学才后来因为工作突出，乡里招聘他当了乡移民站副站长。之后的工作就不一样了，全乡移民人数多，有的村连“就地后靠”的乱石岗都不好找，于是有一批人得搬迁到外地。汪学才的任务是动员一批移民到重庆的江津市。

“这回工作难度可就大了！”汪学才向我介绍说，“在本土本地，搬个家园难度就非常大，让乡亲们离开故土搬到一个人生地不熟的地方，感情上舍不得呀！本来嘛，江津也在重庆市区域内，不算远，而且那儿的条件要比云阳好不少，可移民们不舍得生活惯了的故土。为了让移民们顺利地搬迁，”老汪说，“我们先是到江津选一块好地方，可以盖房种地。每家每户的房子盖得自然要比过去的更好、更宽敞。但移民们的要求更高，开始让他们派代表去选地看样板房，大家是满意的。后来房子盖好了，有人就提出，过去的家门前有路有水，现在的路在屋后，水也见不着，大家不习惯。我们只好再同当地商量，改道引水。

有的移民啥都满意，突然提出自己原来的家门前有片树林，夏可乘凉冬可挡风，希望在新的家园前也能有一片树林，否则就不搬。我们又折腾回到江津，一户一户地按照移民们的要求给设计。这么着，前前后后用了一年零七个月，当我第 17 次带领移民们前去新家园参观时，大家方才点头，说这跟咱云阳的家一样，该有的都有了，云阳老家没有的，这里也有了，我们搬！”

“移民们对家乡的留恋和感情，你工作做得再细有时也是无法想象得出的。”老汪在这方面的体会再深切不过。

2000 年他接受的任务是安排 1300 名移民到江西落户。有人一听到江西，就嚷嚷起来：咱是三峡人，过去算四川的，现在算重庆人。不管四川还是重庆，都比江西强。让我们离开三峡老家到一个差的地方安家，我们不同意。老汪说，江西也不是所有的地方都比四川重庆差，四川重庆有的地方怕还不如陕西甘肃嘛！后来老汪等人逐一做工作，动员移民代表到江西安迁地实地参观。移民们看后喜形于色地说：想不到江西还有这么好的地方呀！于是最后有 1144 人主动到江西落了户。

相比之下，巫山洋河村村支书郑昌省遇到的村民们不舍故土恋家园的事更有趣。老郑今年不到 50 岁，论“官”职也是全库区最低的一级，可他的名气在三峡库区甚至不比重庆市市长的影响小。因为大伙儿都知道老郑现在是“省长”。

我采访出发前在北京就知道他是“省长”，见到他后第一句话就笑问他到底是怎么回事。

老郑憨憨一笑：“因为我的名字里有个‘省’字，做村里移民工作我们最早，属于提前搬迁，所以村民们说我操的是省长的心，日久天长，大伙儿干脆叫我‘省长’了。开始时有些嘲讽的味道，后来乡亲们从提前搬迁中尝到了甜头，大伙儿再叫我‘省长’时，更多的是一种亲切和希望……”

后来我知道郑“省长”确实与众不同，他真有些省长的非凡气度和真知灼见。

老郑所在的洋河村处在一块草肥羊壮的坝子上，三峡水库蓄水后得淹掉大半个村子的好地。乡亲们感情上实在难以接受。为了让乡亲们日后能过上好日子，老郑跑遍了村头村尾，左看右看，最后看中了村头的一大片坟地。那坟地处在淹没线之上，“风水”不错，一旦三峡水库建成后此地依山傍水，会有别样光景。老郑把村上的干部和村民代表叫到一起，商量着平坟地建新村的想法。

村里的干部群众都是三峡移民，大伙儿对“就地后靠”不离开故土当然很高兴，但对老郑提出的移坟建房有想法，主要是动坟谁都不想干。

果不其然，决定一下来，村民们就闹了起来：“建三峡工程是国家的大事，我们支持，也甘当移民。可不能失了家园，还要掘老祖宗的坟啊！”

有人甚至扬言说谁敢动他们祖上的坟，就先砸了他的脑袋！这话显然是对着村支书老郑说的。

有人则放言说迁坟盖房这事肯定成不了，大伙儿一听都明白：老郑父母的坟也在那片坟地上，虽然老郑“积极”，可他的六个兄弟姐妹都是孝子孝女，未必像他一样“连老祖宗都不要了呀”！

全村的移民暗暗瞅着观望老郑自家这一关能不能过哩！

“来，我在这里向兄弟姐妹们先敬一杯。希望你们多支持我的工作，也让养育我们的父母能有个更好的地方安息……”老郑备了桌酒席，让儿子将自己的六个兄弟姐妹叫到家，开门见山举杯说道。

“哥，你当村干部这么多年啥事我们都依着你，这你心里特清楚。当三峡移民我们也不难为政府，但搬坟的事我们没法同意。你不是不知道，咱们的父母才过世几年，两位老人家入土后的魂灵还没安顿下来，你就要动他们的土，我们不答应。”最小的弟妹俩首先站出来反对，于是一桌热腾腾的饭菜谁也没动一下筷子。

当大哥的老郑找不到一句管用的话可以对兄弟姐妹们说。老郑那只端起酒杯的手颤抖了半天，最后还是放下了。他知道兄弟姐妹们对亡父亡母的感情，无奈最后只得失泪下跪在兄弟姐妹们面前：“……好兄弟好姐妹们，我的心情跟你们一样。可你们想想，三峡水库马上就要开工，父母的坟地是早晚要搬迁的，总不能以后让老人家的坟泡在水里呀！那才叫真正的不孝。再说，坟地不搬，大伙儿就不能重新安个好家，父母有灵，也不会安宁的是不是？你们看在我当哥的面上，我一定挑块更好的风水宝地让我们的父母，让全村的祖先们安息。啊，我当哥的就求你们这一回了！”

老郑一边抹泪一边向兄弟姐妹们磕头……

兄弟姐妹们说啥好呢？抱头痛哭了一场。但他们无法亲自动手去刨自己父母的坟。于是老郑只好请了几个外地民工，自己带头一镐一锹地将父母的坟墓掘开，然后再搬迁到一块新坟地。

这一幕乡亲们全都看在眼里。后来老郑动员大伙儿搬坟时，多数人配合得非常好。可也有人家死活不干，甚至只要见老郑上门就张口大骂，说你们当干部的让我们搬家挪窝已经够损的了，还要掘墓挖祖坟，天理不容！

老郑只好苦口婆心地一次次做工作。别人骂，他默默听着；别人骂渴了，他端上一碗水；别人骂累了，他再跟人家掏心窝子。直说得人家不得不点头称是。

那就搬吧？

搬，可以答应你，但我们有一个要求：不管怎么说，让埋在地里的人再挪动迁移，是不孝的事。你支书得为我们祖上的人披麻戴孝，否则我们就不搬！

老郑闷了一口气，知道只有这样了。为了三峡工程，为了完成百万移民任务，我老郑就当全村那些亡灵的孝子吧！

于是村上每起一口棺材，老郑就按照当地的风俗，全身上下披麻戴孝，一路护送灵柩到新的安葬地入土。然后双腿跪下，磕上三个响头……全村34座坟墓，老郑他都一一这样做了。

当老郑要动手搬第35座坟墓时，墓主的后代却怎么说也不干，并且出来一大家族的人阻挡：“姓郑的，你有能耐在别人家的祖坟上动土我不管，可要想掘我家的祖坟，你姓郑的就是从我裤裆下钻过去，老子也不会让你动一铲土！”

已经当了二十多天“孝子”的老郑哭笑不得，说：“全村的人要住新房，现在就等平整你们这个坟墓了。这么着，我老郑为了全村移民给你们求情作揖，给你们祖上当回孙子总成了吧？”

峡江有个风俗，当孝子的是披麻戴孝，当贤孙的可得跪地走火盆哩！那可不是闹着玩的。

“你就是让全家人都出来当老子的孝子贤孙也不成！”人家把话说到绝处。

面对一个七十多人的大家庭，老郑不得不暂时放下铁锹，将刚刚扮演孝子的那张哭丧的脸又变成笑脸，他把这个家庭的几位长辈和主事的人都请到自己家里，丰丰盛盛地备了两桌酒席。可人家根本不理这一套，吃也吃了，吃完抹抹嘴照样不让迁坟。老郑欲哭无泪，左思右想，没个结果。一日听人说这个家族中有个人在县城公安局工作，老郑便连夜赶到县城，给这同志讲移民道理。人家是党员干部，到底觉悟不一样：“郑书记，你甭多说，三峡移民道理我知道。走，今晚我就跟你回村上做家族亲叔老伯们的工作！”

在这位同志的帮助下，这个家族的人终于同意迁坟。但在挖坟时又出现了一个奇怪现象：那座百年老坟是用石灰砌的，坟上长着一棵狗叶树，树根顺着石缝往下长，正好覆盖了半个坟穴。待掩土扒开后，家族的人一看这“奇观”，又大嚷起来，硬说这是他们家族千年不衰的“风水”，谁都不能动！而且说谁动了这“风水”，必会“天诛地灭”。几十个人无论如何再不让老郑他们扒坟了。

老郑急得无计可施，扑通一下跪在地上，两眼泪汪汪地乞求道：“大伯大叔婶婶嫂嫂们，如果这树根须真是你们家‘风水’的话，动了它要真出事，我老郑愿拿全家人的性命给你们做抵押！”

村支书老郑的这一跪，真把这个家族里那些尚有点唯物主义思想的人打动了，他们相互做起工作来：算了算了，“省长”铁心帮大伙平地建新村也是为大家好，相信老祖宗看在这份上也会原谅我们的。

当这口百年棺材从墓穴中被人费力地挖出并抬起时，披麻戴孝的老郑仍一丝不苟地跪在那儿……好在什么事都没有发生，“风水”仍旧让这个家族的人原谅了老郑。

迁完最后这穴墓，老郑回到家已经深夜，肚子饿得咕咕直叫。他轻轻推开十几天没有回来的家门，顾不得拉灯就直扑小厨房，掀开锅盖，伸手抓起里面的东西就哗哒哗哒地吃了个透饱。完后，他怕吵醒了妻子和孩子，便缩手缩脚钻进被窝躺下。可不足一小时，便觉得肚子不对劲，咕咕作响，胃中不时泛出酸水……

“爸，你啥时回来的呀？干啥子翻来覆去？肚疼？”女儿被吵醒了，倚在床头问。

“那锅里是啥子东西？我吃了就……就疼……哎哟……”老郑实在忍不住，在床上打起滚来。

女儿一听，大叫一声后，便呜呜地哭了起来：“爸，那是馊了几天的剩菜剩饭，是准备喂猪的呀！你吃它干啥子嘛？呜呜……”

老郑不由得自嘲道：“傻闺女，哭啥子？是爸给村上搬坟饿馋了才吃错的呗！”

女儿哭得更凶了：“爸，你就不能心疼自己一点吗？我难过死了。呜呜……”

乡亲们就在老郑这般的虔诚和真情下，心理得到了平衡，搬迁和建新村的工作因此顺利开展。

经过一个秋冬，整整齐齐的移民新村矗立在高高的山坡上，就像外国电影里看到的城堡一样漂亮。村民这时候又有新的意见了：郑书记你不能偏心眼，我们过去住的老宅基风水好，现在也不能比别人差嘛！

难题又出给“省长”。

老郑在村里工作了几十年，太了解农民们的那点心思。他灵机一动，说：明天大伙都到村委会开会。

第二天村民们都来见他。

只见老郑双手叉在腰际，高声说道："为了公平、公正分配移民新村的房子和宅基地，我已经提前将新房子编成号。大家知道，让我老郑完全按照过去大伙住的房子和宅基地好坏来分配，肯定没法子分。别说我这个假省长，就是真省长来了我想他也没有这本事。因为我们三峡移民不可能将过去大伙住的老宅基一模一样地搬迁过来。但有一点大伙比我看得明白，现在我们盖的移民新村要比过去大家住的房子好，而且又有自来水，宅前宅后又有能通车的宽敞的道路。所以我们只能捂住心口凭良心做事，求得大伙心服口服。啥子办法呢?我老郑只有土办法一个：抓阄。有人说抓阄虽然是硬碰硬，但希望运气多一些。那好，我事先已经想好了：这回我们不是一次抓阄定乾坤，而是两次抓阄，第一次抓阄是确定正式抓阄的序号，第二次抓阄才是按先前抓出的序号确定房号、宅基地。大伙看这样行不行？"

"哈哈，'省长'，你想得挺周到的，信你的，抓吧！"

"对，抓吧。"

老郑满意地笑了，说："好，抓阄的方法大伙没意见了。不过，为了保证大伙对抓阄过程的放心，因此我想这么做，大家看行不行啊——"只见老郑先拿出一双筷子和一个只有一个小孔的铁盒子。

"省长"要魔术了！乡亲们好奇地围上前去观看。

"看明白啥意思吗？"老郑逗大家乐。

"嘻嘻，不明白。"众人摇头。

于是老郑一本正经道："用手伸进盒里抓阄，容易让人感觉是不是会作假，筷子抓阄可是假不了的呀！不信谁试试！"

可不，筷子抓阄，绝对的一是一！

一件本来难上加难的事，经老郑这么扳上来扳下去有趣地折腾了一番，乡亲们兴致勃勃，学着老郑的抓阄样，自觉自愿地选定了自己的新宅基。且每户门口都立了一块非常醒目的永久性标志石板，上面写着：某某某，响应国家号召，光荣当上三峡移民，于某某年搬迁到新村。现为几号房，共几口人。原淹房面积多少平方米，淹房补贴多少元，迁建面积多少平方米，砖瓦结构，开支多少钱等字样。

洋河村民不仅家家户户有这样一块光荣的“三峡移民”石板，而且他们在郑昌省的领导下，利用提前搬迁的几年时间，在别人仍在为苦别故土挥泪时，已经重新走上了致富之路。

洋河村的移民虽然比别人提前建立了对新家园的感情，但他们在告别故土时的那份情感同样难舍难分，他们比别人幸运的是有位好“省长”。

巫山出过另一件有意思的事。

一对年轻的农村夫妇，他们被政府列入移民名单时，结婚的日子也并不长。没想这对恩爱夫妇为了移民的事闹得差点分了家、离了婚。

事情起因是这样：当村干部征求他们意见迁移到哪儿时，小夫妻很快统一意见说是要到广东去。经过接洽，移民干部们告诉说可以。小夫妻听后非常高兴，后来干部要求每户派一名代表到“新家”那儿去跟当地政府办理“安家”对接等手续，丈夫就说从三峡到广东很远，还是他去合适。

去就去呗，你得挑块好一点的地盖座大一点的房就是。妻子吩咐说。

丈夫说那还用你多嘴，这次移民搬迁到广东，是为子孙后代造福的事，不光关系到我们这辈子嘛！

不几日，丈夫从广东那边打电话回来说，广东实在太好了，当地政府对我们三峡移民也特别好，选的地方好，盖的房子也好。丈夫在电话里一口气至少说了十几个“好”，末后，他说，一起来的人怕花钱要先回巫山，我第一次出来，准备再待几天，到广州好好玩一玩。看看广东这边，人家太开放了，嘻嘻嘻，告诉你，我们住在镇政府的招待所，每天晚上还有小姐打电话来问“要不要服务”。嘻嘻，听说，城市里更不得了，小姐会在大街上拉你走呢！狗日的这儿就是开放呀！喂，说好了，我在这儿多待几天啊……电话就这样挂断了。

开放？小姐？广东原来是这样啊！小媳妇放下电话，一琢磨，从头顶到脚心全都凉了：好个龟儿子那么起劲想到广东，原来是想找小姐“开放”啊！龟儿子，我不搬了！

“呸！说什么也不搬！”移民干部再来这对新婚夫妇家时，小媳妇一反常态，连门都不让进，说话也是咬牙切齿。

小丈夫回来了，满面春风，大包小包地带了很多东西。

小媳妇没好脸理他。

入夜，她悄悄打开大包小包：口红！肯定是野了心的龟儿子想讨好那些“小姐”。啊，还有避孕套！

“你死鬼！你是个不要脸的天杀死鬼！”小媳妇愤怒地将大包小包扔到丈夫的头上，然后扯起被子，呜呜地大哭起来，震得寂静的山村全都醒了。

“你疯啦？”莫名其妙的小丈夫不由得吼了起来。

“好你个龟儿子，家还没搬到广东，你就野啦？你野呀野呀——”小媳妇真的疯劲上来了，上前一口咬住小丈夫的胳膊。

“哎哟——”小丈夫疼得忍不住抬腿踢她。妻子倒是松了口，可他的胳膊直淌鲜血。

“你说清楚，你到广东干啥子？”小媳妇不依不饶，从地上站起来继续责问。

“你说我干啥子？老子去安家知道吗？”吃了一肚子冤枉气的小丈夫两眼泪汪汪。

“那你包里还带口红、避孕套。”小媳妇穷追不舍。

“你……你为这跟我吵呀？哼，真是傻帽儿一个！”小丈夫一听就像瘫了一样坐在地上，直摇头，“我好心想结婚时没能上重庆一趟给你买个口红，这会儿顺便到广州挑个洋牌子带回来，没想你净往邪里念……”

“那……那避孕套是啥子事嘛！”

“这……这……这不，人家城里人会玩嘛，我看着那玩意也跟我们以前用的不一样，所以就买几个回来试试……”

“你个龟儿子！”小媳妇噗地笑出了声，满脸通红。

第一次广东“对接”的风波就这么平息了，但小媳妇的担忧并没有解除。尤其是看到自己的男人在以后的半年里打着到广东去看看新房子的招牌，连续三次出峡江，而且每次回来不是嫌她土就是说广东那边如何如何的新潮。最让小媳妇疑心的是，他每次回来晚上亲热的时候总要“换换花样”。于是她认定：千万不能移民到广东，要那样他准变坏！

这一夜她辗转不眠。见一旁被“花样”累得呼噜如雷的他，心火不由从胸中蹿起。打断他的腿？这样可以让他永远别想到广东玩“花样”了！可她一想，不行。那样还得反过来一辈子伺候他。用剪刀给他那玩意割了？也不行，日后吃亏的是夫妻两人……怎么办呢？小媳妇思忖了半宿，突然想起小时候父亲为了制服一头总跳圈的猪崽子，便用尖刀给那猪崽的后腿挑断了一根脚筋，那猪崽再没能耐跳圈了。

嘻，这一招好：既管住了他，又不妨大事。

天亮前，她悄悄下床，从柜子里摸出一把剪刀，然后对准男人的脚心，狠狠一挑……

“妈呀——”男人号叫一声，疼得从床上滚到床下。

干部出面了，问小媳妇到底怎么回事？

“我……我怕移民到广东后他会变坏，所以……”小媳妇终于吐出了真情。

干部们听了哭笑不得。

这桩“夫妻私案”虽然以双方的相互谅解、皆大欢喜而了结。可在移民中类似这样的一方担忧另一方搬迁到他乡特别是开放地区后“变坏”的情况绝非个别。

这是世纪之交的三峡移民们所能遇到的情况。故事听起来有些离奇，但所反映的问题却是非常现实的，即一些原先比较落后和封闭的地区的人们，一旦到了相对开放的地方后，观念和行为发生变化。一些移民为此而困惑，他们因此惧怕离开家乡，惧怕离开习惯了的三峡地区的生活方式，惧怕改变亲人间情感表达的原有形式与内容。

在库区，有位移民干部告诉我这样一件事：他们那儿有两户人家本来第一批外迁就该走的，可到 2002 年 7 月份第三批外迁时，仍没有同镇政府签订“外迁销户协议”，急得干部们不知如何是好。定下移民名额，就像立下军令状一般，到时必须人走户销。完不成任务，干部要下岗是小事，接收地房子盖好了地划出来了，该花的钱都花出去了，见不到人咋办？一户人这么拖着不搬，后面仿效起来不误了大事吗？

干部急得直骂娘，可人家就是不理不睬。你骂呀，我当作没听见。真要我听到了，我更不走了。移民们心里这么说。干部只好一次又一次地去做工作。吃住在那儿，不分日夜地跟主人磨啊磨，直到你松口同意走为止。

我听说后，很想看看这两户到底是怎么回事。于是就到了那两户移民家。

两户移民知道我是北京来的，不是移民干部，他们也就没有抵触情绪，便跟我掏心窝地说出了为什么拖至今日的缘由。

原来这两家是一对老姐妹，她们都是解放初期从另一个村一起嫁到这个沿江的坝子的。老姐妹俩虽不是亲生姐妹，却情同手足。二老现在都是七十五六岁的人了，走路颤颤巍巍的，可据村上的人讲，她们年轻时可是村上远近闻名的“铁姑娘”。20 世纪 50 年代大跃进的时候，她们跟着男人开山造田，甚至还到县城参加劳动比赛得过奖状呢！她们的孩子都是那个时候生的，巧得很，都是一男一女。张家的儿子取名福，李家的儿子取名桂，隐含着期待后代“富贵”的意思。三峡库区原本是个经济落后地区，20 世纪 60 年代初的三年困难时期，村上的男人出江搞运输养家，这两姐妹的丈夫同船出江，在回来的路上，触礁翻船在瞿塘峡险滩，连尸骨都未见。失去夫君的两姐妹从此相依为命，有米同煮，有奶同喂，养育儿女。后来儿女长大了，女儿都出嫁外乡，儿子们也成家立业。儿孙们各忙各的，老姐妹俩似乎成了生活中多余的人。三峡移民开始后，干部们动员外迁。当家做主的儿子带着媳妇一户到江苏、一户到广东看中了各自的地方，回来后又跟各自的老母亲说这事。打这以后，这对老姐妹就开始跟儿子儿媳妇较劲：她们说啥也不同意走。

福儿是个孝子，老娘说不走他就没辙了。桂儿因为从小没爹，干什么都听母亲的主张，这老母亲不同意走，他也傻了眼。就这么着干部来做工作十次百次还是做不通。定好了到广东的福儿知道问题出在母亲不愿与邻居的老婶就此一别，便暗里做媳妇的工作，说我们干脆依着母亲，同桂儿他们家一起上江苏算了。偏偏福儿不仅是个孝子，还是个“妻管严”。婆娘眼睛一瞪：不是已经上广东把房子都定好了吗？为啥子又动歪念了？你娘要不了几年就入土了，我们和孩子的日子可是长着呢！要想依你娘，那你跟她一起住，我不管！

唉，这是啥子事嘛！福儿再不敢多言了，顺其自然吧。

就这么着，移民的事是一拖又是一两个月没结果。哪知这时桂儿的老母亲突然一场重病，几经折腾也没有抢回生命。老妹子的不幸去世，令福儿的母亲哭得死去活来。移民干部来动员福儿一家快办销户手续时，福儿的母亲干脆说自己不走了。

“老妹子走了，我孤单单地跟你们迁到老远的地方有啥子意思？不是三峡水库要到2009年才放满水嘛！你们就让我在这儿再待上几年，死了也好陪陪老妹子嘛！啊，娘只有这个要求了，你们跟干部们说说行不？”福儿的老母亲流着泪恳求儿子，说完就摸黑上了老妹子的坟头，趴在那儿一直哭到天亮。老人家一把鼻涕一把眼泪地只说着一句话：“老妹子呀，我就是舍不得你啊！舍不得你孤单单地一个人躺在冰冷的荒山野岭里呀……”

这样的邻里亲情使一部分人特别是上了年岁的人更不愿迁移他乡。我还听说过另外一对父子的事。

1999 年有一户老人因为儿子在城里工作，所以按照移民条例他们可以“投亲靠友”。上儿子家后不到半年，老伴因病去世了，剩下的老爷子怎么也过不习惯。因为城里人住的都是楼房，各家各户互不来往。平时家里人都上班去了，空荡荡的房子里就剩下老爷子一人，他又不爱看电视，整天便像关在笼子里似的。想跟邻居说说话，人家见了他这个“乡巴佬”，躲还躲不过来。老爷子没过上一年，就说啥也要回乡下的老家住。

“爸，咱老家那块地方是淹没区，早晚得搬，你到城里来不跟我们一起住还能跟谁在一起？”当副局长的儿子以为自己很有道理地劝说父亲，哪知老爷子朝他一瞪眼，背起包袱便出了门，屁股后面扔下一句话：“老子跟邻居他们上安徽！就是黄土埋到脖子也不会再回城里享清福去……”

据说后来老爷子一直在乡下住到 2002 年 8 月底，最后他还是跟一户邻居上了安徽。那儿的条件比起城市的儿子家显然差不少，可老爷子愿意呀！他现在住的地方跟过去农村的老家一样，白天种地，晚上能跟一起搬迁到那儿的同村老哥们搓麻将唠唠嗑。儿子曾经专程到安徽移民点接老人回城，但老爷子就是不干。过惯了农村那种邻里无间的亲近生活，许多像这样的老人无法接受因移民搬迁后带来的新生活环境。

这是中国农民间特有的亲情，它在某种时刻胜过父子、夫妻间的关系，尤其是那些孤独的年长者，他们早已习惯了那种推门便是邻居、关门就是同村的酒友和麻将对手的生活，即使是吵闹打架，那也是有滋有味，有情有义，温温暖暖，笑也笑得痛快，哭也哭得利索。那才叫日子！

面对这样的百姓，你没有任何权利剥夺他们这种与生俱来的习性和亲情。一个城市和一个陌生的地方，怎么可能会有如此其乐融融的农家人的生活环境呢？

难在理上

都说中国的老百姓是最讲理的，百万三峡移民更是如此。但有时候，讲理也不容易。比如说早先的三峡移民条例上明文规定，那些表现不好、吃过官司坐过牢的人不允许列入移民的名单中。这让许多不想搬迁的人感到不理解。噢，我好端端的良民一个，就是因为恋着自个儿的家乡不愿搬迁，你们干部一次次上门做工作，逼得我们非走不可。那些坐过牢犯过事的人倒好，可以安安稳稳地待在库区不走，这是哪门子的理呀?

没有人能回答出来。移民干部非常伤脑筋。

解释只有一种：国家考虑为了不让三峡移民给迁入地的政府和群众带来麻烦，所以作出了这样一条规定。

政府想得如此周到，但在实际工作过程中却未必让移民迁出地和迁入地的干部群众满意。

迁出三峡库区的人认为，既然承认三峡移民是牺牲个人利益服从国家利益，那么，为什么只让普普通通的百姓做这种牺牲，那些曾经犯过事、对国家和人民欠过情与债的人就不能让他们也牺牲牺牲?

对于这个问题，移民干部们也未必解释得清楚。

犯过事的人也有理呀：好好，过去我是犯过事，做过坏事。可现在我出狱了呀！改造好了呀！是个普通公民不是?那为啥就不能让我们也为三峡建设贡献些力量?牺牲些可以牺牲的利益?别人不愿意搬迁，我们愿意呀！我们愿意做一名光荣的三峡移民呀!

三峡移民工作中就有这么多谁都有理的事，你说咋办?最后当然只能服从国家政策一个大道理。但具体的工作却难上加难了。

难也得把移民的工作做了，而且要做好。要不，咋叫“世界级难题”?

可不是的嘛！

那一天负责到安徽对接的干部回来了，辛苦了几个月，瘦掉了十几斤肉，总算有了收获。当干部们正在拿着移民们的“对接合同书”在“总结成绩”时，突然听得门外有人大声嚷嚷：“出来出来，你们这些干部都是骗子！我们不去安徽了！安徽那地方我们不愿去！不愿去——”

“这是怎么回事？”县委书记责问负责对接的副县长。

刚才还春风得意的副县长紧张得不知说什么为好：“这……这……我们没有虚报成绩呀，是他们自觉自愿在合同书上签的字嘛，而且多数还交了部分建房定金的呀！”

“骗子骗子，我们坚决不去安徽那个穷地方！”门外，几百个移民聚集在那儿，群情激愤。

“同志们安静些，有啥子事可以说清楚嘛！是我们工作没做好，我们就改进；是大伙儿不清楚的，没有理解透的，我们再跟大家一起学习领会。”县委书记赶紧出来调解。

“我们只想问一句话：是不是你们说的，安徽那儿比我们这儿条件好，生活水平高呀？”移民代表说。

“是啊，你们要去的凤阳县全国出名，那儿无论是经济条件还是自然条件都不比我们这儿差呀！你们去了以后一定会通过比较短的时间实现致富的嘛！”县委书记态度真诚。

“扯淡！”有人毫不客气地打断他的话，一针见血地反问，“既然比我们这儿好，为啥那儿还有人到咱三峡来耍猴呀？”

“是啊，那儿为啥子还有耍猴的人？”一个人的话变成了几十个、几百个人的声音。

“耍猴？哪儿来的耍猴？”县委书记莫名其妙。

“别装腔作势了！你们当干部的就知道把我们老百姓当猴耍，还能干什么呢？”有人尖着嗓门嚷道。

“这话从何说起？有意见可以提嘛，我们什么时候把你们当猴耍？”县委书记有些生气了。

“怎么着，不爱听？那好，给你找个证据来！”人群里，有人将一个安徽来的耍猴艺人推到县委书记面前。

“喂，耍猴的你老实说，是不是安徽来的？”

那个耍猴人不知自己犯了什么错，吓得连连点头承认：“是是，我是安徽的，我有证明呀！身份证也有。你们看，你们看嘛——”

可愤怒的人群并没有再理会他。大伙只是一个劲地责问县委书记：“看清楚了吧，安徽的，还是凤阳的。就是你们要我们去的那个地方！”

县委书记终于明白了，苦笑道：“好好，同志们，我明白大家的意思，既然过去我们一直在向大家宣传安徽比咱三峡这边好，可人家那儿却有人到咱这儿来耍猴糊口？好，这个问题最好还是请耍猴的安徽老乡来回答，如何？”

吵吵嚷嚷的人群突然静了下来，有人窃窃私语：“是嘛，啥子好啥子坏，让人家自己说说那儿到底是穷是富嘛！”

“来来，安徽老乡过来，不用怕！”县委书记亲自将那个吓得躲在一旁的耍猴人叫到众人面前，亲切地问：“老乡，我们这儿的人怀疑你们那儿生活条件和经济不如这三峡一带，你说说是不是这样？”

“谁说的？我们那儿是农村改革的发源地，这一二十年变化可大了！老百姓生活条件比你们这儿要好，整体上要好嘛！”耍猴人一听是问这，便开始挺直起腰杆来。

“那你干啥还要出来耍猴？不会是出来耍猴要饭吃吧？哈哈哈……龟儿子快说！是不是这样啊？”不少人开始哄笑。

“胡说！”耍猴人的嗓门高了起来，“你们知道我这猴是什么猴吗？它是我花了两万多元买来的北美‘雪上飞’！知道吗，两万多块钱呢！”

“好家伙，要猴人也是小财主呀？”众人窃窃私语起来。

“好了好了，我已经完全明白大家想要问我的话了。这样吧，关于你们要远迁的安徽凤阳那边的情况，特别是那儿到底是比咱这儿好还是差的问题，我们一定尽快弄清楚。我想我们最好还是眼见为实。为此我提议：如果大家同意的话，我们再从你们中间选派一些代表到对接地安徽考察和调查一下，直到大家弄清楚为止。看这样你们有没有意见？”县委书记笑容可掬地征求移民们的意见。

“这当然是好嘛！”众人应道。

“好，既然大家同意，那我们就立即着手准备。”

一场已经冒了火药味的群体事件就这样平息了。

可县委干部们还没有等到睡下个安稳觉，第二天上班一看，办公大楼前又聚集了一群移民……

“又是怎么回事？”县委书记大惑不解。

“书记，昨天你只说那儿条件比我们这儿强，可我们还是不愿意去！”群众说。

“为什么？”

“那儿是血吸虫病区！我们不愿当大肚鬼！”

县委书记感到纳闷：“谁说那儿有血吸虫病？”

“毛主席说的！”

“毛主席？毛主席什么时候说的？”书记感到十分诧异。

“你不会背《七律·送瘟神》？‘绿水青山枉自多，华佗无奈小虫何。千村薜荔人遗矢，万户萧疏鬼唱歌……’”

书记笑了：“看来我们是同时代人，很高兴你能把毛主席的诗词背得这般滚瓜烂熟。”

“怎么书记，你还没有听出我们想说的意思？”

“我不算傻，当然知道你们为啥子背这首诗嘛！”书记笑道，又说，“不过你们也得用发展的眼光看问题嘛！别说毛主席写这首《送瘟神》已经有三十多年了，就是毛主席写这首诗时，那儿的血吸虫病不是已经被当地的人民像送瘟神似的送走了嘛！”

“那——我们也不太放心。假如我们新迁的地方是个血吸虫病区，老子可就惨了啊！”一番“舌战”后，众人的口气不再像起初那么冲了，但心头仍有疑虑。

“这么说吧，你们不是还要组织代表去那边考察调查吗？如果大家发现那边自然条件不像我们介绍的好，如果还有血吸虫病流行的话，我在这里可以向大家表个态：要真是那样的话，我第一个支持你们不往那儿搬迁！咱这一批移民可以往后再说！你们说怎么样？”

“好嘛，有你书记这话，我们就放心了。”

“对头，要得嘛，这样就好了！”

又一场讲理的“险情”解围了。

然而这桩理刚断，新的理又出来了，而且是个更难断的理。

那是重庆市进行的一批三峡移民任务，规模大，时间紧，要处理的问题千头万绪。不想有个县的移民局反映了一件他们无法处理和解决的事情：该县原定的几百名移民突然因为对方拒绝接收而闹着退出本年度移民之列。

这还了得？移民任务每年的指标必须按时完成，就像军令一般，从市长到县长，从县长到移民局局长，再到乡镇的领导、村上的头头脑脑，那可是铁板一块的任务！在三峡移民区，从上到下的干部们都有一个共同的概念，那就是干其他任何工作，完成了七八成、干了个大概就算是任务“圆满”了。唯独三峡移民工作不一样。你可以超指标，但100个指标的任务如果完成了99个，那你的工作只能打“不及格”！

“怎么回事？”重庆领导立即出面过问事情原委。

“移民们说，某省接收地对我们这边的移民计划原来谈得好好的，可突然提出有一批移民他们不能接收！”

“啥子原因嘛？”

“说是我们的移民中有相当数量的人，不符合他们那边的计划生育政策。”

“怎么个不符合法？”

“说是这边的移民已经有两个孩子了。”

“这没什么嘛，他们多数是农村贫困地区的，按照国家的计划生育政策，并没有规定他们只能生一个孩子嘛！。”

“是啊，这没问题。有问题的是接收方的政府部门，他们说了，你们移民来可以，但必须按照他们那边的规定：凡生两个孩子的父母必须有一方要做绝育手术，否则就不能进他们省。这是他们的地方法！”

“这这……怎么又冒出这问题来了？他们那边的规定，那边的法也不能强用到我们这儿来呀！我们三峡移民的百姓已经非常不容易了，他们背井离乡，远迁他乡，要付出多大的牺牲嘛！现在让他们结扎完了再搬迁过去，这于情于理都说不通嘛！让我们怎么做工作？噢，通知移民们说，‘你们必须先到医院结扎了才可以走！’这不添大乱才怪嘛！”

重庆方面的领导和干部们气不打一处来。

移民们闹，闹得是有理的。有理的事，处理起来就更费劲了。

如此大是大非的问题，一个是移民迁出的重庆市，一个是接收的某某省，谁也说服不了谁。这边说我们并没有违反国家政策，移民该走还得走。那边说，我们的地方性法规是经过人大通过的，不能因为你们三峡来的移民就特殊，计划生育是国策，谁违反了谁负法律责任！

怎么办？

向中央反映呗！

于是国务院三峡建委领导的办公桌上摆上了一份“急件”。就这码事却让“统管”三峡工程事务的三峡建委领导们也不由得犯难了：国家计划生育政策可不是哪个部门随便说一句话就行的。

于是这一问题的“急件”又摆到了国务院领导的案头。

此事应由国家计划生育委员会出面协调处理！出路终于找到。

重庆方面、接收省方面、三峡建委方面和国家计划生育委员会方面坐到了一起。经过一番激烈而务实的讨论，难题终于有了各方都可以接受的解决方法：三峡移民的计划生育问题，在迁出地时按迁出地的政策规定办，移民到迁入地后按迁入地的法规办。也就是说，你是个超计划的育龄移民，在迁出之前你可以执行本地“计生”政策，一旦迁到新的省市就必须执行当地的“计生”法规。

迁出地和接收地的领导们终于松了口气。

移民们也不再为此事闹着不搬了。他们因此更明白了有理是可以走遍天下的。

一个工程，移民百万，中国首次，世界同样无先例。工作千头万绪，找个理来说事还不容易？

在巫山，我遇见了移民老张和老付，两人同在一个县，却不是一个乡。老张是第一期移民，第一期移民多数是“就地后靠”，即虽也属百万“三峡移民”之列，但仅是从淹没的老宅基地搬迁到后山的坡上。当年干部动员老张家搬迁的时候，他大喊小叫着不愿搬，说是原来住在江边的土地如何如何肥沃，家里的橙柑如何如何丰产丰收。虽然干部们通过努力帮助他在“后靠”的山坡盖起了比以前更大更好的房子，但老张心里总有怨气，因为除了认为自己新家没有老宅基的风水和耕地好外，主要是看到像老付他们就没有搬迁。当时没“后靠”的老付心头幸灾乐祸，见了老张总是拿他寻开心：“老张啊，你可是三峡移民的先锋啊！”谁知这话说了不过两三年，老付家被列入外迁移民，而且一迁就迁到了几百里之外的安徽。于是老付大喊小叫自己“亏”了，凭什么老张他们可以“就地后靠”，我非得背井离乡到安徽？干部做工作，说为了保护以后的三峡环境，国家政策作了调整，加上库区没有那么多耕地，外迁可以使你们比较快地实现致富。当然，还要想到我们是三峡人民，要为三峡工程建设作贡献。老付到安徽一看，确实不错，干部们没骗自己，瞧房子是新的，地也比老家的多，以后肯定有发展潜力，于是痛快地同意了外迁。

老付跟老张的攀比算是有了个了结。忽然有一天老付碰上了本县另一位老相识老章。一问，人家老章说也是这一年的外迁移民，不过去的不是安徽，是广东。

广东那地方好啊，人家真把咱当作亲人看待，地给的是最好的，房子盖的一律是新洋房，有水有电，又有卫星电视……哈哈，一句话：老子值了！

老付不信，悄悄自己掏钱走了趟老章他们外迁的点上，正是不看不知道，一看气呆了，人家广东这边就是比安徽那边强嘛！

一样是移民，一样是外迁移民，干啥非要安排我到安徽，别人凭什么到有小洋房住的广东，听说到上海、江苏和山东的也能住小洋房？老付回来后便找到了移民干部问究竟。

老付说完上面的话，还留下一句更尖刻的：我也是积极响应国家号召的好公民，三峡移民中的积极分子呀！从鼓励角度你们也可安排我到广东或者上海等好地方去嘛！去广东上海那边的移民中该不会有你们干部的亲戚吧？

像老付提出这样的问题绝对不是无理取闹，平心而论，应该说是有一定道理的。

你自然要答复，而且要答复得令人家心服口服。

难就难在这里。难就难在该到什么地方的还必须到什么地方去。国家要安排百万移民，不可能绝对的一个自然条件，一个规格模式。广东上海富裕，愿多拿出些钱为移民盖“小洋房”；安徽、湖北的政府和人民热心呀，他们派人来一对一、一帮一地为你发家致富送知识、送经验。再往细里深里长远里想一想，看一看，原来不管外迁到哪儿的移民们都得到了实惠和特别的关照。“后靠”的更不用说，你不用经历背井离乡的外迁遥途与不适，你可以在淹没期前的几年间获得那些闲置地的双倍甚至几倍的收成，你还可以享受三峡建成后的源源不断的好处……

理，有大的小的，短期的和长期的，就看你从哪个出发点思忖了。

移民们能不思忖嘛！他们天天在思忖，每一次思忖就想出一大堆理来。三峡移民工作就是在这千寻万思中不断解决问题，在不断解决问题的过程中进行着。

难在说不清的事儿上

说不清的事在三峡移民过程中太多太多，多得通常令政府和主管三峡移民工作的部门也无可奈何。然而国家定下的三峡工程建设时间表是全国人大以法律的形式确定下来的，“水赶人走”的现象绝对不能发生。

百姓凭什么要搬迁？你让他搬迁，除了必要的觉悟外，他会向你提出种种有关他自身利益的问题，只有当他认为所有问题都解决、心满意足了，才会同意搬迁，才会与政府签约，才能销户走人。

在奉节，主管县城搬迁的陈县长给我诉说了6年“移民县长”的万般苦处。“中间最难办的就是那些说不清的事。说不清的事，有的是合情不合理，有的是合理不合法，而许多事是既合情合理又合法，就是国家一时还没有出台相关的政策。但上级下达的移民任务是死的，什么时候走多少人、走到哪个地方，都是铁板一块，想改也改不掉的。我们就得硬着头皮去处理那些像乱麻团一样的事，而且必须处理好。”

他举了奉节县城搬迁中百姓们提出的事，比如城镇居民要搬迁了，按照当年水利部长江水利委员会统计的实物数据，他们奉节县城内大约有私营门面房800多家，县政府和移民部门就开始按此规划建设并按上面的数据在新城拟安排相应的店面。但后来县城开始搬迁时，发现这数据出入太大。移民的私营门面房一下多出一倍多，有2000来家。800与2000之间可是个差异巨大的数字，放在奉节这样的小县城可是完全不同的概念，国家的移民政策和移民补偿款也都早有了规定，不是想改就能改得了的。同样，老百姓的利益也不是想砍就能砍得了的。动员百姓为三峡作贡献虽然能起一些作用，但应当获得的正当利益得不到，移民们绝对不会干，这一点也非常明确。

“立即重新调查！”县长代表政府发出紧急命令。这是关系奉节全县整个移民进程和新城建设的大事，是弄不好还会给三峡工程带来影响的大事！

移民局的同志们会合工商、公安等部门开始不分白天黑夜地工作，挨家挨户、一个门面一个门面地调查核实，结果发现除了借机谎报外，确实有几百个门面房漏登记了。再细问移民为什么在1992年长江水利委员会来人进行实物调查统计时没能实事求是报登时，这些私营业主说出的理由有的听起来能让人笑掉大牙，有的还真值得同情。

某店主说，长江水利委员会来调查统计时，他正跟老婆为财产问题闹得不可开交，老婆背着他悄悄将店面连同房产卖给了别人。而长江水利委员会的调查人员说，你拿不出房产证，最多只能算你是租赁的业主，移民实物补偿这一条你就不符合条件。等到这位店主跟老婆打清官司要回房产权后，长江水利委员会的调查统计工作已结束半年多了，自然在几年后三峡移民开始时，这位店主就找不到自己的那份房屋补偿款。

另一位业主更有意思：实物调查统计的工作人员找到他家时，他只管忙着干自己的事。第二次人家又来找他时，他干脆在门上贴了一张告示：此房已出售。长江水利委员会的人根据规定就不再为他进行房屋登记了。几天后此君从外地办货回城，见长江水利委员会的工作人员正在别的店铺内左右前后忙碌着，他偷偷直乐，心里说道：瞧这些人瞎忙乎什么呀！三峡工程闹了几十年，从我爷爷辈，一直闹到我这孙子辈，建它个龟儿子！老子才不信能建得起来！几年后全国人大通过决议，三峡工程真的动工了，他这才着慌，自知吃亏已成现实。

上面两位仁兄的事例特殊吧？不特殊！在三峡库区这种情形实在太普遍了。你不能全怪老百姓不明事理，不懂世故。走一走库区你就会知道，多少年来关于三峡工程上与不上的争论早已把三峡人弄得疲沓了，不少人根本不信这辈子能看到“高峡出平湖”的壮观景象，权当那是子子孙孙的梦吧。而当梦醒时，他们才发现自己做错和想偏了许多事。一旦政府让他们移民搬迁，即使是红着脸也不得不硬着头皮去找政府。

人民的政府能不管这类“扯淡”的事？不行，管是无疑的。但管一下有时问题更复杂，复杂也得管下去，直到管彻底。管不彻底，移民工作就无法进行。

在整个三峡移民中，应该说百姓对拆房和搬坟是最揪心的。

人走房拆，是不用说的事。大水一来，库区主要清理的是房子一类的建筑物。但拆毁一辈子或者几代人居住的老房子，可不是件简单轻松的事。中国人有句老话，叫做“金窝银窝不如自家的草窝”。意思是说，外面的世界再精彩再舒适豪华，那毕竟是“外面”的，或者与我的生活之根、与我的文化之本、与我的血脉之承没有多大关系，我并不稀罕。特别是久居一处，从没到过外面世界的山区百姓，你别看他家里简陋得几个人挤在一间茅草房子里，合盖一床被子，你真让他搬迁到城里住着几室一厅的楼房，天天上馆子吃海鲜，说不准没出一个星期他就要逃跑了。我在库区问一些移民为什么舍不得走，他们常常说得非常简单，说国家给的补偿不少，搬迁到的新地方也好，可就觉得还是过去的老地方好，习惯了，熟悉了，所以就不想走啊！

一个习惯一个熟悉，包含了中国老百姓全部的生活哲理，因为那里面有生活的习性，有地脉滋育的文化，有祖代相传的遗传因素。越是没有出过远门、没有受过多少文化教育的人，越迷恋和固守自己的家园。一个历史越悠久的民族，这种迷恋和固守的信念就更加强烈了。

中国正是这样一个民族。

中国的老百姓就是这样一个民族的文化与传统的产儿。他们对家园的迷恋实际上达到了宗教式的崇拜程度，即使是一个终生的游子，最后他还会来个“叶落归根”。那么已经在“根”上生活的人，就更不用说对其“根”的崇拜和迷恋了。

早期三峡移民时，一些地方政府为了保证移民们能“走得出”，当你一旦同意并履行了相应的手续，就会动员你先把房子拆了，或者说等你把房子拆了，才发给你国家的移民补偿。我想当时制定这种办法的人，有个自认为非常“有效”的思路：只要房子一拆，你不走也得走嘛！因此，我在采访中了解到，当时有许多移民为了拆房子的事跟移民干部们闹了不少事，临到最后便改口不愿走了。

某县有位移民姓李，在干部动员他搬迁时，积极主动，而且还帮干部一起动员他的亲戚搬迁。到了需要迁出老宅前的最后一个星期时，干部对他说，我们要先拆你的房子，不然就没法将补偿费发给你。这位移民火了，说我用人格向你们保证一定搬嘛，房子就别先拆，等我们走得远远的你们再拆也不迟嘛。干部摇头说：不行啊，不是我们信不过你，邻乡一批移民就是因为房子不拆，他们把一切手续办了，补偿费也领了，结果还是住着老房子怎么也不搬走，上面来检查，一看怎么都没走啊！所以我们只能把移民的房子先拆了，最后再把补偿费发给大家，这叫“两清”。“清”补偿费很简单，那是有数的。可要“清”移民们祖祖辈辈留下的根，就不那么容易了。再者，移民们说，我们人还未走，就是还有一个晚上要住，也得有房子呀！你们拆了我们咋个住？住露天？干部们说，我们可以给你们找地方，给钱也行。移民说，这不是钱不钱的问题！我们就是想能多住一天是一天，心里有痛，不想看到祖传下来的老屋在自己的眼皮底下给毁了。移民老李坚持自己的观点，干部们也觉得十分为难，“拆房给钱”是上面定的，于是僵持在那儿谁都不肯让步。最后，当拆房子的推土机隆隆地开到老李家门前时，积极了一年的他带领全家人躺在地上就是不让拆房，并说你们有本事就从我身上轧过去。

像上面的这种“先拆房，再走人”的做法后来得到了纠正，二期移民时一般都是等移民们搬走后，再由政府统一安排拆除。

万州区有个移民在20世纪80年代初，通过自己的致富门道，在老宅基上盖起了三上三下的新楼。他是全村第一户盖楼房，盖的楼房也是最好的，而且这个纪录一直保持到三峡移民开始。这位农民一直以此为荣。干部动员他搬迁，他说三峡工程建设是国家的大事，我同意搬。后来政府给他全家安排在一个新的移民村，新地方不算差，可绝对少了他在以前村里的那种风风光光的优势。这位移民为此常常彻夜不眠，后来独自从几百里的新家跑回他的老房子住，这一住就是10个月。从搬迁到拆房清库，有个时间差，少则两三个月，多则一年半载。这位移民在那些日子里既没做生意，也没种田，有人问他咋回事？住老房子又不生钱不生粮，你犯啥子神经病？那移民说，这房子是我一生的辉煌，没了它，我心里空荡得很嘞！

据说后来推土机推掉他的三层小楼后，这个汉子蹲在地基上哭了好一会儿。

移民清库中还有一件难事，就是对坟墓的处理。

道理谁都懂，你问哪个移民他们都知道，以后三峡水库要讲究环境，不能有污染。死人骨头和棺材一类的东西，肯定应该清理掉。再说，我们自己走了，也不能让祖宗和仙逝的亲人们淹在水里呀！

道理归道理，可真要掘祖坟、挖墓茔，问题就一大堆了，有些事连会编故事的小说家都想不出来。

胡学成老人的儿子胡开明去世多年，当干部们清理到老人儿子的坟墓时，犯大难了：村上的人都知道，这件发生在26年前的事，谁要是在现年76岁的胡学成老夫妇面前提一下，弄不好会出人命的！当年的胡开明是胡学成夫妇的宝贝儿子，年轻力壮，为人又仗义，是胡家的顶梁柱。1975年，18岁的胡开明高中毕业后被村上安排当民办教师，这在村上人看来是“最有出息的”。就在那一年，村里开了一个煤窑，需要有力气的男人们去做工。由于煤窑的活苦，又危险，村干部找不到人，当时的村支书就来动员胡开明，希望他带这个头，为村上挣点钱。胡开明实在，便一口答应了。“胡老师”都进窑了，村上的男人们没提啥条件就跟着一起干开了，村民们因此有了一段幸福日子。可就在人们希望能从煤窑里得到更多的财富时，有一天突然煤窑瓦斯爆炸。当场炸死6人，多人受伤。胡开明是在送往医院的途中因失血过多而死去的。一路上，胡开明还不时对朋友开玩笑说大家都死不了的，如果死了，埋在一起也不孤独嘛！得知儿子死讯后，胡学成老两口哭得死去活来，一夜间头发全白了。从此江边的一个小山包上就留下了让两位老人永远悲痛的一座坟墓。虽然岁月一年一年地消逝着，可随着岁月流逝，两位老人逐渐衰老，对儿子亡灵的牵挂愈加刻骨铭心，几乎每年所有的节日里，他们都要为儿子扫墓和祭祀，以获取一份无法换回的抚慰。

现在清库开始了，按规定175米以下的时过15年的老坟都得就地销毁平整掉。

村民和干部们万般无奈，知道与胡学成夫妇商量此事，等于是在两位风烛残年的老人心头刨血口。

干部和村民们共同商议，决定对胡开明的墓进行“特例处置”。他们在淹没水位线以上的一块风水非常不错的地方，为胡开明重新进行了安葬，而且坟墓也比过去砌得高大些。等一切完工后，村上的干部和群众才把迁坟的事告诉了胡学成夫妇。两位老人得知后，三步并作两步地奔到新墓地，好生哭了几个小时，仿佛又一下老了几岁……

据统计，整个三峡库区需要迁移的坟墓达5万余个。几乎每一个坟墓的迁移和平整过程，就是又一次对移民的动员和艰难的思想工作。某村移民就是因为在亡妻的迁移中，干部们少给捡了一根遗骨，竟然要那个干部在他亡妻墓前下跪3个小时。

“知道吗，丢失的哪是一根遗骨嘛！那是扯我心的魂灵呀！”那个移民如此哭诉着。

这就是我们常人并不知道的三峡移民——世界级难题中的一个小景。

外国人评说中国的三峡移民是项难以啃得动的“世界级难题”，那是从表层的意义上理解的，或者是从过去那些水库移民教训中得出的结论。在他们看来三峡移民难在数量上，难在中国的国力薄弱上，难在还没有一套完整有效的安置措施上。固然这几个原因非常直接，但中国人自己理解和感受百万三峡移民的难，还难在一个极其重要的方面：今天的移民中，有的人对党和国家政策的照顾，对各级领导和干部们的热忱呵护，对社会的百般关照，对世人格外关注三峡工程，看作自己当移民的特殊，内心深处充满了这样的优越感。

巫山有个移民，人称“国家干部”，那是因为从 1999 年开始动员移民外迁后，此人便干脆利索地跳出了“农门”。开始跑到县城待着，后来跑到重庆待着，再后来便跑到了北京。他的全部理由是“国家拨了移民款有四百多亿，那么百万移民每人该拿到 4 万元。可为什么我们偏偏没有拿到这个数呢！”他到哪儿都慷慨激昂地讲述他的“不幸”，他说他家五口人，干部“贪污”他家的移民款，只给十一二万元，至少让他“吃亏”八九万。不知详情的人听后颇为同情这个移民。

相信这话的不仅有国内同胞，外国个别记者便借助此人的话来攻击我们的三峡移民工作。

见有人同情，见外国人都在“摇旗呐喊”，此人更加得意。后来发展到连国务院三峡建设委员会领导的车他都敢挡，甚至上财政部“要钱”，到中纪委“声讨”。最后因为闹得实在过分，被有关部门送回了原籍。但他仍找政府和干部要钱。

有一天，镇党委书记总算“逮”到了这位“几年不见其人，只闻其声”的“上访专业户”，问他：“你学习过国家的《移民条例》吗？”

那人摇摇头，脸有些红了。

书记就告诉他：“国家说的三峡工程用于移民安置的预算确实是四百多亿元，但并不是说这些钱都是给移民本人的，因为还包括城镇迁建的基础设施建设、专业设施复建等十几种费用。这一点你明白吗？理解吗？”

那人点头了。

书记说："那好，我再问你：你学过国家有关计划生育的法律文件吗？"

那人的脸立刻变得刷白。

书记的脸也跟着严肃起来，说："国家允许一对夫妇生一个小孩。我们重庆市对农村特别是山区的那些缺少劳动力的家庭最多允许生两胎。你家生了几个？3个吧？是违反政策了吧？违反国家计划生育政策知道要接受什么样的惩罚吗？违反计划生育政策还想获得移民资格，还想伸手向国家要钱，你自己说有没有理？"

那个移民的头昂扬了几年，此刻终于垂了下来。

别以为走与不走的问题解决了，就万事大吉，静心等候敲起欢送的锣鼓。烦心事还在后头呢！有些移民啥手续都办好了，可等移民干部上门编号一起出发时，他突然说自己还有一件事没办好，不走了。

"啥？不走了？"移民干部急得直冒汗珠，连忙追问。

人家不紧不慢地回答："是嘛，我新买的一辆摩托车前两天被县上的公安局扣了。"

"为啥扣你嘛？"

"没牌照嘛！"

"你……那你准备咋办？"

"啥法子也没有呀，本来这摩托车是我拿移民补偿款买的，想到那边靠它致富呢！"移民说这话时假装露出几分伤心之色，心里却在偷笑，说看你还让我走不走！

移民干部果真急得团团转。事已至此，只要有一个移民不走，责任全在干部身上呀！

"告诉我，哪个派出所扣的？"半晌，干部瓮声瓮气地问。

"城南派出所。"

干部转头走了。那移民吹起口哨，回家呼呼大睡。因为他明白：违反交通规则的罚款肯定是不要他出了，新摩托车也会完好无损地回到他手里。

果不其然，当晚他的这一愿望全部实现。

这样“无理争三分便宜”的事，几乎天天会出现一大堆。更让人无可奈何的是有些移民常常把“我是江总书记派来的三峡移民，是朱总理请来的客人”这样一句话挂在嘴边，且边说边用，用到极致。

我在广东等外迁安置地同那些三峡移民聊天，问他们心里真的知道不知道平常表现出的那么多“特殊”不在理呀！

有位移民笑笑说：“咋不知道嘛！可外人并不明白我们为啥有时显得蛮不讲理？”这位移民说到这儿指指胸口，说：“这儿，这儿有问题！我们还没有习惯新的环境，新的生活。这个时候只要遇上一点不顺心的事，心里就不平稳，一不平稳，行动上就会冒出点歪理邪念来嘛！”

我想这位移民讲得在理，讲得真实。移民们确实不易，全社会应当给予他们同情与关照。

最难最难的是国家

在三峡库区，我们到处可见“舍小家顾大家，愿为三峡作贡献”这样的口号。这里的“大家”指的自然是国家。咱中国老百姓听惯了国家这个词，国家在他们的心目中是神圣的代名词，是庄严的代名词，是幸福和兴邦的希望，是胜利走向胜利的目标。

但国家不是一个空泛的概念。国家也是由人支撑起来的一个机构和组织，它只是由无数个百姓的“小家”组成的大家而已。俗话说，各家都有各家的难事，自然“大家”也有“大家”的难。在三峡移民问题上，“大家”的难处其实绝不比百万移民的小家少。

三峡移民，最难最难的是国家。

先说说为啥一项谁都知道利大于弊的工程要拖几十年才兴建。

第一当然是国力问题。

然而国力问题是唯一的吗？否。没有一个统一的思想，没有一个被全民族接受的振兴大中华的战略，没有一个这样的战略下的精心论证的科学方案，有了国力照样也不可能上马三峡工程。

在三峡工程问题上，几任国家领导人几乎全都耗尽了精力。毛泽东是20世纪中国最伟大的人，他始终没有放弃“高峡出平湖”的宏图大略。而邓小平举起改革开放的旗帜，在全国各行各业都有了充分准备的基础上决断三峡工程“早上比晚上好”；以江泽民为首的党中央从人民群众的根本利益出发，三峡工程得以正式上马。而第三代领导如果没有第一代、第二代领导人的铺垫与准备，即使再有十年二十年年的时间，三峡工程仍有可能动不了工。

三峡工程的难，难在工程技术之外的难事上。

就百万移民一事，国家的难比百姓想象的不知要难多少倍！

就一个到底应该移多少人的问题，便够国家难的了。

早先的方案是尽量少移，因为移民越少，国家的负担就相对轻一些，老百姓更安定一些，遗留问题也少一些，以往的实践告诉我们，为了处理这些移民的安置问题，国家的钱像在填一个无底洞……

但是，三峡工程是个例外。少移民就会使本来可以发挥巨大库容量作用的三峡工程变得不伦不类。要想发挥三峡枢纽巨大的水力资源作用，就必须把水库蓄水位往上提，提到合理的位置上，于是移民就这样变多了。

三峡工程决定了它必须是大量移民的伟大工程。

于是国家在这样不可更改的客观事实面前，开始考虑尽量少让淹没区的移民们背井离乡。中国人可以忍辱负重地生活在自己的土地上，那种对故土的恋情甚至超越任何一种人间的情感。“就近后靠”的思路正是鉴于上面的因素——完全是一个为民着想的思路。

然而三峡地区本是山高水险之地，可耕地面积人均不足一亩，三峡水库所淹没的正是老百姓们原先耕种的好地方，大片的沃土荡然无存，本就缺少耕地的库区更加无地可耕。土地是农民的命根子，没有土地的农民只能沦为孤苦的难民。难民多了，国家还能稳定？政权还能巩固？其实根据卫星航测，三峡库区可耕地面积至少达到1000万亩，真正淹没的仅几十万亩。不过老百姓的担心也不是没有道理，因为可耕地面积和实耕地面积之转换需要一个漫长的过程，即一块山冈乱石坡，你要让它成为有粮可收的耕地，没有三五年恐怕难成现实。

矛盾就这样出来了。国家得想办法。

国家也终于想出了办法，而且办法想得非常非常之早，在三峡工程建设尚在无尽的论证时，在“后靠”的山冈上开垦种植柑橘的试验就已进行——

还好，白花花的银子扔在那些乱石山冈上真还种出了郁郁葱葱的果树，适合三峡地区生长的柑橘林让移民们看到了一丝希望与安慰，于是种柑橘成为一项缓解移民生存的措施被广泛推广，但为时不久，真正的大规模移民开始时，市场经济的风暴突然把三峡移民的“柑橘致富梦”吹得一干二净：土生土长的柑橘哪能打得过洋货洋果？就连本国本省的水果也可以将屈原老先生千年传下的柑橘打得稀里哗啦、一钱不值！

移民们哭了。

办法还得重新想。

于是《长江三峡工程建设移民条例》中有了这样十分醒目的内容：“农村移民应当以发展大农业为基础，通过开发可利用的土地，改造中低产田地，建设稳产高产粮田和经济园林，发展林业、牧业、渔业、副业等渠道妥善安置；有条件的地方，应当积极发展乡镇企业，发展二三产业……”是啊，“有条件的”地方当然好办，问题是三峡库区真正有条件办二三产业和乡镇企业的实在不多。

至于其他诸如“可利用土地”“稳产高产粮田”等都不易有嘛！即使上面的都有，田有，地有，乡镇企业也有了，二产三产也有了，突然有人提出一个更大的问题：三峡库区不能再走过去一些水库的老路，千万不能让这一伟大的水库成为一个“大粪池”，保护环境是三峡水库和大坝的根本。

好嘛，国人的环境意识都加强了，好事一桩！可百万移民都“后靠”到山上去了，三峡水库必定带来生态的严重后果！

国家又出现了一个大难题。为了解决未来三峡水库环境问题，中央决定给40个亿人民币！但这还是解决不了一个根本问题：库区百万移民问题。

“就地后靠”便成了问题中的突出问题。专家们尖锐的意见，连国外的好友和敌人也跟着对此问题大加评论，比讨论自己家的事还起劲。

迁！迁出库区！国家经过反复论证和思考，决定二期甚至三期的移民尽可能地外迁到他乡。

开始是在本县本市本省解决，后来本县本市本省也不好解决了，就决定迁移到其他省去。

选哪个省？自然首先想到了人口少土地多自然条件还比较好的黑龙江和新疆。

组织外迁移民吧！于是经过千动员万动员，总算组成了首批赴新疆的移民两千余人，去黑龙江的也有几千人。

“新疆是个好地方，满地的葡萄香又香，还有那姑娘美如花……”巫山等地的两千多位移民，怀着美好的向往不远万里，到了新疆。果然不错，因为他们去的时候是8月份，正是新疆最美的季节，姑娘也确实挺美。移民们感到特别的新鲜，看惯了峡江的水和山，再看看新疆的天和云，真的让移民们心都开了花，“那天蔚蓝蔚蓝的，那云白得像女人的酥胸……”有人写信回来这么说。

可是这两千余人不到第二年的开春时节，无一例外地回到了库区。怎么回事？不是好好的嘛！咋都回来了？

龟儿子，啥好嘛！回来的移民们拍着身上的寒气，说：那不是我们南方人待的地方！冷得出门撒尿冻成冰棍不说，我们一年四季干惯了活哪有闲得着的时间，可新疆倒好，一整个秋冬全都窝在炕上连个家门都不出，那日子老子没法过！

原来如此。

黑龙江方面情况基本一样。

试点省（区）的三峡移民全军覆没。

怎么办？往哪儿迁移才能“走得出，稳得住，逐步能致富”？

国家面前又出现了难题。

既然三峡工程是利于全国人民的事，那些因三峡工程而得益的长江中下游省市在安置三峡移民方面理当作贡献。对，长江中下游省市又都是经济比较发达的地方，安置一定数量的移民应该不成问题。三峡移民到了那些地方，日后发展和稳定相对都会好多了！

这个方案可行！中央领导圈定此举为上策。

这么着，几经折腾，最终列出了上海、江苏、浙江、福建、广东、江西、安徽、湖南、湖北、山东、四川还包括重庆市未淹没区这些自然条件相对好、经济比较发达、三峡建成后得益多的11个省市，安置三峡外迁移民任务。另一方面，是在1992年第一次对口支援三峡工程移民工作会议上，中央发出了对口省市向三峡库区支援建设的通知。

后者收获多多，各省市特别是江苏、上海、广东、浙江等省，经济发达，大量资金无偿给了三峡人民。今天我们到库区走一走，你所看到的最好的建筑，几乎都是用上了兄弟省市支援的部分资金。至2001年底，全国对口支援三峡的资金达一百多亿元，充分体现了社会主义大家庭的温暖和情谊。

不过说起安置移民则碰上了另一些难题。某省一听说他们也有六七千名三峡移民指标，觉得“多一事还不如少一事”，笑眯眯地跟上级和三峡库区的同志商量：要不你们也别把移民送过来了，我们按每个移民几万元钱给你们，人嘛还是留在三峡算啦！

不行！中央说话了。移民外迁就是为了解决将来三峡水库的人口压力，平衡地区发展和环境问题，这事关百年大计、千年大计的事。

好好，中央说了算，我们坚决听从中央的安排。不过，既然要让我们安排移民，那就得有安置费吧？

这个自然。

别以为国家就那么容易，其实“大家”办事跟“小家”做事形式上有许多相似之处。兄弟姐妹之间要讲究平衡，儿女之间也不能偏心眼，该重该轻，都得有技巧和尺度。

比如上面说到的计划生育政策，比如有的省市为了安置好移民不惜拿出最热情的态度和本钱盖“小洋房”安闭路电视啥的。这或冷或热的做法，看起来不是什么大事，但对百万移民来说，情况就大不相同。为啥让我们结扎了再搬迁？为啥别的省市移民能住“小洋房”而我们住不上等等问题，你让国家怎么个回答？

不回答也不行。老百姓逼急了，敢到北京来上访。

国家还得出面协调、解决。对一些重要的问题还得用“规定”“条例”，甚至是法律来确立。但法也是人制定的，时间往往是这些法的掘墓人。

就拿对移民的淹没财物和生产资料的补偿来说，国家有多难，只有知道内情的人才明白。先是确定不下工程上马时间，再就是630公里长近1000平方公里面积上，大到一个几万人的工厂，小到农民宅前宅后的几棵小树，你都得一一登记实测，仔细丈量。老百姓可不会像你那么粗粗扫一遍便完事了，假如你稍稍马虎将皮尺斜放了一下，他可瞅得清清楚楚。仅这淹没地的实物和土地统计测量，国家花的钱不说，几千人的队伍整整干了两年多。

你以为这就完事啦？非也。事实证明，无论当时担任这一重要工作的长江水利委员会的技术人员是怎样的细心和负责任，漏报虚报假报的还是有不少。

错的可以改，漏掉的还是可以补，但有一点则无法修修改改，那就是移民们和淹没区域内的实物补偿到底以什么时间为准这一点是修改不得的。你说《关于兴建长江三峡工程的决议》通过的那一日截止？之前的可补，之后的就没有补的了？那好，几千人的实物测量和统计队伍能在哪一天之内将全库区 1000 平方公里上百万人的食居宿行全部统一吗？你能保证哪一天内没有十家八家的农民在盖新房？能保证哪一天内没有三五十个产妇要生孩子？能保证哪一天百个十个新门面开张，十个百个老企业关门倒闭？谁都没有那本事！难啊！可不断定哪一天作为实物统计的截止日子，你三峡工程预算这一块还能出得来吗？三峡大坝什么时候建得起来呀？

不行。绝对不行。

于是国家以 1992 年 4 月 3 日（全国人大通过决议）这一日子为杠杠画出了一条截止线，即你在这一天之前经长江水利委员会统一登记在册的房子将来在确定你为移民时就可以得到国家的补偿，如果在这之后盖的房子就不会得到补偿。当然这里面还考虑了当时国家认为比较合理的因素，如你虽然在 1992 年 4 月 3 日之前没有把房子盖起来，但你已经办了相应的建房手续，那么长江水利委员会也给你登记在册，以后的补偿同样能够得到。人口方面的问题更复杂，当时国家虽然也考虑了认为比较合理的因素，但具体的情况要远比决策者考虑到的可能出现因素要复杂得多。

三峡移民工作中最难做的大概要算这方面的事了。比如关于房子问题，老百姓对此最为敏感，也最为较真。其实换了谁也都一样。举例：某村的张三，他在 1992 年 4 月 3 日前确实只有三间房，但他的儿子要结婚是早先定了的事，结婚时间定在这年“五一”节，因为当时张三家里经济有些困难，还有一些材料未备好，所以长江水利委员会来统计房子时他家既没将新房子盖起来，也没有来得及到有关部门去办相应的手续。可后来为了赶“五一”节能办喜事，张三动员了亲戚和村上的力量，赶着用十几天时间就把房子盖好了，儿子的喜事也办了。这事村上的人都还记得。但后来移民的事下达时，张三全家都是要搬迁的移民，结果在办理房屋补偿时，他在这年“五一”节前盖的另外三间房子根本不在册，所以也就没有补偿。张三为此大为不满，说干部不向着他，在搞腐败——张三指的是一名村干部比他房子盖得晚，却拿到了补偿费。其实那干部的情况是这样的：我们暂且叫那干部老林吧——老林是个明白人，当时他确实还没有把房子盖起来，材料还备得不足，可人家聪明呀，一听长江水利委员会派人来实测统计淹没生产资料情况，他便赶紧到有关部门办理了建房的手续，啥子建房批件，样样齐全。长江水利委员会的技术人员一看：没错，老林的预建房可以登记入册。后来老林的房子在张三盖房子的半年后才动工兴建。几年后办理三峡移民房屋补偿时，老林也顺顺当当地领到了几万元房屋补偿费。老林对此理直气壮，说我根本不是啥子腐败，我吃的是三峡移民政策补偿费。

这还不算最怪异的。某村的菊花与兰花是同年出生的一对好姐妹，从小一起长大的情谊使她们在嫁人时也选择了同一村，而且结婚日子都是同一天。后来她们的小宝宝也在同一年出生。可在三峡移民时，菊花家的孩子是有名分的小移民，按照规定领到了几万元的安置补偿费。但兰花家的孩子却没有领到，因为孩子不是在册小移民——尽管孩子也必须跟着父母搬迁走人。原来，在当时长江水利委员会来村上登记户口时，菊花正好在家，又上医院做了B超，让乡计生委的干部出具了生育证明，于是菊花家成了事实上的三口之家。可那时兰花正随丈夫一起南下打工去了，虽然也接到了家里来信，可就是没有到医院检查身体，其实那时兰花也已怀上了孩子，就因为当时的“大意”，结果几年后吃了大亏。

像移民兰花和张三这样的“具体情况”提出来，你政府和干部回答得了吗？移民们够实事求是的，可你政府和政策能简单按此“具体情况具体办”吗？不能，至少非常困难。

难题因此增加！难题的难度也因此增加！

我们的政府是人民的政府，当然不能在人民和百姓面前这样说话，可实际工作中确实有许许多多的难题连国家和政府都非常为难。

三峡移民问题上，国家就处在这种境地。

百万移民本无先例，今天的移民又与过去年代不一样，市场经济条件下百姓也知道讲价钱——讲价钱本身并没有错，更何况三峡移民是非自愿移民，什么样的问题随时都可能出现，即便是认为当初最合理、最科学的政策，几年后却会发现完全行不通。

然而三峡大坝已一天比一天高矗而起，大坝下闸后，长江之水也将一天比一天涨起，移民必须在规定的时间里搬迁，这是建设工程的必须，这是中国历史的必须，这还是不可抗拒的华夏民族命运的必须！

在一项决定民族未来和社会发展的伟大工程面前，在人与水的较量过程中，人有时必须退却，必须让步，必须离开你那热恋的故土与家园……

三峡移民就是这样的艰难与不易、光荣而伟大。

筹四章　倒计时开始

移民的时间表必须跟着工程建设的时间表走，然而它又必须有自己更超前的时间概念。历史上有多少教训已经让决策者吃过“水赶人走”的苦头。人必须远远地将水甩在后面，才是成功的水利工程，才是成功的移民事业。

可 17 年的三峡工程并没有给百万移民工作留下多少空隙时间。1992 年初人大的决议刚刚通过，人民大会堂里的掌声尚在神州大地回荡，年底三斗坪的百姓突然看到家门口来了望不见尾的施工大军……

生活中有一样东西，像是一道无声的命令，又如擂起的战鼓和起航的汽笛，看到它，你心中便会产生紧张感、紧迫感。那就是不知是谁发明的“倒计时”牌。

伟大的长江三峡工程，从孙中山最初设想的宏愿，到后来关于上与不上的问题争论了近半个世纪，再后来在技术问题上又论证了一二十年，当决定上马三峡工程时，人民代表大会表决通过给予这个伟大工程的施工时间是 17 年。

17 年的工程时间可以列为“超长工期”了。但真正了解三峡工程实施的全过程，你会发现 17 年对具体的工程执行者来说，简直就是弹指一挥间的工夫。

17年已经够漫长了，国人不愿用更长的时间等待那期盼已久的“高峡出平湖”的时刻，我们的第三代领导人同样希望能在有生之年看到那雄伟的“世界第一库”建成。

于是，17 年的三峡工程“倒计时”，从全国人大通过决议的那一天起，就像高悬在所有三峡建设者头上的达摩克利斯之剑。

而这个时间对百万三峡移民的概念又是什么呢？那是催马的鞭，那是出弓的箭——

根据工程设计，三峡水库必须在 2009 年之前全部完工，在这之前的三峡工程建设有几个大阶段：1994 年正式施工，1997 年大江截流，2003 年第一次蓄水、首次发电及永久性船闸开通，2009 年大坝建成，发电机组全部安装完毕和全面发电。这是工程技术的进度表。百万移民是与之紧密相关的另一项工程，同时又是完全不同的人文工程。对任何一个水库来说，引水是它的终极目标。移民工程则不同，它虽然也必须有时间表，可它不可能有终极目标。移民之所以被称为“世界级难题”，其根本意义也在于此。

移民的时间表必须跟着工程建设的时间表走，然而它又必须有自己更超前的时间概念。历史上有多少教训已经让决策者吃过“水赶人走”的苦头。人必须远远地将水甩在后面，才是成功的水利工程，才是成功的移民事业。

可17年的三峡工程并没有给百万移民工作留下多少时间。1992年初人大的决议刚刚通过，人民大会堂里的掌声尚在神州大地回荡，年底三斗坪的百姓突然看到家门口来了望不见尾的施工大军……

移民外迁，家搬人走，是一夜间的事。

库区人民有些措手不及，至少心理准备远远不够。更何况，还有许多事情没有想通想透，结婚的日子是选在移民之前还是移民之后？生孩子是选在搬家之前还是等移民后再说？年轻人想的是这些。老人想得更多：儿子的婚事到底早办好还是等安好新家再办？死了后是埋在自己的故土还是到新的家乡去火葬？

然而，村前门口有块长江三峡移民的“倒计时”牌在告诉大家：时间已经一天比一天少了，你想好了得走，你没有想好也得走。三峡建设，国家决策，全民必须服从！舍小家，顾大家，当个移民很光荣！那些听起来像口号，可对库区百万移民来说，却又是实实在在的战斗动员令，又是紧紧张张的离家远迁的限时令。

不走不行。晚走也不行。赖着拖着更不行。

不行也得容我想一想嘛！你问为啥要容我想一想？因为我还有好多好多的事想不通，还有好多好多的事想跟政府说一说、算一算。

移民提出的理由和想法，比决策者和专家们考虑与谋划的要多出十倍百倍。

“倒计时”却并没有将这些问题和因素考虑在其中。

它，每天照样快速地走着自己的步伐。

一切的任务和问题，统统留给了我们的干部和移民们。

于是三峡工程的“倒计时”有了如此复杂、如此丰富、如此多彩的内容和实质——

书记使神招

倒计时：本年度

责任人：党委书记刘敬安

任　务：让每个移民都能自觉自愿地搬迁

可以说，认识刘敬安，也就使我认识了三峡库区的移民形象和党的干部形象。

这位从当地一个叫中弯村的小山村走出来的农村青年，从成人起就有了改变家乡落后面貌的强烈愿望。他用十几年时间实现了自己的这个愿望。当过生产大队支部书记，1987 年就以优异的综合成绩考取了乡镇级干部，22 岁时开始当书记，一直当到现在。年轻的刘书记在百姓中威望很高，这与他能力有关，也与他同农民的天然感情有关。他非常得意地告诉我，在他第一次出任乡党委书记时，仅用半年时间便改变了当地祖祖辈辈因为交通不便而无法走出大山的穷困落后面貌。

“那是我在龙溪镇出任党委书记的事。那儿的落后主要是交通闭塞，交通的闭塞使这个峡江腹地的秀美山区在解放后几十年间基本上没有大的发展。百姓们别说致富，就是给孩子上学换几个学费钱都极其困难。住在山里的村民们好不容易养了一头猪，想抬到镇上卖几个钱，可就因为没有路，抬一头猪要走一两天工夫。大山崎岖不平，险峻陡峭。半道上猪崽一个翻斗，跑得无影无踪，抬猪的人却掉进了山崖，成为另一群野猪的美餐。于是有人说，龙溪人养猪，山里的野猪多了，活着的人却越来越少。大山深处有个丰富的煤矿，也因为交通不便，使得当地人只能望煤兴叹。在我到任龙溪之前，曾有七任书记想改变这里的交通落后问题，结果都是因为无钱修路而未能解决。我到任后心想自己能比别人强到哪儿去呢？但经过调查和与农民们促膝交谈，我强烈感受到的是老百姓中蕴藏着一种希望改变自己落后面貌的巨大力量，这力量是我们任何干部个人能力所无法比拟的。我们党的事业能否成功，就看我们干部们能否引导和组织起群众的这种力量。龙溪镇党委书记的职位给了我这种发挥能力的机会。我在到任后的一次研究全镇经济发展的党委会议上提出了自己的思路，即依靠群众力量，为全镇修一条致富之路。这个建议得到了镇干部们的一致支持。之后，我们就深入到群众中去做动员工作。当时有人笑话我，说你刘敬安真的有能耐啊？是不是有啥子关系能从上面弄到钱呀？有人还说可能这家伙的老子是县里省里的大干部哩！我说我啥能耐都没有，父亲也仅仅是个农民出身的教书匠。我的全部本领就是相信群众，依靠群众。农民们开始也不相信，说镇政府不拿一分钱出来咱咋个修路？我就跟他们算一笔账：你一年养两头猪，没有修路前，你每卖一头猪不算其他意外得损失 150 元左右。这 150 元是这样一笔账：从家里抬到镇上收购站，得需要 8 个劳力，这有一笔劳务费。8 个劳力从山上帮你把猪抬到镇上，起程时吃一顿，中间要加一顿小餐，猪卖了不更要在镇上馆子里招待一顿？这是第二笔费用；每个劳力一包烟或者一瓶酒你还是要给的吧！这是第三笔开销。这还没有算任何意外，假如猪半途中打个翻斗逃跑了或者帮工跌伤病倒了损失就更不用说了。其次，猪从山上抬下来，折腾一两天，不瘦掉三五斤膘？农民们一听我给他们算的这笔账，连连点头。我就接着说，修路每户花的钱其实就是你两年三年在卖猪上所花去的这些损失掉的钱。这只是一笔简单的账。如果把路修好了，山里的煤矿开发了，你们各家各户的炊事用柴的旧生活方式会彻底改变，镇上的经济搞上去了，大伙儿得到的就远远不止是卖猪损失的钱了，孩子们获得教育机会多了，大伙儿防病治病的机会多了，你们说说合算不合算？农民们最讲究实际，这么几笔账算下来，他们对修路一下来了信心，天天追着干部问啥时候动工修路呀？于是修路的集资款基本有了着落。接着我们就按人头、按村庄划分任务，包干到户。是你家的任务，从路基用料到开山劈岩要的炸药等全部由你自己解决，我们干部和镇政府就是帮助大家统一规划，分段检查，做好服务和后勤保障。干部们除了做上面这些事外，便是全部下去给百姓当义务工，哪里困难最大，干部就在哪里带头干活。这样一来，群众就把修路当成自己家里的事一样认真对待，那种积极性主动性是前所未有的，我一生也无法忘记那段时间里他们所表现出的感人情景。有个妇女，家里没有劳力，便卖掉三头猪，到外乡叫来民工帮她修那段承包的路。卖猪的钱花光了，民工也走了，她独自蹲在路头哭了三天。村上的人都忙着自己的修路任务，腾不出人手帮助别人，这位妇女就自己一个人干了起来。白天平地整路基，晚上出不起钱拉电灯，就弄点油倒在一个竹筒里，再用一根线做灯芯，点亮这样一盏绿豆大的小灯，在风雨飘打中去凿岩开石，几十天内天天如此，直到凿完最后一方峭岩……百姓们就是靠这种精神，用了半年时间修成了龙溪镇历史上第一条公路，全长 25 公里，而且修得质量特别好。当宽阔的大路像条金色的彩带明艳艳地出现在祖祖辈辈只能依靠拐杖走山攀岩的百姓面前时，沿线的群众简直沸腾了，天天有事没事地跑到公路上，那种喜悦的心情是从心底里奔涌出来的。有一位从小双目失明的老大娘对村上的人说，通车那天，你们一定要把我抬到公路上。老人家说她有两个愿望：一是要听一听汽车的声音是什么样，二是一定要亲手摸一摸我这个刘书记的脸，看看是不是跟她想象中的共产党一个样。你说咱们的老百姓多么可敬可爱！我们当干部的就做了这样一点动员和组织工作，他们竟然对我们怀有如此深的感激之情！可以说，从那一刻起，我就坚定了这样一种信念：再大的困难，再难的事，只要充分地相信人民群众，并依靠他们的力量，世上就没有办不成的事。中国的老百姓最通情达理，关键的问题是，我们的干部要设身处地地为他们想事情，做事情。百万三峡移民，世界级难题，靠谁？我想最终依靠的还是我们的人民群众，我们的移民自己。当干部的要完成好动员百万移民‘走得出，稳得住，逐步能致富’的目标，能做的就是把心放下，放到老百姓的心坎上，设身处地地为他们的利益想事做事……”

书记刘敬安的思维与他的人一样帅气，充满着活力和创造性。

2001 年 2 月，他从区委书记的岗位上被抽调到一个移民大镇当镇党委书记。从表面上看，他由过去统管六乡一镇的一个区委调到一个镇上工作，任务轻了不少，可实际上用他自己的话说是“官小了，担子重了”。当时他面临全镇 5000 个移民有 4000 人不愿走的局面。

三峡移民不像修路那样可以直接让百姓们看到那么多实惠，相反更多的是需要他们做出牺牲，不仅是物质的，还有精神方面的。刘敬安和千千万万个从事移民工作的干部一样，他们面临的不是群众的拥护和欢迎，而是冷淡和抵触，有时甚至还有非常激烈的对抗。

“智慧书记”刘敬安还能不能在这种局面下应付自如，神算出奇？

刚刚上任的新书记刘敬安，正在主持党委会议，突然听到会议室外面吵吵嚷嚷，而且有人在大声冲他说话：

“新来的书记快出来！你躲躲闪闪算咋回事？”

“哼，听说他还是个要提拔的年轻干部。呸，我们坚决不同意！”

“对，姓刘的，不解决我们的问题，你就别想在咱镇上待下去！”

“出来！出来呀！”

“……”

“不像话，刘书记刚来，你们也不放过！”会议上，有人站起来要去给刘敬安讲几句公道话。

“别别，还是我去。”刘敬安一边宣布“暂时休会”，一面夹起笔记本往外走。

“喂喂，就是这个人，他来了！”移民见刘敬安出现在他们面前，便窃窃私语起来。

好嘛，黑压压的一大片，足有二百来个“上访”移民！再瞧瞧他们的表情，个个怒气冲冲，火冒三丈。刘敬安见此情景，一脸笑容，然后不慌不忙地动手给移民们倒开水，招呼大家能坐的就坐下，能找个地方靠一靠的就靠一靠。

“看看，这个人还蛮会来事嘛！”

“啥子蛮会来事？看他能不能解决我们的事才是真的！”

人群里议论声不小。

“你是刘书记吧？我们想问你：你们这些当官的，还管不管我们的事了？光说让我们搬迁搬迁，就是不办正事。今天我们来找你，就一句话：如果满足不了我们的要求，就别想让我们搬走一个！你这个书记也别想在我们移民身上捞一点点政治资本！”

有人出言不逊。随即几百双眼睛看着这位年轻的书记有何反应。

刘敬安脸上的笑容消失了。只见他静静地转过身，不无激动地开口道：“同志们，父老乡亲们，刚才听到你们讲的话，我确实非常激动，心头真的难以平静。但细细一想，你们说得对，如果我们当干部的，不能满足大伙的要求，又硬逼着你们移民搬迁，还想通过牺牲你们的利益给自己捞取些政治资本，那确实会很招人恨的，换我当移民也会跟你们一个样的！不过我想，今天大伙百忙中丢下自己家的活跑到镇上来找我，我觉得大家还是信任我的，信任我们政府和党的，所以尽管你们说什么的都有，但我还是高兴多于不开心。我想你们肯定是想来解决问题的吧。既然是来解决问题的，那么我建议你们不要这么多人他一句你一句，弄得我也无法回答清楚。你们可以商量一下，把想解决的问题集中一下，然后派几个代表，我们再一起商讨，你们看如何？”

方才还吵得不亦乐乎的场面一下静了。

对啊，人家刘书记讲得有道理嘛！咱是来解决问题的，吵架吵十天半月也不一定有啥子结果嘛！

派代表吧。瞧这书记年纪轻轻，还真有两下子嘛！

就是，要不怎么到咱这个移民大镇来嘛！

有人对刘敬安开始产生好感。

“刘书记，不是我们不响应国家的号召，可既然让我们搬迁到他乡，有些事我们认为有必要弄弄清楚再走也不过分吧！你说我们村一走就是五百多人，不能说走就走，村上的集体建设从解放到现在已经几十年了，改革开放后的村级管理也有一二十年了，过去大伙对村级财务一直有意见，主要是干部不公开，现在我们人都要走了，该不该公开呀？这是其一。其二，村上有个村办企业，既然是全村百姓集体所有，那该不该在我们走之前对它的财产进行一下评估，对以后所产生的经济效益有个说法？第三个问题是，过去村上搞了集体互助性质的这‘基金’那‘基金’，现在我们人要走，总该把这些基金分拆分拆好让我们带走啊！再有，解放到现在几十年来村上修了路，建了小水电站等，我们人走了带不动它们，也不再享用得着了，也该补偿我们一些现金吧？我们提的这些要求该不该满足呀？刘书记你说句公道话！”

听完移民们反映的问题，刘敬安心头久久不能平静：是啊，移民问题真的太复杂了，有些是政策和法规上无法考虑到的。可移民们反映的那些事情多少是有些道理的，虽然他们对一些公益设施提出的要求有些过分，但也都在情理之中，这不仅说明移民们想得到某些利益补偿，同时还应当充分看到他们对集体事业、对家乡一草一木所怀有的那份同样不可割舍的感情！

“同志们，乡亲们，刚才大家反映的问题，有的是政策上有明文规定的，有的则是没有说明白的。但我总的感觉，你们提的意见多数是完全合理的，因此我个人认为政府和组织也是应该满足大家的。说实话，今天我从内心感谢大家，因为你们给我给我们所有移民干部上了一堂生动和实实在在的课。有人说我们镇上多数移民不愿走，为啥不愿走？我看就是因为我们干部的工作还没有落到移民们所想所求上，有些实际的具体的问题没有很好地得到答复，得到满足，得到一个公平合理的结果！就凭这一点，我应该好好谢谢你们，我给你们鞠一躬！”刘敬安书记说完这番话，向二百多位兴隆村的移民深深地弯下腰。而这一刻，让所有在场的移民感动了。

“刘书记，你说到我们心坎上了！”群众纷纷说话。

“说到还远远不够，必须做到。”刘敬安直起腰板，提高嗓门说，“我在这里向大伙表个态：半个月内，将你们刚才反映的4个主要问题全部解决。如果半个月内没有解决，你们以后就别信我这个人，我也不配当你们的书记！怎么样，大家说这样行吗？”

“行！行行！”

“刘书记，我们在村上等你，你一定得来啊！”移民们情绪高涨，脸上也纷纷露出了笑容。

“我肯定去！不是明天就是后天！我还等着给你们办外迁壮行酒呢！”刘敬安说。

“好啊，我们早等着喝你的酒呢！”移民们一边说着一边陆陆续续地离开了镇政府。

当夜，刘敬安立即召开镇移民工作会议，第二天就带人到了这个兴隆村。用了不到10天时间，将村上多年没公开的村财务一笔一笔算清并公布给全体村民，对集体和民间搞的各种基金也都理清楚，同时对村办企业的财产做了核算，就连移民们没有提出的其他公有性质的一些村务事宜也一一盘点理清，该分的分给移民，该补偿的补偿给移民，属于不动迁的公益事业也给村民们说个明白。当刘敬安他们把村上的这些事处理完回到镇上不出三日，这个闹事的“搬不走”村的五百多名外迁移民，全部自觉自愿地到镇上办理了外迁手续，高高兴兴、痛痛快快地离开了家乡。

事后刘敬安在镇移民干部会议上说，兴隆村从“搬不走”村到移民先进村，靠的不是谁的高明和能耐，靠的是群众自己，是群众给我们指出了解决实际问题的方向。

这一年从二三月份开始宣传动员，到8月底年度移民外迁结束的五六个月时间里，刘敬安先后解决了368起移民闹到他那儿的“上访”事件，而解决这些“上访”事件最出奇的招数不是其他，是他和同事不惜跑断腿的“下访”——干部们通过深入到移民中间进行细致耐心的调查核实，把工作中出现的政策性问题和单个的实际问题，在移民的家中、村头，甚至是田头或床头逐个解决，将移民们结在心头的疙瘩一一解开，让每一件关系实际利益的事办到他们的心坎上。

但移民工作的复杂性难以想象，有时一些事情的出现没有任何理由，只可能是一种感觉。而感觉的东西常常是烙在广大移民心头一块不能言说的痛。

那一天刘敬安在乡下一个移民点工作。一位干部告诉他有个妇女说啥就是不听，谁在她面前说移民搬迁的事她就跟谁急，甚至备好了一瓶毒药，扬言再有人来她家动员，她就当场把那瓶毒药喝下去。事情僵到这个份上，干部们进也不是退也不是，搬迁“倒计时”一天天地滚动着，而全村其他原来没有啥想法的移民这时也推三阻四地不到政府那儿去办销户手续，瞪大着眼睛看干部如何动员那个扬言“死不搬”的妇女。

刘敬安不得不亲自出马。他要会一会这个妇女。

“你是谁呀？别过来！我才不管你是啥官，你再过来我就喝了……”那妇女一手拿着满满的一瓶毒药，一手指着刘敬安不让他进门。

“婶子，我没有啥事，只是来看看你家的情况，你千万别做蠢事，放下那瓶子！你有啥子困难我们平静下来一起商量，你……”刘敬安一边说着，一边只好止步。

“我有啥子困难呀？没有，啥子困难都没有！你们不动员我搬迁就啥子事也没有，你们走，走！”那妇女下逐客令。

这可不是解决问题的办法。刘敬安笑着摇摇头，便席地而坐。可未等他的屁股着地，那妇女就拉开嗓门，又哭又闹起来：“你们别逼我，逼我就……”话还未说完，便举起毒药瓶往嘴里咕咚咕咚地直灌……

“哎哎，你这是怎么啦！”刘敬安噌地从地上跳起来，与另外几个村民赶紧飞步上前抢下妇女手中的毒药瓶，可为时已晚，一瓶毒药已经少了小半。

“快快，立即送往镇医院！”刘敬安一边与村民们一起抬起那喝毒药的妇女，一边火速与镇机关联系派车来接应。

经过及时抢救，这位妇女终于脱了险。在日后的三天住院期间，刘敬安派出两名女干部天天像伺候自己的亲人一样给这位移民以无微不至的关怀，自己每天抽出时间来到病榻前问寒问暖。

出院那天，刘敬安把那妇女接到镇政府，特意备了一席丰盛的饭菜，与镇长等领导有说有笑地祝贺她身体恢复健康，天南海北啥子事都聊，就是一句不提“移民”的事。

吃着聊着，说着笑着，突然那妇女抱头痛哭起来：“书记，镇长啊，你们咋就不提移民的事嘛！啊，为啥子不提移民的事嘛！”

席间气氛突然紧张起来。大家你看我我看你，不知如何是好。

那妇女看着大家，不由得破涕为笑：“我是问你们为啥子不问我同意不同意移民嘛！我现在告诉你们：我在未出院之前，就已经下决心响应国家的号召，光光荣荣地当一名三峡外迁移民！今天是准备同刘书记和镇长签协议的呀！”

“哈哈哈……”沉默的饭席，猛地爆发一阵欢快的笑声。

“来，我代表镇党委镇政府，向你表示最诚挚的感谢！祝你身体早日康复，祝你全家在新的落户地早日致富，生活越来越幸福！”眼眶里噙着泪花的刘敬安站起身，端着酒杯，十分激动地对这位妇女说。

“来，我们都祝福你和你的全家！”镇长和其他人全都站了起来。

“谢谢！谢谢你们。”那妇女已经泣不成声，她抖动着嘴唇，掏出了自己心头的话：“我所以思想转变得这么快，其实全是看在你们这些干部的面上，我是被你们的真诚所感动的，同时觉得你们做移民工作也太不容易了，我想我们再不支持你们实在太不应该了……”

又一个群众自我转变的精彩故事。

然而移民过程中出现的问题并非个个都如此精彩，用刘敬安自己的话说：“我们每天都处在情绪高度紧张和亢奋之中，你刚刚为解决一件难事而兴高采烈，转眼可能又被另一件更困难的事弄得束手无策，精疲力竭，甚至欲哭无泪……”

这样的事终于又发生了——

一批外迁安徽宣城的250名移民马上就要出发了，按照规定的时间表必须在28日前起程，而起程之前的一个星期内又必须将各家各户的物资全部装运先行。23日那天，事情发生了突变，移民们突然宣布不走了，说是从迁入地那里传来消息，原先当地政府同意给每户打一口井没有兑现。

刘敬安一听心急如焚，这绝对不是闹着玩的事。每一批移民外迁什么时候走，走多少人，怎么个走法，是经过层层严密组织并要经北京方面批准后才能实施的，一旦方案确定，那可就是军令如山的事。

“喂喂，安徽宣城吗？我们的移民反映你们原先答应的每户打一口井，是不是现在没有兑现呀？”电话立即打向千里之外的迁入地。

“哎呀刘书记，你们移民是误会了，我们本来确实准备给每户打一口井的，可后来在施工操作中发现，这儿的地质条件不允许，有的地方能打出水，有的地方就是打穿地球也不出水呀！所以我们就只好改成在移民村那儿打三口大井，再用水管接到每家每户，效果是一样的，保证户户都能用上水的呀！”安徽方面如此解释。

“原来是这样啊！好好，谢谢你们啦！我们马上跟移民说清楚……”刘敬安放下电话，心头总算松了一口气。可他万万没有想到，移民们仍然不干。

“那也得等他们把自来水管接到每家每户，瞅着没啥问题了我们再迁过去！”移民们坚持说。

“这这……”刘敬安简直觉得无话可说了。但无话也得说，倒计时不等人哪！

接下去便是拉锯式地僵持在那儿：一边说保证不会成问题的，一边说那可没准。

就这么个问题，一直拖到25日。刘敬安又跟安徽方面取得联系，并再次确认对方保证尽快把自来水设备安装完毕。得到这一消息时已是深夜12点钟，为了抓紧已经失去的时间，刘敬安他们半夜将移民户主集中起来开会，征求意见。可争执仍旧，一直到凌晨4点仍没有得到解决。

干部们急得火烧眉毛，移民们看似平静但心头也非常着急。时间不等人哪！

第二天，协商会议继续召开。

“我们和迁入地的政府已经都答应一定把提水和送水的设备安装好，可你们还是不同意搬迁出发，这样就是缺少对政府的信任了，不利于解决问题嘛！”刘敬安一遍又一遍陈述理由。

移民们则认为：“啥事情都要眼见为实，一旦我们到了那边，人生地不熟的，人家会按照我们现在提出的要求做吗？做不了我们又能找谁？你刘书记到时一甩手，说你们现在已经不是我们三峡人了，干吗还找我们嘛？那时我们哭天天不应，叫地地无声，可就惨嘞！”

“怎么会嘛！无论如何你们都是共和国的公民，不会没人管嘛！”

“那你既然说那边肯定会按照要求安装好自来水设备，如果达不到要求怎么办吧？我们现在还算你的人嘛，算三峡人嘛，你给个准信！”

“如果是那样的话，我刘敬安以镇党委书记的身份，也愿以一名共产党员的身份向你们保证：我会留在那个地方，直到负责给你们解决好问题为止。如果解决不好，你们怎么处置我都可以。”刘敬安用沙哑的嗓子，一字一句地这样对移民说。

“好啊，这可是你自己说的！但光说还不行，你得用文字给我们保证下来。”移民们说。

“有这个必要吗？”刘敬安感到委屈。

“有这个必要。否则我们心里不踏实。”

“那好吧，你们把意见写出来，我签字。”刘敬安说这话时脸上露着的是笑，心里却在流泪。

当这份“人质”式的特殊保证书签上“刘敬安”三个字时，已是26日深夜12点。

第二天黎明的霞光刚刚在东方露出，移民们便自觉投入到物资装运中。这一天是27日，全村移民的物资装运完毕起程时，晚霞已经染红了神女峰。

28日，原定的外迁大军起程时间不变，250名到安徽宣城的移民随着其他乡镇的一千多名移民浩浩荡荡地离开三峡，踏上了千里迁徙之旅。刘敬安等移民干部随队而行，他必须同行，因为移民手中有他的“人质”式保证书，保证书有这样一条内容：如果他不能为移民们处理好自来水设备，所有到安徽宣城的250名外迁移民出现返迁事件，及其经济损失和政治影响，他要负全部责任。

刘敬安没有退路，除非跳进滔滔的长江。但跳下后又让谁来解决这样的事？他清楚和明白这一切，所以他必须随行。移民们也明白这一切，所以他们也用不着将刘书记看管起来，只要手里有他签字的纸条便足够了。

移民专用的巨轮威威风风地在长江里顺水向东而驶。移民们暂且忘却了心头的不愉快，将目光投向大江两岸那些新鲜而陌生的景致，有说有笑。几天后，巨轮到达芜湖码头，移民必须上岸换乘汽车再到达移民点。其他乡镇的所有移民都争先恐后地登岸了，唯独刘敬安他们镇的250个移民就是一动不动。

“又怎么啦？”干部们急死了。

“还是老问题，如果看不到用水的事解决好，我们就留在船上不走！”移民们说。

刘敬安出现在舱门口，这回他的脸上没了笑容：“我只想说一句话：你们现在不上岸，这不是我们已经约定的内容。如果出现不测的后果，责任全在你们，我不负任何责任。”说完，刘敬安朝干部们一挥手，“我们到岸上去等他们！”

干部们全部撤到了岸上。这回轮到移民们开始着慌，“走走，快上岸吧！都闷好几天了，还不快出去吸吸新鲜空气？走走！”

这一下，移民全都上了岸。

轮船改成汽车，各个移民点开始分路而行。刘敬安他们镇的250名移民的队伍加上护送的干部，行驶在路上依然是浩浩荡荡的。

很快，宣城到了。移民点到了。

“下车下车，新家到了。瞧这漂亮的房子！”干部们纷纷跳下车。

当地欢迎队伍的锣鼓已响起，但车上的移民却闷着头，一个也没有下来——显然，又是一次准备好了的行动。

当着对接地的干部和百姓，刘敬安的脸上一阵白一阵红，他觉得自己的脸面这辈子算丢尽了。可他很快恢复了常态，笑着对车上车下的人说：“现在就剩下一件事要做：这是我的任务。谁都不怪！”

他转身跑到井边，开始履行自己的承诺。

当地干部明白过来后，便纷纷同刘敬安一起进入了紧张的协商和行动……5天后，一条条新架起的自来水管，满灌着清澈的水流，终于通进了移民来的各家各户。

5天后，移民们一见到水，谁也没有再动员他们下车，转眼间所有人迫不及待地走进了自家的新居，随即是欢笑和齐鸣的鞭炮声……

“刘书记，太感谢你了！”

“刘书记，真是委屈你了！我们不该这样为难你啊！”

那一晚，刘敬安重新感受到了几年前他在那个贫穷的山村为百姓们修成一条公路后的那种干群鱼水深情……

他哭了。哭得很伤感，也很痛快。他说，这就是移民工作。

镇长的国事与家事

倒计时：8 月 30 日

责任人：镇长王祖乾

任　务：11582 名外迁移民，一个也不能少走

长江经过三峡时，有条非常有名的支流叫大宁河。大宁河边有个美丽古镇叫大昌。开埠 1700 余年的古镇有过辉煌的历史，它是长江在三峡地区的第一大支流大宁河上的一颗明珠。凡要游长江“小三峡”的人不会不去大昌古镇游览观光的。这个古镇之美，可以与我苏州故乡的周庄、同里之美相提并论，尽管大昌比周庄、同里小一些，但它依山傍水的景致有着独特的秀美。尤其是从长江的巫峡口逆大宁河而上走完“小三峡”的雄奇峡谷之后，呈现在人们面前的是平坦的大昌坝子（平地），伴着碧绿见底的大宁河在这里做了一个婀娜多姿的曲腰展肢的舒缓动作，远远看去有种世外桃源、人间仙境之感。宽敞平展的河滩，白亮绵柔的贝沙，嵌在群山之中，天格外蓝，地格外静，无法想象在大江汹涌滔天的险峡旁还有一个如此温馨的栖息之地。有人比喻，三峡像是一位充满冒险精神的猛男，而大昌则是伴随三峡这位猛男而生的一个柔情秀女。雄秀搭配，构成了大昌和三峡不可分离的天赐阴阳合一之美。人未到大昌，就有人告诉我当地一句名言，叫做“不到大昌，等于没来三峡。到了大昌，就不想回家”。

千里三峡库区，走一次就得一二十天。采访移民即使一次走马观花，少少都需个把月。对我这样一个有单位工作缠身的人来说，走一趟三峡实则不易，可我却两赴大昌，时长十余天。可见大昌的秀美是多么诱人！

然而我两赴大昌，更多的则是被这里的移民工作所吸引，被一位同样当过兵的镇长所吸引。

我知道在三峡整个库区，要说起移民任务，还没有哪一个干部可以同大昌镇镇长王祖乾相比。他肩头的任务之重，我们可以从下面的一组数据看出：全镇35000余人，却有规划安置移民15243人，外迁移民11582人，共计26825人，超过全镇总人数的70%；仅外迁移民一项就占整个巫山县外迁移民的50%，为全三峡库区外迁移民的十分之一，几乎是全镇三个人中必须动员一人搬迁到外省。

一个乡级小镇如此繁重的移民任务，落在一位年龄不足40岁的退伍军人出身的镇长肩上！

问题是大昌镇的外迁，是真正意义上的外迁，即必须远远地离开这块美丽的故土，到外省，到外地，到一个完全不可能重复如此美丽的地方！

大昌的移民比普通三峡移民多了一份牺牲，这份牺牲是他们必须告别天造美景。我称这样的过程，是一次向最后的美丽的诀别。

因此，大昌的移民们要走出他们美丽的坝子，其心理上、视觉上的痛苦和难舍，比别的地区移民都多。

再痛苦再难舍也得走。全库区的“倒计时”是统一的。

县上对大昌镇的移民难度从一开始就有足够的心理准备，于是县委在2000年底就作出了一个决定：调原大溪乡党委书记王祖乾到大昌当镇长，与王祖乾一起调来的还有大昌新任镇党委刘书记。我第一次见到王祖乾镇长，就知道这是位只知默默工作，却不会自我张扬的实干家。用部队的术语说，这是个打仗时只知冲锋向前的“坦克”。

战场上的司令员最喜欢用坦克。县领导将王祖乾放到大昌镇的意图不言而喻。更重要的是，在这之前，王祖乾在三个乡领导过移民，是位名副其实的“老移民干部”。

镇长，在中国的行政管理体系中，是个最基层的一级吃国家粮的官员。在移民区，每个干部都有责任，从省长市长到区长县长，但在第一线担当责任的却是镇长。镇长虽然还可将任务分解到各个移民干部头上，然而每一位移民与政府签字画押还是得面对面地跟镇长坐在一起才能完事。

镇长，在移民问题上代表着国家，代表着国徽，也代表着党的形象。王祖乾刻骨铭心地记着这种责任。他的难处可想而知。他每天面对的是移民，移民为了自己的利益，哪怕是一棵小树，一只不慎突然死去的小鸡，他们也会拿来说事。王祖乾不行，他的后面是国家和政府的一项又一项铁板一样的政策，铁板一样的规定。他不可能有丝毫的退路，只有面对，只有去想法解决，用自己的耐心和对政策的理解。但他的这种耐心和对政策的理解常常不能被移民们理解。愤愤不平的照常愤愤不平，想伸手的决不退缩。移民镇长便是如此的境地，你干还是不干？不干，对得起党的信任和培养？不干，移民的问题谁来解决？

镇长必须干下去，而且必须干好。

铁骨铮铮的王祖乾，在陌生人面前显得很腼腆。他说因为见了我这个比他在部队多待了几年的老兵有些不好意思。用他自己的话说，他在我面前只能算是个“新兵蛋子”。也许是这种缘故，他没有在我这个老兵面前掉过一滴泪。其实当我了解他所经历的移民工作艰难历程，他完全不必顾及部队的传统（部队里新兵不可在老兵面前摆资格），让英雄的泪水畅流又何妨？

都说做移民工作最苦，苦到可以想起上甘岭的战役，苦到可以想起红军二万五千里长征，苦到可以跟董存瑞、邱少云、焦裕禄、孔繁森相比，苦到你想都想不出来！苦到用背篓可以盛得起满满的眼泪……

三峡一路采访，我听到无数移民干部甚至是身为省部级的高级干部们，向我讲述自己做移民工作时曾经不止一次说过这样的话。我完全相信这样一个事实，因为我们现在是处于和平时期，工作的对象是自己的人民。正如有位移民干部说的那样：“要不是看在移民的面上，要不是看在党和政府的面上，我干吗要白白受那么多委屈和埋怨啊！每当被移民们误解时，我心想，如果换了在战场，我宁可往前一冲，死了算了。可对待移民不行啊，他们误解我们时，我们得赔笑脸；他们发怒时，我们得赔笑脸；他们不理解我们时，我们还得赔笑脸。这笑脸实在太难太难。我们也是人哪，也是有血有肉有情感的人哪！同样有自己的喜怒哀乐，可我们在做移民工作时，只能把自己的情绪深深地压在心底，将党和政府的阳光雨露与温暖，用我们的微笑和耐心去传递给广大移民，一点都不能走样和马虎。牢骚和委屈我们也有，但只要设身处地想一想移民们背井离乡那份奉献和难舍故土的情感实在也不容易，我们就啥也没有说的了。”

王祖乾更没有什么说的了，因为他是镇长。一头担着的是国家，一头担着的是移民百姓。正是处在镇长的特殊地位，正是像大昌这样原来生活环境特别好，外迁移民任务又格外重的地方，镇长王祖乾才有了比别人更无法想象的经历。

在大昌，在巫山县，在重庆市，移民干部们都知道王祖乾镇长有过一次生死大劫。

事情发生在 2001 年 8 月下旬那次护送一批移民到安徽宿松的过程中——

本来并没有王祖乾镇长的事，因为他护送移民刚从广东回来。那天县移民指挥部来电话，说时任护送移民外迁到安徽的总指挥长马副县长不熟悉对接工作，点名请王祖乾镇长协助马副县长到安徽走一趟。这样的事，在移民过程中常有，能者多劳，劳者不言，是广大移民干部们共同的崇高献身精神。王祖乾自然不用说了，人家县长也是在帮助镇上加强领导的，遇到难事时，镇长理当一马当先。

一路还算平静。但当王镇长他们到达移民安置点时，情况就出现了异常。29 日下午，早先到达的原河口村移民找到护送移民干部的住处。有人伸手向王镇长要了一支烟后，声调怪异地说了声：“你王镇长总算来了呀！”

王祖乾当时并没有在意，从事移民工作这些年中，比这严重的吵吵嚷嚷几乎天天都有，所以他并没有在意。

“镇长，好像这儿有些不太对劲！”一起来的派出所民警晚上悄悄向王镇长报告道。

“有啥子异常？”王祖乾问。

“我刚才出门见我们住的地方都有好几个移民守在门口，好像他们是要监视我们来着！”

“那我们不是睡得更香嘛！”王祖乾不由得笑起来。

“镇长我说的是正经事，看来他们要找你麻烦！”民警着急了。

王祖乾依然淡淡一笑：“他们真的有事要找我，我躲也没有用。谁让我是镇长嘛！虽然理论上讲，把他们送到这儿就不再是我管的人了，可移民初来乍到，会觉得有些问题没有得到十全十美的解决，可能怨气还不少，大伙人生地不熟的，有怨气也想冲我们发嘛！你躲得了吗？睡吧，迎接明天的考验吧！”

民警同志似乎还有什么话没有说完，可见王镇长泰然自若，也就不好再说什么。其实王祖乾内心并不平静，他已经预感一场生死考验即将来临，但是他明白任何人都可以躲避这场“暴风骤雨”，他这个镇长则万不能躲。

等待吧。

暴风骤雨终于来临，而且来得比想像中更加猛烈。

30日一早，王祖乾和护送干部们还没有起床，他们的房门就咚咚咚地被砸得震耳欲聋。

“起来起来，老子要跟你们说话！”有人在门外出言不逊。随即是更加猛烈的砸门声。

王祖乾打开门的那一瞬，门外的人潮水般地迎面扑来。三四十个群众将他团团围住，几十双手轮番戳向他的鼻尖和脸颊……从那一刻起，他失去了人身自由。

下午，他被人架到会议室，与移民们对话。

群众提出的问题主要有三点：

我们听说移民补偿费是每人四万多元，而不是我们拿到的每人三万多元！

国家给当地每位移民一万元生产安置费，听说他们才花了八千多元，你们应该帮我们把剩余的钱拿回来!

房子盖得太好了，我们用不着这么好。你们当干部的肯定从中捞好处了，把建好房的钱退给我们，我们自己重新盖!

王祖乾一听，知道今天移民们冲他而来不是想解决问题，是要找碴儿的。第一个问题，显然有人不知从哪儿听来的不实之词。第二、第三个问题是接收地的事，再说人家也是一片好意将移民们的房子盖得宽敞些，用料好些，这有什么不好嘛!

“不好就是不好！你姓王的不是镇长吗？在送出三峡时你不是说我们永远是你大昌的人吗？好啊，现在我们就找你，你是跟我们签协议的人，不是代表政府和国家嘛，那就给我们把盖好房子的钱退给我们！”

“对啊，退钱！”

“退！我们要现钱！”

“一分不能少！”

“立即兑现！”

对话已经演变成一场蓄意的责问和围攻了。

民警见情况不妙，立即采取措施，将王镇长和群众分为左右各一边，中间画上一条杠。

之后的对话，一直持续到晚饭。时间过去了几个小时，移民们提出的要求，王镇长无法解决，讲理已经失去可能。

移民们大概也看出要想从王祖乾嘴里和口袋里获得他们想要的东西是不太可能了。

晚饭后的时间和这一夜的工夫，是移民和王镇长他们双方都在谋划对策的时间，所以暂时没有发生什么事。只是二十多名巫山来的护送移民的县镇干部们包括民警在内，在出入招待所时被“行动起来”的移民们限制了。

31 日上午，县领导主持召开的紧急对策会议在招待所二楼会议室召开。马副县长刚刚开口说了不到两句话，突然听得楼下楼上吵吵嚷嚷，一片喧哗，并不时传来“把王祖乾揪出来”“捶死王祖乾啊”的叫骂声。

“祖乾，又是冲你来的！你快躲一躲！”马副县长和其他干部的心立即提到了嗓子眼。

王祖乾正在犹豫之时，几位干部随手将他推进会议室旁边的一间茶水间。

“别再犹豫了，王镇长。他们在火头上，找到你会出事的！”同事们的话音未落，会议室的大门就被移民踢开了。

“王祖乾在哪儿？”他们大声质问。

茶水间的王祖乾知道事情万分危急，必须躲避一下。可小小的茶水间哪有地方可躲？除了几张草席，就是一堆散放着的香皂、毛巾之类的东西。已经不可再迟疑了，只见王祖乾随手捡起一张草席，一个360度转圈，恰好将自己裹圈在内。马副县长说时迟那时快地捡起一块毛巾往草席的上端一扔，便端着一只水杯，佯装刚从茶水间倒水出来。

“姓王的躲到哪儿去了？”进来的人横冲直撞，拨开干部，一边嚷嚷，一边里外寻找。

“王祖乾呢？”

“你们不是看到他没在嘛！”会议室的干部回答说。

“哼，谅他没那么神，跑得了和尚跑不了庙！到其他房间搜！”那群愤怒的人开始在招待所内的各个房间搜索起来。

“祖乾，快快，上楼顶去！”这时，马副县长和另一位移民干部将王祖乾从茶水间叫出，然后乘人不备，将他推进楼道尽头通往楼顶的一个井口样的天窗里，随即端掉了梯架。

王祖乾一看：虽然地方只有烟囱那么大，但不够天也不搭地，如果没有梯子谁也上不来，是绝对安全的藏身之处。他心头涌出一股对马副县长等同志的感激。

下面依然吵吵嚷嚷，并不时传来乒乒乓乓砸门摔东西的声音。后来王祖乾知道，那群失去理智的移民因为找不到他，就将招待所的好几个房门砸了，还动手打了马副县长及县人大常委会，三名值勤的公安民警也没有躲过雨点般的拳头。

在一些别有用心的人的挑唆下，移民们疯狂了。围攻王镇长他们的人数多达上千人，情势万分危急。

一个个紧急的电话从安徽传到三峡的巫山老家。县委书记王爱祖用颤抖的声音在手机里跟被困楼顶的王祖乾通话：

“王镇长，让你受委屈了！千万记住：越是这个时候，我们当干部的越要冷静，再冷静。同时也要保护好自己……我们等着你和同志们平安回来啊！”

此时此境，能听到远在千里之外的家乡领导的声音，王祖乾心头百感交集，他真想大哭一场，可不能出声，一出声他可能再也完不成王书记交代的“平安回三峡”的任务。“书记放心，我王祖乾向你保证，群众就是打死我，我也不会还一下手的。”王祖乾说这话时，眼泪夺眶而出。

“好好，王镇长，我们会想法平息这场事端的，你和同志们千万要相信组织，一定要注意人身安全啊！”王书记再三嘱咐。

然而此刻的楼下，已经被愤怒的人群全部封锁。马副县长等干部只能在趁人不备之时商议这场突发事件的对策，而保护王祖乾的安全成了整个事件最紧要的大事。四五个小时过去了，滴水未进的王祖乾还贴在滚烫的水泥楼顶上被夏日的骄阳煎熬着。

“这不是个办法，那样会出人命的！”马副县长急得团团转。

“可楼上楼下全是人，转移到哪儿去也不安全呀！”同志们更着急。

“无论如何得把王镇长从楼顶上转移下来！”马副县长下决心这么做。

“好的，我们想法引开楼道上那些看守的人，你们以最快速度实施转移方案！”

“就这么干！”

马副县长一声命令，移民干部们分头行动。王祖乾被从天井口接下来，并迅速转移到一个房间。这是三楼的一个当地施工队负责人住的地方，那天是休息日，他没有出门，就在里头的床上躺着。马副县长说明情况后，他非常爽快地答应帮助王祖乾躲在他的房间里。可房间很小，也很空荡。除了一张床外，就没有什么地方能躲藏的。

“我看席梦思垫下可以藏人！”王祖乾机智地拉开床垫一看，那里面是空的，约 15 厘米高，“我人瘦，能卧下！”说完就往里一钻，严严实实，丝缝不露。

“只好如此了。”马副县长等人谢过那位坐在床头的施工队负责人，赶紧出了房间。

此时已是 31 日晚上 7 点左右。

愤怒的人群找不到王祖乾并没有罢休，依然在招待所里外的每一处搜索。就是施工队负责人的房间内，他们也先后进来七八次，而且门口一直安排专人监视。

那一夜对王祖乾来说，真是终生难忘。十四五厘米高的地方，不可能翻动一下身子。为了保持同外面的联系，他把手机设在振动上，贴着耳朵，需要联络时像蚂蚁似的说上几句。外面跟他联系也只能如此。

此刻，远在三峡腹地的巫山县委县政府对王祖乾一行移民干部的安全万分关注，县委连夜召开紧急会议，并立即向重庆市委作了汇报。重庆市领导高度重视，马上与安徽省领导和省公安厅等部门取得联系。

“必须保证移民干部的安全！”一项营救计划很快作出，两地领导亲自指挥。

9 月 1 日凌晨 2 时 30 分左右，王祖乾听到马副县长向他悄悄传来的信息：营救行动马上就开始，请做好准备。

未过半小时，只听招待所门外响起警笛。这时当地公安部门开始行动了，一队干警以检查治安为名，开进招待所。训练有素的干警们迅速冲进了王祖乾躲藏的房间，动作麻利地将瘫在地上的他连拖带抬地请下楼，这时候有人将早已准备好的一套警服警帽套在了他的身上和头上。当他一进警车，围攻的人群还没有反应过来，警笛已经响起，车子飞快驶出了招待所大门……

被困44小时的王祖乾，这才摘下警帽，将头伸向车窗外，深深地透了一口气。此时，东方旭日冉冉升起，王祖乾的眼里不由得淌下两行像开了闸门的泪水……

经历那次“劫难”回到大昌后，许多日子里同事们不敢在王祖乾面前问一声发生在安徽的事。他照例什么都没有说，只是照样天天从早到晚忙碌着下一批移民搬迁的事。

过了很长时间，有人小心翼翼地问他为什么受了那么大的委屈连句牢骚话都没听他发呀？王祖乾笑笑，说谁让我是大昌镇的镇长呀！我能说什么呢？怪移民？可移民有怨气不向我们发又能向谁发！这就是王祖乾的胸怀！

此时，安徽方面的移民们又在想什么？他们仍然在寻找王祖乾，不过这一回他们不是要追打王祖乾，而是要对自己的“父母官”表示深深的歉意。

“劫难”的余痛仍在心头流血，大昌镇新一批的外迁移民工作已全面展开，他王祖乾想躲也躲不了，更不用说静下心来歇几天。那一天，他从凌晨4点钟被人敲开房门后，一拨又一拨地接待了三十多个（批）移民，直到深夜11点办公室里才算安静下来。11点就想休息了？这是不可能的事。镇党委书记过来说还要召开一个紧急会议，研究下一步几个难点移民村的动员工作——半夜开会在移民区基层干部中是常有的事，大昌镇更不用说了，这已经成为他们的习惯了。

那天超纪录的接待，又加上会议的疲劳，当书记宣布会议结束，留下书记和他一起往宿舍的路上边走边商量些事。走着走着，书记忽然觉得不见了后面的王祖乾。

“祖乾？祖乾——”书记打着手电四处寻找，发现王镇长竟不省人事地倒在了一个花坛上。

“怎么啦？祖乾你怎么啦？啊？说话呀！”书记吓坏了，扶起满脸是血的老搭档，拉着哭腔大声喊了起来：“快来啊！镇长出事啦！”

住在镇机关的干部们全都惊醒了。大伙七手八脚地将镇长火速送到医院，医生诊断是过于疲劳导致的休克。那个花坛让王祖乾缝了七大针，并在鼻子和嘴唇中间的位置留下了永远的疤痕。

“不行，我得回镇政府去，那儿的移民们正等着我呢！”第二天一早，王祖乾醒来就跟医生嚷起来。他的手上吊着针，医生不让他乱动，可他却坚决要求回办公室。

“你的身体根本没有恢复，耽误了你自己负责？”医生问他。

“移民们到规定时间走不了，是你负责还是我这个镇长负责？”他反过来把医生问得哑口无言。然后他笑着说：“求你了医生，吊针我还是打，但可以搬到我办公室去，这样我可以边治疗边处理移民们的事，这样总行了吧？”

“不这样我又能怎么样？唉，当移民镇长也实在太难了！”医生长叹一声，感慨道。

2001 年在河口村做移民动员工作，村主任陆某起初表现还算不错，带头到了外迁对接地考察参观和选点。这一关在整个移民工作中非常重要，通常如果移民们在未来的迁入地如意了，下一步就比较容易地回来办理正式的搬迁。可河口村的陆某从安徽回来后，不仅没有向本村群众宣传迁入地的情况，反而一溜了之，连个人影都不见了。王祖乾和镇上的干部非常着急：村主任撂下工作不干不说，关键时刻竟然不向群众介绍和说清迁入地的情况，这让村民们怎么想？还用问？肯定我们要去的那地方不好呗！要不连村主任都躲着不想走了嘛！群众这么说是在情理之中的。

王镇长到处派人找村主任陆某，有人说他躲在亲戚家，有人说他跑到广东打工了，总之就是见不到人。河口村的移民工作因此无法开展下去。这把王祖乾急得不知如何是好。他不得不亲自来到河口村，想找个难度大一点的移民家住下。可人家连门都锁死了，白天黑夜见不到人影。

“都到哪儿去了呢？”王镇长问村民，村民们对他冷言冷语：“找到村主任就知道了呗！”

就是，村主任不带头移民，还能动员其他人？

王祖乾三番五次找到那位村主任的亲戚朋友，终于得知陆某到了广东。电话里，王镇长一番推心置腹，感动了陆某——

“老陆啊，现在我跟你说话，不是啥命令，也不是干部跟干部说话。你就当我啥都不是，一名普普通通的三峡百姓，你也不是啥村主任，跟我一样也是个普通的三峡百姓。你老哥说说，国家要搞三峡这么个大工程，世界瞩目。水库早晚是要建起来的，建水库就要涨水，就要淹没一些地方。那儿就出现了移民，你说国家总得给这些被淹的地方百姓一个新地方生活嘛！我们大昌淹的地方多，走的人也多。说句实话：早走了心里早踏实，家也早点安下，这对家人对孩子都会有好处嘛！你说这么大的事面前国家怎么可能光照顾一个人两个人不让走呢！所以老陆啊，你得想开些，得往大的方面想一想，既然你全家都是按规定确定了移民身份，早晚都得搬嘛！你现在一走，一直在外面晃荡，也不是啥好办法，总不能一辈子没个安身之地吧？或许你自己能在外面长年待得下去，可你不为家里人想一想，以后的孩子咋办？你上了年岁咋办？静下心你想想是不是这理啊？”

电话那头许久没有一丝声音。

“喂喂，老陆你听见了吗？你在电话机旁吗？”

“镇长，我听着呢！”

“好好，在听就好。我……”

“镇长你啥都别说了。我明天就往回走，一个多月在外面，我的日子也没法过呀你知道吗？呜呜……”

“老陆，你千万别着急，有难事我们马上给你想法解决啊！”

陆某很快回到了村上，王镇长亲自掏腰包为他洗尘。河口村的移民工作从此开始迎头赶上。

一波刚平，一波又起。

有一次王祖乾正在办公室处理事，突然听得外面吵吵嚷嚷的。他刚要出去看看咋回事，门口就被拥进的人群堵得水泄不通，一张张愤怒的脸全都冲他而来。

“你是镇长，你就得一碗水端平！”

“对啊，今天我们来就是让你端平这碗水，你要是端不平，那我们就砸碎你的脑壳！”

嘿，来者不善啊！王祖乾心里早有准备，凡是移民找上门的，几乎不会是心平气和的。应该这样理解：如果没有事需要干部解决，移民们也不会找上门来骂骂咧咧！

“有话好说，有事一起商量好吗？”王祖乾赔着笑脸，招呼公务员打来几瓶开水，又自己动手一杯杯地给在场二百多名男男女女倒上。

原来这是杨河村的“就地后靠”移民，为首的姓黎。他们提出自己是前期移民，为什么与现在的二期移民补偿有差异，要求镇长回答并如数补上，否则他们就“吃住在镇政府”。

又是一起对政策的理解偏差。王祖乾不得不重新拿出上级的文件一遍又一遍地给大家学习，学完了再作逐条解释。农民们有时很固执，他认为你亏了他，他就死活不听你讲啥子大道理，只认一个理：你补钱我走人。口干舌燥的王祖乾只好再赔笑脸继续一遍又一遍读文件，作解释。

“不听了不听了！我们饿了，要吃饭了！”

“对对，你镇长平时不是说你们干部最关心我们移民的冷暖嘛！今天我们要吃你镇长做的饭！”

“对对，镇长也不要做官当老爷嘛，我们今天也要享受享受镇长大人做的饭菜如何？”一群女移民尖着嗓门，表现得不比爷们逊色。

王祖乾还是笑脸：“好好，大家来一趟不容易，今天大家看得起我，那我就露一手。吃饱了大家有话再说。”说完，他捋起衣袖，进了镇政府的大食堂。

嘁里咔嚓不出一个小时，满头大汗的王祖乾和食堂几位师傅，抬出满满的几笼热腾腾的白馍和蒸饺，外加三菜一汤，香喷喷地端到了移民面前。

“香香！香！”

“没想到王镇长这一手还真不赖啊！”

“可不，看这人也不像是说假话哄人的主儿嘛！”

移民们边吃边窃窃私语起来。

“怎么样，大家如果没吃饱，我就再下趟厨。如果都吃饱了，我们就再聊怎么样？”王祖乾见大伙吃得差不多时，依然赔着笑脸大声问道。

“你快说，快说嘛！”

“对呀，是你带我们来的，咋又不敢张嘴了呢！”只见移民们你一捅我一捅地将那个姓黎的支到王祖乾面前。

“嘿嘿，王……王镇长，大伙说你……你这个人蛮实在的，不像是骗人的主儿。所以大家请你有时间到我们村上帮大伙学学政策，解解心里的疙瘩。”

“行，我一定尽快安排时间，同大家共同学习、商讨。你们如果同意的话，今天就先请回去。明后天我一定到你们村上去。大伙说这样行吗？”王祖乾依然笑脸。

“好吧，我们在村上等你王镇长。”

“走哟——”移民们纷纷离开镇政府。几位妇女走过王祖乾身边时，咯咯咯地笑着说：“王镇长你这个人在家里也一定挺温存、挺孝顺的吧？”

“是吗？哪点看得出？”王祖乾非常开心地问。

“嘻嘻，刚才你给大伙做饭端水的样就是嘛！”妇女们带着一串欢笑走了。

空荡荡的镇政府大门前，只剩下镇长王祖乾孤单单地一人站在那儿，他抬头望了望身后的高山，那山后是他的家，家里有他的老母和妻子及两个孩子。到大昌一年多了，他仅仅回过两次家，而每一次都是匆匆而归，又匆匆而离。

关于自己的家，他已在8年前开始从事移民工作后就全部交给了妻子。在这期间，他能留给家里的仅仅是码头上匆匆塞给妻子的几件脏衣服和从妻子手中换回的几件干净衣服而已。他的妻子和孩子也是移民身份，唯一可能的是将来按政策可以随他这个当镇长的落户到某一地。至于母亲，王祖乾一直不愿提及，因为这是他的一块心病。他觉得这几年中最对不起的是自己的母亲。

“如果说我对自己的母亲拿出了对移民所尽努力的二十分之一作孝心，那我将是世界上最好的孝子了。”不善言辞的王镇长不止一次对我说过这样的话。后来当我了解王祖乾家里的情况后，我才明白其意。那真是一段催人泪下的故事。

王祖乾镇长目前是巫山县乡镇一级干部中从事移民一线工作时间最长的一位。

“百万移民，从中央到省市，再到县上区上，我们镇一级是必须与移民们面对面一个个落实的最后一级政府组织了。再下面就是移民了，村级干部他们本身就是移民，镇干部还能指望往下推？推给谁？让移民们自己想法解决自己的问题？完成自己的任务？这显然不客观。镇干部因此是执行百万移民‘世界级难题’的最后的也是最前沿的演绎者和解答者。2001年我和全镇干部经过努力完成了近一万外迁移民的任务。今年任务下达后，我们组织了三批移民代表到迁入地考察对接，结果移民们都没有看中。我一下感到压力巨大，因为通过前两年的大量工作，该走的都走了，没走的拖在后面的大都是些‘钉子户’，他们中间除了一部分确实思想上有问题外，不少人是有方方面面的客观困难。可上级一旦把移民指标下达后，我们镇一级政府就必须完成，这跟打仗一样，山头拿不下来，我这个当镇长的年底只能拿脑壳去见县长呀！这话你听起来觉得重了，其实脑袋倒不一定掉下来，可我这个镇长引咎辞职是跑不了的。镇上的工作到底有什么难度，能做到啥程度，我当镇长的这一点还是最清楚的。所以年初移民任务一下达，加上三批外迁对接‘全军覆没’，我实在急得走投无路了。可我是镇长呀，走投无路也不行嘛！找啥办法解决呢？在我无路可走时，我突然想起了自己的母亲。因为在小时候有一次我从学校摸黑走山路回家吓得痛哭时，母亲边给我擦眼泪边对我说：娃儿，别哭了，啥时候没辙了你就找妈呗！在以后的成长岁月里，我多次碰到难事时，就找母亲，她总是给我化险为夷。母亲是我心目中最后的依靠。我没有想到在我自己的孩子也已经上学的时候，竟然还要把难以逾越的难题依靠年迈的母亲来帮助。想起来确实有些伤感。但为了百万三峡移民，为了我当好镇长，为了大昌移民工作不拖在别人的后面，我又一次回到老家乞求起 76 岁的老母亲……”

王祖乾说到此处，声音开始哽咽。

“你可能不知道，我打从事移民工作后，就极少顾得上照顾母亲。1994 年也是在移民工作最忙的时候，我父亲突然病故，那时我在另一个乡当党委副书记兼武装部长，也是负责全乡一千多名就地后迁的移民工作。父亲病逝时我都没时间与老人家见最后一面。当了乡长、乡党委书记和大昌镇镇长后，一年见母亲没超过两三回，更说不上照顾和孝敬她老人家了。今年 4 月，我怀着孩儿对母亲般的依恋，回到我的老家曲尺乡。在回老家之前我向县领导作了请示，希望把大昌镇今年的一部分外迁移民指标给曲尺乡。县领导开始怀疑这一方案是否能成，我说能成，曲尺乡是我的老家，他们那儿没外迁移民指标。领导说，你们大昌镇外迁任务重，指标落实有困难，人家曲尺乡的百姓就愿意走了？我说我试试。这样县领导才点头。其实我心里也没底。我自己早已不是曲尺乡的乡干部了，人家凭什么一定要把难题弄到自己的头上嘛！说心里话，我也不是想让人家为难，我知道这个难题还得靠我自己来解决。我唯一的能耐就是找我母亲，想请母亲做榜样当移民。我知道我家族人多，如果把他们动员外迁了，不就可以完成几十个外迁指标嘛！不就可以少给政府些压力嘛！我回家后见过母亲，向她重重地磕了三个头，然后把我的想法告诉了她老人家。母亲万万没有想到一年回不了几次家的儿子，好不容易出现在她面前一次时，竟然向她提出了这么个要求！我见母亲的嘴唇抖动了半天没有说话。大哥知道后，狠狠地将我奚落了一通，那话是很难听的，说我当干部当得六亲不认，现在连自己76岁的老母亲都得骗走啊？听了大哥的话，当时我心里十分难受，确实感到自己似乎过分了。可母亲这时说话了，她当着家人的面斥责了我大哥，说你弟弟现在是国家的干部，忙着三峡移民的大事。他有难处，来找我这个当妈的商量有啥子不对？母亲的话让我流下了眼泪。但我觉得再也无法向老人家开口，动员她外迁当移民。可我心里还是着急，一面让在外面打工的妹妹回来做母亲的工作，让妹妹给母亲讲外迁地方的好处。母亲还是不表态，只冲妹妹说了一句：你父亲的坟边已经有我的一个墓穴，我过几年就陪你爸去了。妹妹把母亲的话告诉了我，我知道母亲心里想的是什么，便把母亲接到自己的家，让她老人家跟我媳妇和两个孙儿在一起住。经过一段时间后，有一次母亲见我回家，便主动跟我说，祖儿，妈知道自己当不当移民无所谓了，如果孩子们以后能在外迁那个地方有发展，我答应你。我一听母亲的话，忍不住跪在她老人家跟前，痛哭起来，连声谢她老人家支持我的工作……”

此时此刻，我的眼前仿佛呈现出一个电影镜头：在那战火纷飞的岁月里，一位白发苍苍的英雄母亲，面对敌人的炮火，她面不改色地对自己的儿子说：走吧，孩子，革命需要你！假如有一日你牺牲了，妈会永远地守护在你的烈士墓前……王祖乾镇长的母亲不就是这样一位伟大的母亲吗？

“听说我的母亲愿当外迁移民了，而且由她出面做我的大哥和家族叔叔婶婶们的工作，很快曲尺乡的90个外迁移民指标全部得到落实。我高兴得甭提了，而且特别特别地感到自豪。当我母亲和大哥他们正式在乡政府那儿办完销户手续后，我特意回去表示祝贺。我告诉母亲说，儿自从去部队当兵到现在，大大小小得过不少奖励，但所有奖励加起来不如这一回母亲带头当三峡外迁移民这么高兴。母亲红光满面地拍着我的头说，你妈是通情达理的人，能帮你为三峡作一份贡献，就是献上这把老骨头也值呀！当时我听了她老人家的这句话，就想着一件事：如果我哪一天出色完成了移民任务后，上级领导给我个啥子奖状或其他什么荣誉的话，我第一个要给的人是母亲，因为她才够这个格。你知道吗，她老人家一共动员了我家直系和旁系亲属65人！他们中除了我母亲外，有我哥嫂全家，有我妹妹全家，有我老姨全家，还有老亲叔亲婶……”

这就是一个移民镇长的国事与家事。

“死亡”突然发生

倒计时：8月31日

责任人：派出所所长罗春阳

任　务：杜绝死亡事故

我在对移民干部的调查采访中，了解到移民工作中常突然发生一些意外事件，让人棘手。

派出所干警则通常成为这类事件的主要处置者。

派出所所长罗春阳因此也比别人更多地经历了这类事件。

“报告所长，新春村支书来电话，说他们村有个移民喝了毒药，情况非常危急，让我们赶快去处理！”这一天，离规定的外迁时间仅有一个星期。值班员再报急情。

“马上出发！到新春村！”罗所长放下刚刚端起的饭碗，带上一名助手，直奔出事地点。

从镇所在地到新春村，罗所长他们整整走了一小时的山路。

“镇上来干部啦！快给罗所长他们让道，快快！”村长像盼到救星似的将罗所长引到出事地点。

“就是她？”罗所长指着被村民们团团围着的躺在地上的一位老婶子，便问是谁最先看到出事者喝毒药的情景。

“看到的，刚才我们都在吃晚饭，大婶她拿着一个大碗，又哭又嚷着说她因为同儿子的财产没有分割好，所以不愿移民到他乡。一边说着一边端着碗说她已经喝了毒药，不一会儿，她就倒在地上……”村民们七嘴八舌说着。

“有谁亲眼看到她喝下毒药？估计喝了多少？”罗所长一边蹲下身子观察倒在地上的服毒者，一边问围观的村民。

“还真没有见她到底喝了多少。反正我们都闻到了她满嘴的毒药味……”

“可不，我也闻到她嘴里的药味。”

有经验的罗所长细细地观察了躺在地上的“死者”，心里基本有数了。他直起身，朝村长使了个眼色，然后突然提高嗓门，冲村民们大声说道：“看来是没有多少救治的希望了，大家想想，喝了那么多毒药，又过去了一个多小时。咱们这儿离最近的镇医院也要跑一两个小时，再救也怕是无济于事了。这大婶的家里还有什么人？快让他们回来处理后事吧！啊！”

村民们一阵骚动，有人说大婶有个儿子前阵子赌气跑到县城去了。

“那就快派人叫回来，让他赶紧回来处理出事的妈呀！”罗所长一脸认真劲。于是村民中就有人飞步进屋给大婶的儿子打电话。

就在这当儿，罗所长进了村长家的门。

“我说所长，这还抢救得过来吗？”村长急得满头大汗，也不知罗所长葫芦里卖的什么药。

罗所长脸上露出一丝不易觉察的微笑：“村长你想，如果她真的喝了一碗毒药，那么我接到你电话，到现在都快两个小时了，能有办法救活吗？”

“照你说大婶是不行啦？”村长两眼惊得发直。

罗所长终于忍俊不禁：“放心放心，刚才你没有看我蹲在地上一直在观察嘛？其实我早已发现这位大婶喝毒药是假，装死是真。”

“你凭什么？”

“凭我多年的公安工作经验。”罗所长回答得非常自信，“虽然大婶装得很像，可仍然逃不过我的眼睛，她常常在大家不经意的时候轻轻松动着躺得麻木的肢体。这只有经常处理这种事的人才能注意到。”

“不像话！我马上叫人将她弄起来，别躺在那儿丢人现眼的！”转危为安后，村长一阵大骂。说着就要出门找人，却被罗所长挡住。

“不行。大婶虽然不会有生命危险，但她的问题并没有解决。现在还不能去动她，等她儿子回来后再做安排，你听我的。”

“能行吗？”村长表示怀疑。

罗所长朝他点点头：“我有些把握。”

4 个小时左右，大婶的儿子从县城赶了回来，一见躺在地上的妈，立即哭号起来，嘴里不停地喊着“对不起妈”“是我错了”一类的话。那情景让在场的村民看了也觉得他是个非常难得的孝子。

这时，罗所长和村长一起把当儿子的叫到一边，做工作道：你既然还有份孝敬母亲的心，那就不该在外迁前跟自己的妈计较，该给她老人家的就应该给嘛！

是啊，是我做得不好嘛！当儿子的一把鼻涕一把眼泪地哭诉着，说如果能救回母亲的生命，他情愿什么都给老人家，自己宁可一样都不要。“我还年轻，可以靠双手创业。我不愁嘛！干吗要跟可怜的妈争嘛！呜呜……是我该死！是我对不起妈呀！”

儿子说着越发悲切。这时，罗所长郑重地告诉他：“不要哭了，只要你有这份孝心，你妈就会高兴的！”

“高啥子兴嘛！妈都喝毒药死了。呜呜……”儿子哭得更悲痛起来。

罗所长觉得不用再把“戏”演下去了，便蹲下身子将躺在地上的大婶一把扶了起来：“快看看，你妈她没事！”

“啊，妈你没死呀？！”

“儿啊，妈差点……呜呜……”“死”过一回的大婶搂住儿子，终于哭出了声。

“妈——”这回轮到儿子悲喜交加了。

“怎么样？当儿子的，你还愿不愿意把财产的一部分给你妈呀？”村长开始说话了。

“愿意！我愿意把所有值钱的东西都留给妈！”儿子擦着泪水，笑起来。

“那老婶子你还有啥意见？”

“没了。啥意见也没有了。”当妈的也露出了笑容。

“那好，你们两人现在就跟我走。”罗所长说话了。

“啊，还干啥子去呀？”娘俩吓得脸都变了色。

罗所长哈哈大笑起来：“带你们上医院检查身体呀！过几天你们都要出峡江当移民了，得保证你们身体健康嘛！”

“甭甭，没事的。”母子俩不好意思起来。

“还是走一趟检查一下为好嘛！”罗所长坚持道，并亲切地将大婶扶上警车，又将那个当儿子的也拉上车。

当警笛响起时，一轮旭日正从东方冉冉升起……

这一天是30号。明天，又一批外迁移民起程去广东。

作为移民生命和财产安全保护神的公安民警，罗春阳他们的任务更重了。昨晚一场紧张的“假死”抢救战斗折腾了他整一宿，而这样的事打移民工作开始的几年里，罗所长他们碰到的已经不是一两起了。你不可能不重视，上级要求最大限度地保证搬迁的移民自觉自愿走出家门，并要做到一个不少，一个不死。但现实是严峻的，百姓的想法也是复杂多变的。如何防止突发事件的发生以及一旦发生后如何处置，成为罗春阳他们最艰巨的任务。

他和战友们整天把心弦绷得紧紧的。

那一次也是一位女移民，因为在对接地选地问题上与丈夫发生矛盾，说坚决不去迁入地了。这种临时改变主意的情况，在处理移民过程中几乎天天都会发生，常常是早上动员工作做后，中午答应得好好的，到晚上就变卦了，第二天醒来又是另一副腔调。某村一位女移民就是因为与丈夫在选点上出现了分歧，大吵大闹起来，坚决不愿当移民了，做工作死活就是不通。这时本来就不太主动的丈夫也跟着闹。移民干部进他家做工作，他动手就打人。干部们说你这样做不对，他说不对你们把我抓起来呀！后来在他再动手时，罗春阳在请求上级后拘留了这对夫妇。人家才不怕你呢，扬言说：抓人好啊，把我关上一年半载的，我就彻彻底底不用当移民迁到外地去了。民事拘留是不能超过15天的，这对夫妇放出来后更加得意忘形，以为谁也无法再动员他们当移民了。可移民的政策是铁杠杠，该走的就必须走。这户的女主人见移民干部又一次登门，端起一瓶毒药就往嘴里灌……罗春阳他们接到情况通报后，立即派警车将那妇女送往医院。经过紧急抢救，终于使这位女移民转危为安。生命脱离了危险，可她的思想并没有转过弯来。罗春阳他们几个干警就像伺候自己的父母一样，轮流为这位妇女送饭烧菜，问寒问暖，关怀备至。特别是前两天，那妇女拒食，罗春阳这位平时说起话来粗声大气严厉有余的大老爷们，竟然表现出少有的柔情，总是笑脸相对，细声细语。你不吃，我就给你讲道理；你不反对，我就用勺子喂你。到最后，弄得那妇女不由扑哧地笑出了声，说：“你们几个真是比我儿子还孝敬，我搞对象时我的那个死鬼还没有你们这般温情殷勤哩！得，我啥话都不说了，广东那边我去定了。家里人愿意选啥地方你让他定吧，我只有一个字：去！”

本来是一个突发事件，最后却成了村上移民工作的“润滑剂”。

30日那天，罗春阳一早起来看了看天，就有种不祥的预感：天边的块状云压得低低的，风也不像平时那么柔和。可能有雨呀！今天下午可是移民装车的日子，几十辆卡车届时将浩浩荡荡开进村来，停在哪儿呀？

“所长，移民物资的运输车辆已从县城等地出发，中午前到达我镇，县局和镇党委要求我们做好安全方面的保障。”助手报告道。

罗春阳点点头：“知道了。让全所5位同志分头检查各村的装运过程，安排好夜晚的车辆值班任务，不得有半点马虎！即使发现蛛丝马迹的险情也必须立即报告！”

“是。”

下午3时许，罗春阳来到停放着车辆的大宁河边，见两岸移民和干部们还有其他父老乡亲甚至小孩子，全都出动帮着即将出发的移民搬运物资。那场面可以用人山人海来比喻，这也是大宁河滩上从未有过的热闹情景。

也许是职业的习惯，越是看到人山人海的场面，罗春阳心头就越担心。他抬头瞄了瞄不远处的云团，心头的云团便更加沉重。老天爷千万别在这时候下暴雨啊！

“不会，瞧是啥子天气，你盼老天滴水它也不会掉一个水珠子的！放宽心吧所长同志！”镇上的一名干部拍拍罗所长的肩膀，非拉他到老乡家“喝一杯”。

“等移民都走了再说吧！我还要到河下游那村去看一看，你中午帮我多喝一杯就是！”罗春阳说完就大步流星地沿河谷向下游的村庄走去……

下午4时许，正在下游另一个村忙碌着帮助移民的时候，罗春阳手机里传来镇长的紧急通知：“上游已经开始下大雨，洪水很快进入我镇河域，务必注意移民物资。”

还没等挂机，头顶的瓢泼大雨已经倾泻而下。“快，赶快将已经装好的车辆开到河岸上去！空车也要迅速离开河床！赶快行动！”罗春阳高声喊道。

顿时河滩上乱成一片。但还算抢救及时，这个村的装运车辆全部离开河床，脱离了可能的险情。

“罗所长，你快过来，这边出事啦！”手机再次响起，是镇党委书记的声音。

“出什么事了？”罗春阳心头一紧。

“移民干部老冯出事了……”

“老冯怎么啦？”

“你快过来再说……”对方把手机挂断了。

罗春阳跟冯春阳只差一个姓，名字一模一样。老冯是县上抽调到罗春阳他们镇上搞移民工作的干部，今年 57 岁。按照当地干部的政策，老冯是属于可以办退休的老同志了。当听说全县移民工作处在“决战”之中，老冯向领导请缨上阵，来到了罗春阳所在镇担起了一个村的移民任务。老冯来到镇上的第一天，罗春阳就认识了这位同名的“老大哥”，而且非常敬佩老冯的工作精神。让罗春阳难忘的是老冯身为县城里的干部，下乡后为了帮助下面做好移民工作，8 个月没有回过一次城，天天与移民们扎在一起。有一次老冯家里出了点事，电话打到镇政府，说为啥老打不通他的手机。原来老冯一直住在移民家，那儿山高湾深，根本没有信号。镇领导派人将老冯接到镇上让他给家里回了个电话，询问一下有什么急事。只见老冯打回电话后，沉默了一阵，便对镇领导说他要马上连夜赶回移民村上。“老冯，家里没啥急事吧？真要有，我开警车送你回城看一下再回来也不迟嘛！”罗春阳过来问老冯。“没事，孩子的一点小事。走，如果你的警车现在真能送我一程的话，那就到我蹲点的村里去吧！”就这么着，罗春阳将老冯送到了村上。一路上，罗春阳才多少知道了这位老冯家里的一些事。老冯的家也在农村，孩子还没有工作，女儿年纪已不小，希望在他退休之前能够在城里找份工作，老冯说我现在忙着移民的事，怎么好撒手不管这边移民们的事而回家忙乎女儿的事呢？“移民一天没走，我心里就紧绷一天，哪有时间管自己孩子的事嘛！”老冯拍拍罗春阳的肩膀，说，“等移民工作做完了，请你这位小兄弟一起帮我女儿找份工作，要不她会埋怨我一辈子的。”罗春阳一直记着老冯的这句话。

“老冯怎么啦？”到达出事地点，罗春阳见镇上的几位领导都在现场。看得出，在这个河滩上刚刚发生过一场抢险战斗，那装运移民物资的车辆还停留在浪涛汹涌的河边，散落在滩头的一些移民财物还没来得及收拾，到处一片狼藉……

“罗所长，半小时前老冯他回青云村的途中，为了指挥抢救移民的物资，被突然袭来的洪水卷走了……”镇长一边说，一边泣不成声。

“啊？”罗春阳的脸色一下煞白。当他再把目光转向身边呼啸的河水时，心已悬在嗓子眼。从小在大宁河边长大的他知道一旦发生这样的事，十有八九无回天之力。“老冯是县里派来帮助咱乡做移民工作的好同志呀！得赶紧想办法找啊！”罗春阳几乎是跳着冲镇长这么说的。

“是啊，我们正在想一切办法，要把老冯找回来。县里刘书记也专门来电指示，让我们不惜一切代价找到老冯。所以我们把你召回来，想商量下一步的行动……”镇长说。

“行，大宁河下游一带我都熟，建议由我带一支搜索队，沿河的两岸逐一查找，直到把老冯找到为止！”罗春阳向镇长书记请战。

得到同意后，罗春阳当即带着几名干警和群众，分坐两条快船，开始了对大宁河的大规模搜索。

“老冯——你在哪里？快回答——”

“老冯，我是小罗，你听到快回答，我们来营救你啦——”

“老冯，你在哪里——”

一道道赤亮的灯光，划破了宁静的神女峰峡谷；一声声急切的呼唤，回荡在峡谷两岸。但除了大宁河一浪更比一浪高的洪涛声和山谷间撕裂般呜咽的风声外，没有老冯的一丝回音，也不见他往日火急火燎的身影……一天、两天过去了，罗春阳他们寻遍了大宁河下游几十公里的每一处河滩，但始终见不到老冯的影子。据一位与老冯一起同往青云村的移民干部说，在无情的洪水吞没老冯的那一瞬间，先是老冯头上的那顶草帽被冲走，再就只见老冯抓着一把芒子草的手在水中晃了两下……老冯啊，你走得太快了！快得跟大伙打个招呼的时间也没有，你不该走得这么快呀！老冯啊！罗春阳不相信自己的这位忘年交就这样离开了这个世界。

第三天了，他再次向县、镇领导请求：继续对大宁河下游进行全面的搜索，直到找回老冯为止。

“去吧，带着我们全县人民对他的敬意，带着百万三峡移民对他的敬意，一定要把我们的老冯找回来！”县委书记、县长，镇委书记、镇长等一一过来同罗春阳握手，他们带着期待，带着信任。

搜索又一次开始。

“老冯，你在哪里——”

“请回答，老冯，我们来找你啦——”

然而任凭罗春阳他们喊破嗓子，绵延几十里的小三峡就是低头不语，好像一定要把老冯这位受人尊敬的移民干部深藏不露……直到第 4 天，大宁河的洪水彻底退尽时，老冯的遗体才在一处礁岩露出……

葬礼的那一天，县委书记亲自为老冯致了悼词。罗春阳坚持要为自己的这位献身于移民的老大哥抬灵柩。那场面极其隆重，送葬的队伍一直排出了几公里长……

老冯的葬礼给人们留下了悲壮的色彩。但移民工作一刻也不能停止，无论面对什么情形，“倒计时”的牌子每天都在提醒罗春阳他们这些身负重要责任的移民干部。

又一批外迁移民要到广东去，需要做好对接工作。每逢这样的任务，罗所长他们五名干警除了一人在家值班外，总得随移民而行，而且常常还得请县局支援干警。此次也不例外。

由全镇 149 名户主组成的对接团，代表着本年度六百多名外迁广东移民的心愿与意志走出峡江，来到南国。一路上大家说说笑笑，一切正常。负责对接安全工作的罗春阳他们也松了口气。

15 日，对接的代表到达广东高要市，当天下午移民代表们分赴各安置点考察，回到住处时，大家仍然掩饰不住预想不到的喜悦，有说有笑的。

“不错不错，这儿就比三峡大山沟里好嘛！”移民代表们对一起来的干部们说，“晚上庆贺一下，弄点酒来喝喝！”

“行啊，只要大家满意这个地方，再不说是我们骗人就行！”干部们也感到没有白累。饭桌上，频频举杯相敬。

一切都正常。可就在这时，有个姓方的移民突然用胳膊钳住移民干部曾光祥的脖子，并厉声道：“老子要找你拼命！”

“你……你要干啥子嘛？”曾光祥困难地挣扎着。

“为什么你不给我娃办对接指标？”方某说。

一旁的移民和干部们见此情景立即拉开方某，将他按在一张木椅上。

“你干啥嘛？不是早对你说了，按政策，只有在搬迁前出生的小孩，才能同样享受移民待遇。你爱人又没怀上小孩，更没生下娃儿，就不能多给你家一个移民指标嘛！”被解困的移民干部曾光祥和其他干部一起说理给方某听。

“你怎么知道我老婆就不能怀上嘛？怀上了是不是就办啊？”方某有些不讲理地横蛮起来。

情况汇报到随队而来的县委常委老谭那儿。老谭随即过来同方某说话。

“对不起，是我错了。”姓方的在老谭面前很诚恳地承认了自己的不对。

“能认识到就好。”老谭高兴地拍拍方某的肩膀。

大家再没把此事放在心上。这一晚风平浪静。

第二天，高要市领导出面为对接成功摆了几桌宴席。在热烈的掌声中，代表巫山县政府的老谭上台致答谢词。这时躲在后台的方某蹑手蹑脚地走到老谭的背后，目光异常凶恶地想要动手……在这紧急关头，干警李明一个箭步冲过去为台上的老谭解了围。方某则在众目睽睽之下被拉进了一间包厢。宴会照常进行，包厢内的方某也满意地吃起了独席。

下午，移民代表返回广州火车站，准备乘车回三峡。

“李明，请你务必盯住方某，防止意外发生。”罗春阳暗暗命令李明。

“是，保证完成任务！”李明接受任务后，暗中紧随在方某身边。

移民代表们排着长队，开始进入火车站。这时，队伍中的方某趁车站内人多拥挤的当口，突然拔腿就往车站广场外的大街飞跑。

“他跑啦！”有人喊了起来。李明转过身，立即飞快地追上去，将方某拉回了队伍。

“看来问题严重，必须采取特别措施。”李明气喘吁吁地向领导汇报。

经过一番研究，老谭等决定对方某进行特殊护卫。第一个方案由两名民警乘飞机护送方某先到宜昌再回巫山，但在与机场联系中被拒绝。于是只得采取第二个方案，组成由县委常委老谭为组长的 7 人护送小组，依然通过陆地车辆全程护送方某安全回家。

火车上，一路平安。方某还不时与老谭说说笑笑，递烟敬茶。火车至湖南岳阳时改为“小面包”专车护送。方某表现得依然平静，车过轮渡吃面时，还非要自己出钱请护送他的老谭李明他们。

车过江陵，快到湖北荆州，一路紧张的李明见方某正在跟别人有说有笑，开始感到格外困倦，不断打起哈欠，随即迷迷糊糊地进入了梦乡……

“不好！李明的身上全是血了！”突然，坐在前排的老李喊了起来。他是无意间转过头观察情况时发现险情的。

“啊——我看你再叫啊——”这时，只见方某跃起身子，挥舞起手中的弹簧刀，疯狂地向老李刺去，鲜血立即从老李的左肩膀涌出……

“快下车报警！”老李一边忍着剧烈疼痛，一边大声喊醒其他同志，然后与方某展开搏斗。这时，从昏迷中惊醒的李明使出全身力气，顺势将方某手中的刀踢掉。老谭和老李等人立即将方某擒住。

“快下车，叫 110 抢救老李和李明他们！”老谭一边与一位干警擒住方某，一边指挥另外的同志下车报警，拦住过往的车子。

公路上，过往的汽车见李明他们几个人血流满身，立即停车前来搭救。在送往医院的路上，李明由于流血过多，一直昏迷不醒。当医生检查他的伤口时，不无惊讶地说道：是条捡回来的命啊！

老李的肩膀则留下了一个永久的大伤疤。

后经查证：方某患有间歇性精神病。也就是说，他是个时好时疯的精神病患者。

当罗春阳得知自己的战友险些在突发事件中丢了性命时，火速赶往医院探望。看到昏迷中的战友浑身上下渗着鲜血，从不在敌人和困难面前流泪的他，不由得伏在病榻前失声痛哭起来。

“没事，所长。只要移民安全就没事。”这是李明醒来后对罗所长说的第一句话。

女人的特殊魅力

倒计时： 9月1日

责任人： 副镇长李美桂

任　务： 人走清库，不留遗憾

到古镇之前，我就知道李美桂这人，她是三峡库区闻名的一位女移民干部，代表着数以万计的移民女将形象。

在见到本人后，我暗暗有些失望，因为在我想象中这样一位出名的女移民干部，应当是性格特别柔情，而她倒像个假小子。有人早先给我介绍说李美桂非常会做移民的思想工作，镇里一些连镇长书记都做不通工作的“钉子户”，只要到了李美桂手里就能乖乖就范，愉快搬迁。

“我生来像男孩，性格特别。”她笑着告诉我。

“嗓门也是天生的？”

“不不，那是干移民干出来的。”李美桂恢复了女性的一丝羞涩，毕竟她才30岁刚出头。

“听说你以前是镇里的计生干部，怎么样？都说计划生育是天下第一难，与移民相比，哪个更难？”我一直想就上面的问题寻找到一个答案。

干了十多年计生工作后又转到移民工作的李美桂应该最有判别权。她毫不犹豫地这样回答我：“比起移民工作来，计生工作简直不在话下。”

“真的？”我瞪大眼，笑里带着疑问。

李美桂马上明白，用这样的话回答：“计生工作确实也很难，但那是有非常清楚的政策界限，几十年的宣传和工作做下来，全国人民都明白应该怎么做才对，而且它也有比较简单的技术措施，比如避孕、结扎等。但移民工作就完全不一样了，你是要动员人们把过去一切的生活环境、一切的生活方式和一切的生活基础全部改变，甚至深连着根的祖坟都要给人家搬掉，这绝对不是简单的钱和补偿所能解决与弥补得了的。如果换了我们自己，说不准比移民更加想不通，工作更加难做。但再难也必须做，三峡建设的时间放在那儿，我们每个移民干部的任务放在那儿……”

是的，我们的女移民干部李美桂就是在这种情况下，被镇党委从计生工作的岗位调到了破解“世界级难题”的岗位上，这一调几乎要了她的命。

都说女人泪多。其实在移民工作过程中，男人的泪水并不比女人少。奇怪的是，移民干部李美桂说她自己几乎没流过泪。

动员移民，需要细致入微的思想工作，需要像小溪流水般地耐心说服。无数刚性的男干部不得不在移民面前收敛往日的粗嗓门而表现得温文尔雅，他们知道要动员一户移民搬家走人，靠喊几嗓子、发几次脾气，效果绝对适得其反。男干部因此改变了自己。

把李美桂调来充实移民工作的力量，镇领导想的是发挥女人柔性的优势，以便啃掉那些硬骨头。

李美桂就是这样被派到了移民工作一线的。

然而，李美桂发现，那些移民们的所想所思，远不是女人简单的柔情所能打动得了的。女人的柔情同样失效。

第一年，分给李美桂的移民任务是92户，计362人。

第一天走进那个村子，李美桂不曾想到的是几百个村民中竟然没有一人肯跟她搭话的。“哥，他们干啥子恨我嘛？”晚上回镇途中，一肚子委屈的她顺路跑到哥哥家寻找答案。

“还不是因为知道你要动员他们到广东去呗！”哥哥说。

“广东不是挺好的嘛，他们还不愿意呀？”李美桂不解。

“你们干部说好，那是光在嘴上说的事，人家能那么容易相信了？”

李美桂敲敲脑袋：“哥，照你这么说，要让移民相信，就得我们干部把工作做得实实在在才行喽？”

“这还用说嘛！”

李美桂一边帮哥哥做饭，一边寻思着方法。当她抬头看自己的亲哥哥时，突然闪出一个念头：“哥，你家反正早晚也要搬迁的，干脆这回你先报名到广东去，我再把这事跟我做动员工作的那个光明村村民一说，看他们还有啥说的。你说怎么样？”

“不怎么样！”哥哥万万没想到事情会这样，嘭的一声将切菜刀往灶上一扔，扭头就进了里屋。

“哥，我跟你商量嘛！”李美桂要跟进去，却被哐的一下关在门外。

哥哥气得三天没理她，李美桂却像找到了一把开展工作的钥匙，一次又一次地跑来跟哥哥磨。那嘴也比过去甜了许多，手脚自然更勤快……

“哥，你不能看着我当妹妹的丢人嘛！移民任务那么重，今年的外迁时间又没几天了，你不帮我还有谁帮嘛！求你了啊，好哥哥亲哥哥！”李美桂整天像小时候一样跟在哥哥的屁股后面就是不离步。

“这是求的事吗？搬迁！一搬就要搬到广东，知道吗？你！”哥哥怒火不打一处来。

“我懂，这才求哥哥你帮我的嘛！”妹妹也不示弱，照旧软磨硬泡。

“你把我气死！”哥哥一跺脚，说，“好了，算我上辈子欠你的债。”

“哥，你同意啦？”李美桂兴奋地高喊起来，“我哥万岁！万万岁！”

“得了，能不被你气死就不错了。”哥哥不由得苦笑起来。

第二天，李美桂昂首阔步、意气风发地来到光明村，面对着全体村民说道：“大家还有什么要说的？广东确实地方不错，比咱三峡不知好多少。不信，我哥哥就是个例证。”

村民们面面相觑，不知如何对付眼前这位小个头的移民女干部。

没辙，大家默默地回到各自的家。有人开始思想活动起来，有人则把大门一关，背起包裹，从此不知去向。

李美桂没想到人家对付她还有这一招，急得嗓子直冒火。听说有一户上县城巫山亲戚家去了。“马上就走，到巫山！”她租来一辆私人摩托车，跨上后座就出发。

弯弯山道，一路上见不到一丝灯亮。5个小时的颠簸，才赶到县城。深更半夜，怎么能随便敲人家的房门？又饥又饿的李美桂只得畏缩身子在一个水泥管子里等到天明……

“你来干啥？再不走看我打死你！”人找到了，可人家怒发冲冠地抓起一根铁棍冲她要打。

李美桂自己都不曾想到为什么格外镇静：“你打死我可以，但得先请你为我准备好一口大棺材，还有两口小棺材——我两个孩子的爹前年已经死了，你打死我了她们也会活不成的……”

那村民一听这话，顿时软了，就差没掉下眼泪。

“我跟你回去办搬迁手续。”那人垂下头，丢下铁棍，瓮声瓮气地说。

“别以为你是个女人我就不敢打你！老子看你下回再敢踏进我家门，走着瞧！”又一位不通情理的村民怒气冲冲地对李美桂说。

“只要你不办搬迁手续，我就会天天来找你！”李美桂毫不畏惧地回敬道。

又一次上门。

又一次关门。

上门者一脸平静的微笑。

关门者一脸激动的愤怒。

“劝你别动手！”

“我打你咋的了？”

顷刻间，男人的拳头从空中落下。李美桂一闪身，但还是没有躲过，重重的拳头落在她肩膀上。

“哎哟……”

“不好，打人啦——”

“谁打人啦？”

“移民干部呗！他们不打人谁打人嘛！”

哎，你瞎说！李美桂痛得牙齿咯咯直响。

镇党委书记知道了，看着自己累得又黑又瘦的女部下被打的惨状，不由得怒发冲冠：“太不像话！命令派出所干警把那打人的家伙给我铐起来，拘留他十天半月！”

李美桂赶紧阻拦：“别别，书记，千万别抓人！”

“为啥？”

“就因为他们是移民。还是我们去做工作更好些，您说呢？”

书记不再坚持，同情地对李美桂说：“太委屈你了。”

“没事。只要能把移民工作做好，就是再打我两拳也认了。”

书记扭过头，擦着眼眶里掉下的泪。

第二天，李美桂忍着肩膀的伤痛，再次敲开那户人家的门。出乎意料的是，这回迎候她的却是一张张笑脸：“我们全都同意办搬迁手续了！”

吃惊的倒是李美桂。

“美桂，对不起，我混，不该……”那天动手的户主很不好意思，不过随即他还是颇有几分得意地说，“我将功赎罪，把村上的十几位村民也都动员好了，我们明天跟你一起到镇政府办搬迁手续去。”

这话使李美桂的脸上绽开了花：“早知道这样，我还想多挨几拳呢！”

一句幽默话，把村民们全都逗乐了。

都说战争让女人走开，但战争里有女人更会打得赢。移民工作不能没有女人，女人使难题更容易得到化解。

这一年，分配给李美桂的 92 户共计 362 人的移民外迁指标全部完成，一个不落。年终时她被人大代表们全票推荐为副镇长。有了官职头衔的李美桂工作起来更是风风火火，干脆利索，因而渐渐有了“撒切尔”之称。

有个移民为了躲避干部找他谈话，白天开着摩托车往外跑，深更半夜再悄悄溜回家。李美桂抱起一床被子，往那家的客堂里一铺，说：你什么时候回家我就什么时候等着。后来人家真的不回家了，东躲西藏，玩起“游击战”。李美桂也有招，她到周围各乡村甚至在巫山县城里找了几十个朋友、亲戚和老同学啥的，将他们全都发动起来，充当她的“线人”，布下“情报网”。一听说此人踪影，她便立即前往。最后认输的还是那位自称“谁也找不到我，谁也别想让我走”的移民，他第一个登上了远去迁入地的轮船。

“美桂，原定随移民到广东的同志有几位累倒了，人手不够，所以临时决定让你随队出发。现在是 10 点半，12 点钟你到码头上船。”手机里，镇党委书记这样说。

“好的，12 点前我准时到码头！”李美桂说。

12 点整，码头上的轮船汽笛拉响时，风尘仆仆的李美桂出现了，她带给大家的还是那特有的爽朗笑声。

“美桂，这是今年最后一批外迁任务，全镇的干部基本上都用上了，可清库工作还得抓紧。所以决定由你带人执行，争取一个月内完成。你原先负责那个村的移民工作我们另找人代替一下怎么样？”镇党委书记又下达命令。

“不用了，书记，换一个人也不容易，我对那里的情况已经比较熟悉了，还是我去更好些。你放心，清库和移民任务我都尽力完成好！”李美桂说。

“美桂，实在太辛苦你了。千万注意身体啊！还有家里的两个宝贝女儿。”

“要得。”

到过三峡库区的人都知道，在那儿有两项工作是难度最大的，一是动员移民搬迁，二就是清库。前者不用解释，后者是指移民搬迁后，凡175米水淹线之下留存的所有建筑物、树木和污染物，要全部清理出库，这就叫清库。

李美桂接受这一任务时，正值我到达库区采访。于是我们有了直接的对话内容——

“我们镇是个移民大镇，占全库区外迁移民的十分之一，数量大，工作任务自然也重。拿清库这项事来说，压力就够大的。清啥呀？我接受的具体任务主要是两项：厕所和坟墓。这是最难的两件事。移民走了，他们原先居住的地方留下了大量污秽之物以及带不走的地下有害物。厕所和坟墓便是最主要的两大清理物。三峡水库要在2003年6月底开始蓄水，所以清理这些厕所和坟墓是一项非常紧迫的工作。在接受任务后，我用4天时间，跑了10个村，掌握了需要清理的225处厕所、217座坟墓，外加339处猪羊棚的情况。当时镇里连我就给安排了4个人，而且全是妇女。清库的标准很高，为的是以后不给水库留下污染源和有害物质。别小看了处理这些厕所和坟墓啥的，其实这过程非常复杂，比如处理一个厕所，至少要4道程序：先是查看，估测出有多少粪便污秽物，然后再找人将这些粪便和污秽物转移到淹没线以外。第三步是消毒和夯实，这是主要的一道工序。最后是检查测定，并入档。所有处理过程，我必须全部在现场参加，特别是第一道查看和估测，更需要亲自进厕所现场丈量残留污秽物的量等。干这活的时候，都是在夏天，一天下来，臭气熏得根本吃不下饭。这样的活一般大老爷们是不愿干的，而且干得未必细致。镇里让我这个女同志来干，可能是考虑到做得更符合上级要求吧！处理厕所和猪羊棚的活比起清理坟墓还是要简单些。我今年接受的清理坟墓任务是217座。大家都知道，中国人是最讲究孝敬老祖宗的。掘人家的老祖坟，这工作比动员移民的思想工作不知要难多少倍！人家说了，你们从国家三峡建设需要，说服我们背井离乡当移民也就当吧，可偏偏连我们的祖坟都要扒掉，接受不了！可水库建设的倒计时牌像道无声的战斗命令，一天比一天紧地悬在我们这些当干部的头上，不抓紧行吗？所以再难的思想工作也要做。几乎是每搬一座坟墓，我就得跟坟主的后代或亲属展开一场‘拉锯战’。说不通再动员，动员后出现反复就再动员。这个亲属做通了，另一个亲属又跳出来，你还得做工作。在处理一家祖坟时，留在村上的亲属都同意了，我们正要动手掘坟，突然他们告诉我说，死者的一个儿子在外地，正赶回来要给亡灵最后烧把香火。说起来人家的要求也不算出格，可对我们具体的清理工作人员来说，则麻烦大多了。那么多坟墓，每一座坟都这么左一件事右一件事，来回不定，什么时候清理完呀？可为了不激化矛盾，我们还得百分之百耐心处理好这些特殊情况。那天等人家上坟祭祀完后，我们立即投入了清理工作，一直干到快天亮才完成。上级对处理坟墓是有特别要求的，入土不足15年的，要搬迁到175米淹没线以上；入土过15年的就地处置。这两个清理办法对我们来说都要遇上许多困难。15年以上的老坟就地清理，就意味着这些死者的后代或亲属们以后就再也找不到祭拜的地方了。所以一些人出来阻挠，闹得非常激烈。我们只能心平气和地做工作，直到平息为止。不足15年的新坟处理起来更难，你得先给人家选好新坟地，选完后就是掘土搬棺材。这等于重新给人家办一次丧事。本来村民在死者去世时已经受了一次感情上的巨大伤害，你这回再把人家的棺材挖出来重埋，不等于让人重新在伤口上拉一刀吗？我就遇到这么一户，死者是个十几岁的小孩，患病去世的。当时全家为这根独苗苗的突然死亡，伤心得几个年头没缓过劲，孩子的母亲因此成了半个精神病患者，男人为给妻子治病和赡养年迈的父母，出外打工时又受了工伤，一家人的生活过得凄凄惨惨，连看病的钱都很难挣到。那男人平常总在嘴里念叨着：‘如果第一个儿子不死，也可以出去打工挣钱了！’但他的这个愿望已经早早地被埋在土里。我们要将他们家10年前死去的儿子挖出来重埋，全家三代人伏在坟上哭天喊地，这情景就是铁石心肠的人也会看着落泪的。为了给这户贫苦的家庭迁好这座坟墓，我同其他几位女同志，几乎包下了迁坟的全部活儿。那是口薄皮棺材，才十来年就腐烂了，我们用自己的钱给死者买了口新棺入葬，总算让死者的亲属得到了一丝安慰。同时我还向镇政府汇报了这户贫困家庭的情况，争取给予他们必要的经济帮助。”

“听说在搬坟过程中，你们还得替死者的亲属哭丧，做孝子孝女？”我问。

李美桂点点头：“那是常事。谁都有祖宗，谁都难免遇到亲人过世，作为死者的家属都会非常悲痛的。库区的百姓为了三峡建设已经牺牲了很多，家园失去了，祖坟也被搬迁挖掘了。作为移民干部，我们的心情与他们是一样的，所以在清库时我们多了一项额外的任务：就是在感情上为死者的亲属们分担一份悲痛。别看我是个女人，但性格很硬，平时不轻易掉泪，可为了完成清库任务，我不得不为别人做孝女，行哭丧礼，那滋味其实也很不好受。有一次在为别人哭丧时，我竟然哭得泣不成声，收不住眼泪了。原因是那个死者也是个男的，死期正好跟我男人去世的日子一样，而且家里也剩下两个孩子。我在为别人哭丧时，不由得想起了自己的不幸。我的两个女儿是双胞胎，就在家里最需要人手和经济支撑时，我丈夫突然撒手离我而去。一个女人家带两个4岁小孩，多么不容易啊！当时我虽是脱产计生干部，可我们这儿工资待遇低，一个月不到400元。我怎么养活得了自己和两个孩子呢？最要命的是我还得工作呀！后来镇上的移民外迁工作开始了，几乎所有的镇干部全部投入了移民工作中，我也被抽调去搞移民工作。大家都是有任务指标的，镇领导说我能干，给了 92 户的外迁任务。我可以给你一个参考数据，你就能算出我们这些移民干部每人的工作量是多少了。我做自家的亲哥哥的动员工作，前后用了 5 个工作日，少说也是用了 50 个小时的嘴皮子。至于那些钉子户，你至少得跑上十次八次。党中央对我们三峡移民特别重视，十分注重移民的根本利益，所以要求我们的工作标准也细致，一项项的规定非常具体也非常多。我们在实际工作中，就得一项一项具体落实，甚至是移民家的一棵小树，兄弟姐妹、邻里之间的一次口角，都得跑上十次八次才能协调处理得了。至于要求移民配合填写的各种表格手续等不计其数，这些你当移民干部的都得帮人家办呀！比如按规定审核你是否符合移民资格，就得看你的身份证、户口本、结婚证，孩子还要出生证啥的，各种证件齐全了才行。有的移民本来就不愿搬迁，你向他要这证那证，他说‘我没证’。这一句话，你就不知得为他多跑多少遍。是故意不给你的，你就得耐心动员他拿出来；如果真的没了或者丢失了，你就得跑这部门那部门尽力补。你说不能让移民自己去补？理论上当然是可以，但他移民都不想当，你能让他干这类事吗？还得你去跑。我们的时间有不少是花在干这种事上。这中间出现的烦心事没法用语言表达。有些人出示的是假证，他可能自己还不一定清楚，你还得先给他处理这些陈年旧账。我记得去年为一户移民的小孩子补办出生证，前后跑医院跑公安局跑民政部门不下三十多次。你这么没日没夜地跑，移民也未必会买你的账。有一户说好证补齐了就办迁出销户手续的，结果当我帮助他跑完最后一个证时，他却翻脸不认自己的承诺了，硬说软说就是不同意办理销户。我着急啊！那时已经 8 月份了，离外迁时间的倒计时只剩下几天了！为了攻下这个移民困难户，我不得不连续 5 天做他的工作，那些日子根本没有时间回自己的家。为了做好移民工作，我两个孩子一个交给了住在县城的姐，另一个放在身边让邻居的一位老姑当保姆看着。咱这儿的保姆便宜些，可一个月也得 150 元！是我工资的五分之二呀！可我就是天天吃咸菜也得找个看孩子的人嘛！要不怎么完成近百户人的移民工作？最让我受不了的是我没日没夜工作，天天起早摸黑，甚至经常不能回家。即使我有时能回家睡觉，可怜的女儿也见不着我——通常我回家时，她早已睡了，等早晨她还没醒时，我又先起来为她做上一些吃的，把脏衣服洗了，便赶紧赶到移民村上。这还不说，有时半夜得知某个躲起来的移民出现在某个地方后，就连给孩子一个热被窝的机会都没有，便匆匆离家了。那次我5天没回家，到第6天晚上时，保姆突然给我打手机，说孩子找不到了。我当时一听心都蹦了出来！飞步赶回家到处寻找，就是找不到孩子。小家伙叫向锦，我沿着古镇的大街小巷一遍又一遍地喊啊喊，本来就沙哑的嗓门火烧火燎的，可我还是拼命地喊女儿的名字，但我听不到孩子叫妈妈的声音。我哭了，哭得直不起腰，迈不开步……我越想越觉得自己对不起孩子。4岁开始，小孩子就没了爸，而我这个当妈的又长年累月整天不着家，除了给她洗衣服做个饭外，啥温暖都没给她。我越想越伤心，越想越恨不得马上见到可怜的孩子。可只有黑暗冲着我说话，冲着我嘲笑，我喊着走着，就倒在地上，一丝丝力气都没了……后来镇领导们都知道了，镇党委刘书记在县里开会，打电话通知镇上所有干部，让他们全体出动，帮我找孩子，而且一定想法找到。大家找啊找，不由自主地朝河边走去，因为大伙听我的邻居说娃儿知道我是在河那边的村上工作，便经常在河的这边遥望着，想着什么时候能见到妈妈。这时的我心都碎裂了，只有流不尽的眼泪打湿着脸颊……孩子最后还是找到了，小家伙见我一直不回家，就跑到了一个小朋友家。那家好心人知道我常回不了家，便带着孩子早早入睡了。虽然那是一场虚惊，可当我见过孩子后，我们娘俩抱在一起哭得让在场的人都跟着流了不少眼泪。去年孩子到了上学的年龄，有一天小家伙搂着我的脖子娇滴滴地说妈你带我去报名上学。我想这是孩子来到世上第一个非常重要的日子，加上我平时总不能满足她的要求，所以就答应她入学报名的那天我会像其他小朋友的父母一样送她到学校的。小家伙当时高兴得手舞足蹈，还给我唱了一首《世上只有妈妈好》，唱得我泪流满面。你说我们这些移民干部有多苦！弄得孩子都跟着得不到温情与爱。但我知道三峡移民关系整个三峡工程的进度，关系党和国家的形象，所以也对自己能直接参与百万三峡移民工作感到光荣和责任的艰巨，也就把自己及家庭的得失抛之脑后。去年 8 月 30 日，当我把自己所担负的 362 位移民一个个护送到行将出发的外迁船上时，我的心就像开启了一片艳阳天。因为明天我可以带着孩子去学校为她报名了！我当时觉得这是一件大事，是一个没有爸爸的、几年得不到母爱的孩子的大事，我能弥补一下，满足她一下，就是件好事。可就在这时，我的手机响了。镇党委书记说，护送移民到广东的两名干部突然病倒，需要我简单准备一下立即上船跟移民们一起出发。这对移民干部来说就是命令，我不能不服从。从接命令到我上船前后不到两个小时，我这边没跟孩子见上一面就出发了。当船开动的时候，移民们此起彼伏的哭声是为告别故土而流，唯独我一个人孤单单地坐在船后，默默地为不能满足女儿的唯一一个小小的要求而流淌着同样发烫的泪……半个多月后，当我从广东回到家，孩子开学已经有一段时间了，由于她太小，不像其他孩子天天有大人接送，小家伙适应不了独立生活，学习因此跟不上。加上我回来又投入了新的移民动员工作，孩子上了不到两个月的学，老师就把她退了回来。无奈，只好让她晚一年再上学吧！

“何作家你说我怎么办？今年她又快要报名上学了，而我们今年的二期移民工作比往年更重，工作也难做得多。现在镇上已经定了，我今年还得参加护送移民到广东去的工作。现在只有三五天时间了，我都不知道怎么对孩子讲，我真的什么都不怕，工作再重再累，遇到再难做的思想工作，我也不会流泪的，可想起孩子一直没人照顾，我就无法忍住眼泪……”李美桂说到这里，竟然在我这个第一次见面的陌生人面前哭了起来，看着她瘦削的脸庞，我心头很不是滋味。

是啊，许多人都知道百万三峡移民背井离乡多么不易，可是谁知道我们的广大移民干部为了给百万移民一个满意的走法、一个满意的新家园、一个能够“逐步致富”的环境创造各种条件，默默地在牺牲着自己，也牺牲着家庭，甚至连孩子的前途都搭上了。

“我们什么都不怕，就是怕因为自己的工作忙不过来，影响了对孩子的教育，影响了他们上学、找工作，那可是耽误了一代人啊！”不止一个移民干部对我说过这样的话。

我感觉到的是一种代价，一种不是用金钱和荣誉能换回的代价。而这种代价，几乎所有从事三峡移民工作的干部或多或少地都曾付出过。

只有奔腾不息的长江记着他们，只有世界级的大坝会记着他们，党和政府及广大移民更不会忘记他们。

第五章　走出峡江

“组织机构”“行程和线路”“运输中转要求”“移民及货物编号”“特殊护理”“交接手续程序”“路途中的信号标志的使用规定”“经费结算”“干部和移民须知”“各职能组织部署”等，每项都制订了详尽的细则要求。翻看里面的内容，我不由得再次惊讶，因为它把移民外迁途中可能出现的问题，无一例外地列出了解决及实施的细则，并且责任到人。

离别的夜晚

别了，三峡。明天我们就要永远地离开你，到一个陌生的新地方，去建新的家园。

别了，三峡。明天我们就要踏上迁徙的旅程，一百里，二百里……一千里，也许再不会与秀美的三峡相伴，更听不到三峡的清风和水声。

别了，我的三峡，我的至爱。

别了，我的三峡，我的生命。

…………

千万不要以为上面的这些话是我这个作家写的。

它是我一路采访时，从行将离开故土的那些三峡移民口中不经意听到的。

那是诗，那是歌，那是滚烫的眼泪和离别的心声……

“来，喝一杯！看得起我，你就把它喝了！”在一位移民家里，一位三十多岁的汉子，端起满满一碗自酿的米酒非要我喝。

虽然我是个滴酒不沾的人，此刻也无法拒绝。因为我听说，有位移民在临别三峡的最后一个晚上请一位干部上家喝酒被拒绝，他狠狠打了那干部一拳，咬着牙说：“你还是干部吗，你不想看到老子当三峡移民光荣啊？你不想看老子将来还要回来看三峡大坝啊？”

喝！喝喝！几乎所有外迁的移民都要在最后的日子里，在自家的老房子前摆上几桌酒席，请来村上的乡亲和邻近的亲戚吃上一顿离别宴。

男人们喝着酒，嚼口辣椒。

女人们嚼着辣椒，喝口酒。

峡江人，离不开酒，是因为江边和山里的湿气重，雨水多。这是祖辈传下的习性，虽然今天已不怎么打鱼和拉纤了，但没有酒的日子绝不是峡江人的生活。

峡江人，离不开辣子，没有辣子就不是三峡人的性格和脾气了。

移民们知道，从明天开始，他们迁徙的新地方，多数不会再有那么多辣子等着他们。新生活环境和文化，逼迫他们有朝一日改变吃辣子的习惯，也许他们最后一代人还留下这吃辣的习性。孩子们容易变化，容易被麦当劳、肯德基所诱惑。而这种诱惑即便再过十年二十年才发生，他们的母亲还是非常的害怕。

老人们知道不会再有机会回三峡，峡江风吹硬的一把老骨头，到了新地方兴许根本经不起那种汽车声和迪斯科声交织的现代文明风的吹打，不几年就酥软了。于是他们默默地坐在晚风吹拂的江边，时而低头倾听着汹涌的江涛声，时而抬头遥望神女峰掩蔽的点点繁星与缕缕月光……

壮年们知道兴许还有日子回到三峡，但那时的他们只能当三峡水库的旅游者或大坝的参观者了。那时大江的风、大江的潮，甚至连路边的辣子都对他们陌生了。他们端着大碗，一次又一次地痛饮，谁都劝不住他们——他们要喝个够，喝到天明，喝到远迁的移民船起程……

妇女们知道三峡从此只属于她们跟别人闲聊时的话题，那圆圆的背篓、长长的扁担，即使带到新家，也只能挂在墙上作为对子孙讲述家史的道具。于是她们把最后一个晚上的时间全部用在整理那些带不走的东西上，因为这好让过去自己特别珍爱的用具能体体面面地留给本乡那些不走的亲戚朋友们……

孩子们是最兴奋的一族，他们不知道大人在想什么，只知道这个晚上一向管得严厉的父母们也会放任他们到处乱蹦乱跳。于是他们显得格外活跃，藏猫儿的、钻桌的，甚至还有的在那些空空如也的旧房子墙上用毛笔或彩笔，无拘无束地涂抹着，画着汽车，画着高楼，画着火箭，画着他们对明天的所有憧憬与希望……

最后的夜晚是美丽的、迷人的，是丰富的、多彩的。

最后的夜晚又是苦涩的、沉闷的，是伤感的、凄凉的。

那一夜的移民故事特别的多，也特别的紧张和躁动，让人感觉不知会发生什么事。

突然，移民福生家的酒席上乒乒乓乓乱响一气，接着是两个男人之间的对骂和抄家什的声音。剑已出鞘，人们为一对同胞兄弟的恩仇捏着一把冷汗，然而事情的发展却大出意外——

“几十年了，你孝敬过父母一次像样的饭菜吗？”明天就要走了的福生终于把闷在心头几十年的话说出了。

“哥，你有种！今天你这一拳算打醒我了。今后我要是再敢对父母不尽孝心，你回来把我往长江里扔，我绝不会探一下头！来！哥，嫂，我敬你们一杯。谢谢你们临走时给我一个清醒的机会！”

福生与别扭了近 30 年的弟弟抱在了一起，哭了又笑，笑了又哭。

原本要跟大儿子走的老父亲，和要跟小儿子留下来的老母亲，也搂在一起又哭又笑起来。老两口在月光下合计暂时都留在三峡，等大儿子新家安顿好，明年再一起上江苏去。

“来来，祝贺你们全家安康幸福！”镇干部和村民们纷纷过来举杯祝福。

“走走，你们男人回家喝酒去！”这一夜的大宁河属于女人们，几个在水中游泳的男人被一群明天要走的女移民赶上了岸，赶回了家。

“姐妹们，别那么羞羞答答了！脱！全脱！今晚上我们女人也要潇洒潇洒嘛！咯咯咯……”一位脸蛋漂亮、身体丰腴的小媳妇干脆利索地从上到下将自己身上的衣服脱得精光。然后将其他姐妹一个个扒光。

“哎哟，你慢点行不？像男人一样要我咋啦？”有人尖着嗓门叫喊起来。

于是水面上又传来一阵欢笑。

村上的男人说，今晚的女人最可爱，也最搅他们的心。瞧她们一个比一个无拘无束地赤条着身子在水中嬉闹取乐，并不时欣赏着自己和别人的婀娜多姿的身材与体态。

这一夜，河滩上比村头更热闹，更欢快。女人们从未有过这样的自由自在，她们仿佛想把自己的身体溶化于母亲河里，又仿佛要将身上的汗渍与奶渍洗个干净，以便在新的家园让另一些男人看看她们这些峡江女是怎样的秀美与清纯！

“喂喂，岸上有人偷看！”有个姑娘突然发现“情况”。

“哪个？嗨，肯定是只不会叫的馋猫。别理他，咱只管开心！”

姐妹们装作什么都没瞧见，照样旁若无人地在水中和滩头畅游与玩耍。她们时而击水嬉闹，时而跃出水面展示风韵，那幅“月下裸女戏水图”，是此时的三峡最富情调的风景。

月色下，深夜的小镇街头依然灯火辉煌，无论是明天要走的移民，还是留下后一批走的移民，这一夜谁都没有闭门熄灯的意思。男人们继续畅饮着，女人们继续唠叨着，孩子们玩累了在母亲的怀里眯一刻后又蹦跳去了。长长的小街上，突然传来一阵沙哑而狂喊似的歌声：

走啊走，不知走到哪儿去
明天我们要走了
走了不知能不能再回来
啊，走啊走，不知走到哪儿去
我的心儿永远随着你
你的身影在哪儿

啊哈——你的身影在哪儿——

“唉，狗宝这孩子怪可怜的，这一走，怕是再也招不回珍珍的魂了……”小镇居民们听着这熟悉而凄凉的歌声，不无叹息。

关于狗宝的故事，可以用三天三夜的时间来诉说，但谁也不愿把故事的细节重复，因为那实在是叫小镇居民不忍回忆的一幕……

那一幕其实就是前两个月的事。那一天正是狗宝与一位相亲相爱数年的姑娘的新婚之日。入夜，狗宝刚刚谢别镇上的那些喜欢起哄取闹的小青年，与新婚妻子开始洞房花烛夜，忽然，外面雷声隆隆，随即大雨倾盆。

“泥石流啦！快出门逃命啊——”

不知是谁第一个打破了雨夜的寂静，发出了一声骇人的尖叫。山区居民不怕虎不怕狼，就怕泥石流，只要听到泥石流，便会惊慌失措。

“跑啊！快跑啊——”

居民们纷纷从房屋中奔跑出来，有住楼房的人竟然裹起被子直往下跳——那一刻就是在与生命竞争时间！

“狗宝，好像外面有人在叫唤？你听听……”新娘推醒新郎。

狗宝定了定神，也感觉耳边有人声。“准是我的那几个调皮朋友在门外偷听我们的洞房，别管它，睡我们的。”狗宝一把搂过新娘，重新回到了如醉的梦境。

“不对，狗宝，好像外面出什么事啦！你快去看看！快出去看看！”这回狗宝被新娘彻底地弄醒了。他侧耳一听：可不，外面有哭喊声！

狗宝顾不得穿上外衣，噌地从床上蹦起来，当他打开房门的那一瞬，就听对面的邻居大声向他喊道：“狗宝快跑啊！快快！”狗宝还没有反应过来是怎么回事，只听身后一个极其可怕的声音轰隆隆地朝他压来。

“坏了，泥石流！”狗宝刚刚意识到，就见脚下一条滚滚而来的“巨龙”已蹿进他的房屋。狗宝下意识地往上一跳，然后又连蹦三下，飞步攀上了房屋前的一棵树。

“珍珍！”狗宝拼命地喊着仍在屋里的新娘，可未等他喊出第二声，那奔腾的泥石流已像头凶猛的野兽，将房屋和小镇的大半条街全都吞没了……

“珍珍！珍珍——”狗宝的嗓门喊哑了，也无法将埋在几丈深的泥石流下的新娘唤醒。

这是一场谁也没有料到的灾害，它无情地吞没了小镇上二十多户居民的财产。最惨的自然是狗宝，他不仅失去了房屋，更让他悲痛的是失去了新婚妻子。“你们摸摸，我身上还有她的体温呀！”狗宝流着眼泪一遍又一遍地让乡亲们摸着自己的衣衫，直到声音彻底沙哑……

小镇居民知道，狗宝原本打算是在后年结婚的，因为三峡移民，他把与珍珍的婚期提前了两年，为的是能够与心爱的人一起到新的地方去建设新家园。可一场突如其来的灾难，改变了他的一切，然而三峡移民是不可改变的。狗宝从此在每晚夜深人静时，在月光下拖着长长的身影，沿着小镇的街道，用沙哑的嗓子，一遍又一遍地唱着自编的歌儿，在不懈地寻觅着新娘的魂儿……

这是离别三峡的最后一个夜晚，狗宝依旧沙哑地唱着歌儿，在长长的小镇街头走了一遍又一遍。

不一样的是，这一夜他的身后多了几位移民干部。

“你们别跟着我行不行？我想一个人待着！”狗宝突然怒吼起来。

干部们悄然走开了。小街上再次响起狗宝那沙哑的歌声……

“妈妈啊，我明天不走了！”冯家的大人们正在兴致勃勃地举杯时，他们的娃儿突然哭起来。

“这娃儿，啥子事嘛？”年轻的母亲过来询问道。

“我的咪咪跑了，我明天不走了，我要跟咪咪一起留下，呜呜……”这娃儿，移民们在此当儿最忌讳的话她给说出来了！

“死妹子！”母亲愤愤地一巴掌重重地落在娃儿的脸上。

娃儿不由大哭起来，这让孩子的父亲动了肝火：“干什么呀你！娃儿有啥子错？咪咪是她的伴，不是一天两天了，这你不是不知道。你凭啥子抽她的脸？”

“一只死猫算个啥子事嘛！丢了就丢了，反正明天都要走了。瞅她的伤心样，我死了她也未必这么个样！”女人白了一眼男人，将娃儿推到一边。

男人更火了：“你算个鸟？今晚不给娃儿把咪咪找到，明天老子也不走了！”

“这个熊包，你看你像个娃儿似的，说话没一点正经。”女人嘀咕道。

“啥没正经，告诉你，明天老子就是不走了！”

“你不走就不走，到山上找个死婆娘再成个家得了！”

“我成不成家关你屁事？”

“我是不管！我不管你好跳进长江翻江倒海。呸！淹死你个狗日的！”

“我淹死，你也不得有好！”

男人和女人你一句我一句，谁都不相让，最后酒桌倒，凳椅飞，两人扭抱在一起厮打开了。

“爸爸妈妈，你们别打了行不行？我不要咪咪了，呜呜……”娃儿在一旁哭得撕心裂肺。

“现在就行动。今晚不给娃儿找到小猫，你们就别来见我！”乡长知道此事后，立即调来 7 名干部，严肃地下了命令。

于是“搜猫”大行动开始。

后来又有 20 多个村民主动加入了行动队伍，那阵势在村上从未有过……经过几个小时的紧张搜索，终于在一棵老树底下发现了咪咪。

“嘻嘻，咪咪，我们明天可以一起走啦！”娃儿破涕为笑。她的父亲母亲也高兴地笑开了。

“瞧，东方的太阳已经出来了。走，我们到新家去吧！”

一家人手拉着手，一起向江边的移民船大步走去。后面是那只蹦跳着的欢快小猫……

平安江上行

早晨8时。码头上锣鼓喧天，人声沸腾。由1000余人组成的移民船就要离开峡江，随长江之水一路东去。

移民们个个胸前别着自己的移民标签，上面有他们的名字，有他们原先的村镇地址，也有他们新迁入地的家庭地址。从这小小的标签上，可以看出有关部门工作之细致。上船的那一刻太让人难忘：八九十岁的老人，需要几个人抬着；六七十岁的兄弟会在此刻相抱痛哭，通常他们是一个留在库区，一个当了外迁移民；妇女们的哭声几乎没有断过，被感染的孩子们或拎着书包或牵着小狗小猫也在不停哭泣。只有那些二三十岁的男人此刻默默不语，他们把目光投向老房子，投向旧城，投向滚滚东去的长江……

乡镇干部来了，县委领导来了。他们多数是随船而行，也有的前来向移民们做最后的道别。

“乡亲们，你们过去是我们三峡人，以后还是我们三峡人！三峡永远是你们的娘家，我们永远是你们的娘家人！祝你们一路平安！我给大家鞠躬了！”县长和书记毕恭毕敬地向移民弯下腰，和他们握过手。

这些父母官的眼里同样噙满了泪水。

“呜——”载着三峡移民，载着历史壮丽画卷的巨轮要开了。顿时岸上岸下，是一片带着哭腔的再见声。

船远了，一直到完全看不清对方的人影，相互道别的亲人们仍在不停地挥手致意。唯有不见边际的滔滔长江之水，把他们的心连在一起，轻轻道着“一路平安”的不尽别语……

这是出门的第一程。

习惯于夜枕山头日朝黄土的移民们对在水中行的巨轮，从新鲜感开始到陌生感，再由陌生感转为恐惧感。加之单调和狭窄的船上生活，一些移民的情绪躁动起来——

最先的躁动是从五等舱开始的。

“镇长，你给说清楚：为什么别村的移民坐二等舱、三等舱和四等舱，唯独我们村的移民就只能坐五等舱？咋，到这份上了你们还一碗水端不平呀？成心欺负人不是？”一位姓罗的移民气势汹汹地冲镇长而来。

镇长赶紧解释：本来并没有安排移民坐五等舱的，偏巧原定在广东打工直接去接收点的几十个人一下回到了库区，他们提出与大队人马一起走，这样计划就打乱了，只好让几个移民和我们护送组的干部坐五等舱。

“你们当官的坐几等舱我不管，我们只同其他村的移民比，他们能坐二三四等舱，我们也要同等待遇，要不大家就都别想到达目的地！”姓罗的移民转身直朝驾驶台冲去。

“老罗，有话好说嘛！先下来，我们慢慢商量好吗？”王县长见状连忙过来相劝。

“没啥商量的，条件只有一个：我们不坐五等舱！”对方不留余地。

“老罗，这算是特殊情况，如果其他舱还有位置肯定让你们坐嘛，可现在实在挤不出来了！要不咱们商量商量，我们给你们补些钱？”有人说。

“钱？钱算个屁！我们要的是公平待遇！”姓罗的说话口气里没有半点可商量的余地。

船舱里的气氛出现一股火药味。

王县长招呼干部们回到指挥中心：“这件事不能怪移民，他们有情绪可以理解。现在我们的任务是要尽快想法与船方商量，以取得他们的支持。王镇长，还有公安局的老李，我们三人马上到船长那儿，尽快争取时间解决问题。”

“好，我先走一步去找船长。”公安局的老李转身出了指挥中心。

“你们几个注意闹事移民的情绪，我们去去就来。”王县长吩咐完毕后立即与镇长到了船长舱。

“移民无小事。王县长你放心，我们都是为了一个共同目标，把移民安全送到迁入地。既然情况像你们所说的，那么我就去做船员们的工作，让他们把自己的铺让出来……”船长说。

“太谢谢你们了！”王县长和王镇长感激万分。

就这样，原来坐五等舱的几名移民全部搬到了船员舱，他们的要求得到了满足，再没有多一句话。

“哎，同志，有没有药？我家那口子可能发高烧了。”刚刚平息座舱问题，又有移民找来说家人生病了。

“有的有的。医务组带药了，马上给你派医生好吧？”干部们安抚移民，然后带上医生进了移民舱。

“不好，移民又要闹事了！”刚带医生进舱的干部回到指挥中心报告说。

“怎么啦？为什么事？”几个指挥员着急地全都站了起来。

那进来报告的干部则气呼呼地坐在椅子上：“他们见医生给病人送药，就都伸手要药，说凭什么有人可以拿药，有人就不可以拿药？公平合理嘛！人人都应该有一份，药也一样！”

“真是气人，这不成心找碴儿嘛！”有干部沉不住气了。

总指挥摆摆手，说：“移民们刚刚离开故土，心里多少还留着情绪，这需要一个过程，我们可不能同他们一样带着情绪工作啊！走，药的问题我去舱里跟移民们说。”

“乡亲们，大伙出远门不容易，谁都难免有个头痛脑热的，是不？所以我们护送指挥部专门成立了一个医务组，也带了一些必备的用药。这都是为了防止意外的，好让大家平安度过这趟长途旅程。现在真要把药分给了大家，谁得了急病想用药时又没了可不是闹着玩的。再说药不能当饭吃，也不能拿出去换钱，我们总共带了那么些药，真要分到每个人手里，怕连包烟钱都不到，我想我们三峡人不会是这么个德性吧！”移民舱内，总指挥风趣幽默的话，将刚才要药的沉闷气氛一下化解了。

移民们笑了，说：“总指挥，我们不要药了，你给唱首歌吧？”

“对对，欢迎总指挥给大伙唱首歌好不好？”

“好！”舱内气氛转眼完全变了样。

总指挥受了感染：“好，今天我在父老乡亲面前露一手好不好，不过大家得给点掌声啊！”

“哗——”歌未唱，掌声已起。

“现在我为大家唱一首由本县著名歌手、县广播局副局长王勇先生根据《送战友》改编的《送亲人》，献给大家——”总指挥的幽默又给移民们带来一阵欢笑——

踏宁河，出三峡
舍了小家为大家
迁往广东建新家
山迢迢，水迢迢
一路风尘为三峡
全国同胞共牵挂
兄弟啊姐妹，亲爱的朋友
我们为你共祝福

一路多保重

离别愁，埋心里
好多话儿说不尽
夏热冬凉要记清
心连心，情连情
站在新的起跑线
我们共同向前进
兄弟啊姐妹，亲爱的朋友
待到山花烂漫时
我们再相逢

“好——要不要再来一首？”

“要——”

船舱内，歌声笑声响彻江面，干部和移民们仿佛忘了这是在迁徙途中。那欢乐惊醒了长江两岸的猿猴，它们纷纷跳上悬崖驻足观望，尽管不明白那渐渐远去的巨轮上发生了什么，但它们以独特的欢快情绪编织着一幅新的《长江图》……

入夜，劳累了多少日子的移民们已酣睡。指挥中心的灯光却依然彻夜通明。

“来，我抱一会儿。你已累了几天了，休息去吧！”一个干部从另一个干部怀中抱过一个手臂绑着白绷带的孩子，轻轻地哼着《宝贝歌》……

那是昨晚发生的一起意想不到的事件：3岁的小移民扬扬，半夜睡觉时不慎从两米多高的上铺摔下造成骨折。孩子的父母因此异常着急，虽然经医生抢救并没有出现特别的危险，可伤痛使孩子整日哇哇直哭，因此也影响了舱内其他移民的情绪。

“将孩子带到我们指挥中心，由护送的干部们负责照顾。”总指挥又一次作出决定，于是指挥中心的干部们除了在移民舱内巡逻值班，回到休息室又多了一项特殊任务：轮流照顾受伤的孩子。

已经是第三个夜晚了，干部们不分男女，只要谁有空，就抢着抱起孩子，或在船舱内逗他乐，或在床板上轻轻地陪着孩子入梦乡。

“叔叔阿姨们，我下次能不能跟你们回三峡？”天真的孩子早已忘了伤痛，他的提问和笑脸，让舱内的父母和其他移民感到一种远行的安全。

“报告总指挥，三号舱七十一床位的女移民张兰要求轮船靠岸！”值班干部气喘吁吁地前来报告。

“靠岸？为什么？”指挥中心又一阵紧张。

“她说她的婴儿没有奶粉吃了，需要上岸去买奶粉。”

“这……这……这怎么行啊？一千多个移民，全线路程和时间都是几级指挥机关制定，是不能随便改动的呀！”小小的几袋奶粉，可把护送干部们难住了。

“马上在广播里广播一下，看哪家移民带了婴儿的奶粉，如果有就阿弥陀佛！”有人提议。

“这是个好办法，立即广播！”总指挥命令。

可广播十几次之后，全船一千多位移民竟然无人回应。显然是无货。

“真是移民无小事！瞧见了吧，就这么件小事，可把我们难住了！”有人不免发起牢骚。

指挥中心特意为奶粉召开了一个临时紧急会议。反复查看沿线码头和轮船到达时间，决定在向上级报告后临时在武汉码头做短暂停泊。

“喂喂，你是移民先遣队老王吗？我是云阳移民指挥部刘海清。现在船上急需 5 袋婴儿吃的奶粉，我们的移民船将在明天早晨 7 时左右在武汉码头停靠

10分钟，请你提前准备好奶粉在码头等候！千万记住靠岸时间和所需的5袋婴儿奶粉！”

“明白。7点到达武汉码头，所需5袋婴儿奶粉！”

次日清晨，满载远道而来的移民的船出现在武汉码头。当早已等候在那里的干部将5袋婴儿奶粉送到总指挥手中，总指挥刘海清又将奶粉送到移民张兰的手中时，舱内的全体移民情不自禁地欢呼起来：共产党万岁！祖国万岁！

这一幕让许多人流下了眼泪。

也许旁人无法理解移民们为什么会如此激动，但我知道。

刘福银，1997年出任重庆市第一任移民局局长至今。在川渝未分家之前，他担任过4年的四川省政府三峡移民办公室常务副主任，当厅级干部时间已有15年。这位农民出身的移民干部，对三峡、对农民有着特殊感情，因而当年他被组织上从一个地委书记的岗位上挑来啃三峡移民这块“硬骨头”时，看中的就是他的能力和才干。用刘福银自己的话说，组织上可能认为他是“能干一点，踏实一点，可靠一点，拼命一点”。而我知道刘福银这么多比别人强“一点”的概念里包含着太丰富的内容。就说“踏实一点”吧，当年刘福银考上了四川大学历史系，有人给他“调包”换成了四川农业大学。很多人为他可惜，当过几年生产队长的刘福银却笑呵呵地说：“农大好嘛，我愿意。”至于“可靠一点”，在他身上就表现得更完美了。谁都知道移民局局长是整个移民工作的“大管家”，执掌的移民资金就有好几十亿。如此有“肥水”的地方，在有些人看来可是左右逢源的“风水宝地”，即使到处“伸手”也未必显眼。刘福银则是一个滴水不进、好话说一千遍也不动摇的“铁公鸡”。为了把好“移民款”，知情的人清楚他刘福银要花的嘴皮子功夫用几艘轮船都装不完。至于具体的移民工作，他这个百万移民一肩挑的重庆市移民局局长，担着两头的重任：一头是国家和中央的政策，一头是每个普通移民的实际利益。这两头哪一头都不能倾斜了，斜到哪一头都会出问题。为这，刘福银这位有15年厅级资格的“年轻老干部”——他今年还不到50周岁，付出的代价可就大了。看看他一年中的工作分块就知道：下库区时间不少于三分之二；每年出席大大小小的移民工作会议和局务会议在100次以上；陪同上至国家主席，下至市委、市政府领导下库区参观视察检查工作100人次以上；亲自处理移民上访事件100件以上。这几个“100”用平面排列天数，那刘局长的一年可至少是两个“365天”。那天我采访他时，原本定好用整半天时间，排来排去只能抽出中午前的一个小时。他说这一小时的“有空”也是在他精心设计下从办公室里“逃跑”的。后来因为我们越谈越投机，他决意领我到一个非常百姓化的街头吃重庆火锅。那是地地道道的马路小摊，旁边有来来往往的行人，我们就在一张支起的小桌子上边吃边聊。这顿饭用了两个小时，可我俩依然觉得时间太短。回到北京，我整理录音，发现几乎每不到五分钟，刘局长就得接一回手机。从他“逃跑”出来进行的这次采访的接手机次数，我已经深深地领略到他平时工作的繁忙程度了！他说他作为重庆市移民局局长的身份太特殊了。整个三峡库区移民总数约在120万，他重庆一市就有100万之多。你说他这个局长身上的担子是啥分量！他刘福银因此长年生活在一种极度反差的情形之中。也许早晨还在码头上跟一批外迁移民握手告别，相互作揖祝平安；吃过早饭又得陪同某位中央领导视察库区。中午还没有来得及脱下西装，又被叫去处理突发事件。各路的专家、记者们的咨询或采访只能放在餐桌上进行。晚上的时间是召集局系统干部研究讨论工作——移民局的会议天天有，干部们习惯在他刘局长手下当“夜猫子”。多少次他刘福银一开会就是通宵。睡觉时就以为安宁了？否也。在库区我听说有这样一个规定：凡移民干部不得关手机。如果发现关机连续3次在一个小时以上的，将会受到通报批评。之所以规定这一制度是因为移民工作责任非同小可，随时可能发生问题，上情下达，下情上达必须通畅。当然像刘福银这一级领导，参加一些重要会议时不得不关手机，但他秘书的手机必定是开着的。刘福银局长的家在成都，从重庆市到他家也就是3个小时的车程，但他平时根本抽不出时间回家与亲人小聚。前年他的妻子与儿子相继因意外事故腿脚折断重伤，一向支持他工作的妻子在电话里忍不住低泣着乞求他回成都看一眼，刘福银满口答应。可他事实上根本无法回去，那时他正在现场处理一起移民集体闹事。基层的移民干部们已经两天两夜连口水都不曾喝过，他堂堂市局局长怎么能抽身甩手回家呢！再说库区到成都的交通非常不便，走一趟来回至少二十几个小时。“不是我心里不想家，可一到库区你想走也是不可能的事。”刘福银感慨万千地告诉我。他说他当过县委书记，当过地区专员、书记，也当过省农业厅领导，但当移民局局长则比这些岗位不知要苦多少！“平时你话不能多——因为政策性太强；私事你不能做——在库区几乎所有事务都与移民工作相关，你移民局局长一举一动影响全局；工作你不能偷一点懒——有时稍稍打一个盹，可能就误了大事。”

王爱祖，县委书记。一个有管理专业硕士学位的学者型县委书记，那副镜片后面不时闪烁着智慧和思想。刚到一个新的县任书记时，人家瞧他一副书生气以为他只是个能动嘴不动脚的人。那次他带着移民代表到安徽搞对接，原来选好的几个点移民们不满意，满腔热情的安徽方面顿时觉得像被人泼了一盆冷水，结果两头都要走人。王爱祖说：这事大家都别着急，我来办吧！谁都知道，给三峡移民选安置点，可不是件简单轻松的事。临时抱佛脚的王爱祖有能耐？当时的移民们摇头不说，安徽方面的同志也持怀疑态度。王爱祖抬了抬眼镜，什么话也没说。第二天他请安徽方面的同志带路，驱车直入周围山山岭岭，6天时间内行程4000余公里，最后圆满完成了选点任务。安徽方面的同志满口称赞三峡库区的干部不简单，移民们则被王爱祖书记负责、实干的精神所感动，当场纷纷签下了对接合同。当大家高高兴兴返回库区的途中，才发现王爱祖的腿伤已经严重到了连抬一下都要耗他一身冷汗的地步。人们通常会把“拼命三郎”的雅号，给那些干活风风火火、说话地动山摇的人。但移民们也给了一副儒雅风度的王爱祖这样的称谓。在移民过程中，老百姓对许多事并不太明晰，想的也比较利益化，于是总觉得自己吃了亏。这满脑子的“亏”字在作怪，所以就满世界找干部说理。王爱祖对百姓的这些想法和做法持的态度非常明确：那是移民们相信咱政府和党，我们不能表现出任何一点点的不耐烦，是问题就认真热情地帮助解决，是思想工作的要耐心细致疏导，直到百姓心头舒畅为止。他身为移民大县的“一把手”，群众的来信来访自然也多。王爱祖自定一条规矩：凡移民的来信全由自己处理，每信必答，每事必有结果。凡群众找上门来的，必须亲自出面接待处理。县委办公室的秘书告诉我，王爱祖书记一年中处理的群众来信不少于300封，接待的群众不在100人次以下。“有些群众，可以为自己家里的一棵树到王书记的办公室闹上三四个小时，王书记则能自始至终保持一副和蔼可亲的表情，让我们感到敬佩，也同时学到了什么才叫为人民办实事的精神。”县委的同志告诉我，他们县上有几次移民集体闹事，就是王爱祖书记这般和风细雨的工作作风给化解的。

有一种人格力量，可以替代钢枪大炮，可以替代金钱银圆，更可以交心换心。党性体现在全心全意的为人民服务之中，民心才能自觉实现万众跟党走。

冉绍之，县移民局副局长，全国十大“人民满意公务员”之一，党的十六大代表。他之所以能到北京出席我党历史上这样一次重要代表大会，就是在于他在近10年的三峡移民工作中忠实实践了江总书记“三个代表”重要思想，把党和政府对移民的点点滴滴恩情，化作具体的行动传递给了他的父老乡亲。几年前的冉绍之还是一个移民乡的乡长，三峡移民任务下达后，这个沿江的山区乡村，老百姓居住分散，想找块好地不易。为了能让父老乡亲搬迁后有个“稳得住，逐步能致富”的新家园，老冉跑遍了全乡每一条山路，查看了每一片山丘，平均10天磨破一双胶鞋，硬是给需要搬迁的移民们选中了几处地势优越、便于开垦的好地方。可移民们一开始不明白老冉做的这些工作，在组织动迁时，他们不许工作人员牵线丈量土地与房屋；开荒动土时，他们不让破土动工，刚打好的炮眼又被填上，有人干脆躺在炮眼上说炸死他也不想当移民。冉绍之面对群众的这些不理解，给自己定了一条准则：在坚定不移推进移民工作的同时，要尽量多替移民着想。要和移民“换板凳坐”。口说不算，做了再看。他的这套“土移民政策”，后来不仅感动了全乡移民，而且还成了全库区基层移民工作的经验被推而广之。76岁的何老汉一生爱钻牛角尖，冉绍之动员到他头上时，老汉远远见了就吼了起来：“你们这些干部是吃了饭没事干？我都半截身子埋在地里的人了，你偏要我搬！告诉你，我偏不搬！”老冉不吱声，只管笑嘻嘻地跟着老汉帮他在菜地里拔草施肥。何老汉的脾气是出了名的，不顺心时几头牛也拉不回。冉绍之跟了他三天，老汉骂了三天。第四天老汉以为这个冉乡长“投降”了，谁知冉绍之见他后笑得比前三天还灿烂。“你这个干部我服了，像你这样好心肠的人是绝不会让咱老百姓吃亏的。我搬，而且还要动员亲戚好友都来响应国家号召。”何老汉搬迁之后才发现自己不仅没有吃一点亏，相反一分不少地拿到了国家发给的搬迁补偿。当他看到老冉为他和移民们安置的“门前一条江，江边一条路，路边一排房，房后一片园”的崭新家园时，乐得合不拢嘴。老汉和移民们哪知道，老冉当时为了帮助移民建设这个新家园，短短几个月，白了不少头发。有一回塌方石头压弯了他的手指，骨头都露在外面，他让一个农民工帮着硬是用力扳正了，吓得那农民工差点晕了过去。老冉则忍着剧痛笑呵呵地说，你这个土郎中管用，否则我一住医院可就要耽搁移民的好多事了。

“一切为了移民”，要把这个崇高的口号具体化，我感受到的绝不那么简单，它包含着十分丰富而细致的内容，就说护送移民外迁吧，有人说不亚于任何一场局部战争的作战方案。

2002年8月末，当最后一批二期外迁移民踏上告别故乡的轮船时，我获得了一份巫山县人民政府《护送外迁广东移民手册》。这份长达40页的护送手册仅仅是整个外迁移民中的一个小环节，可它竟然对外迁移民中的每一个细节都考虑和安排得周到细致，旁人真是无法想象的。这份护送手册有十章内容，对外迁途中护送的“组织机构”“行程和线路”“运输中转要求”“移民及货物编号”“特殊护理”“交接手续程序”“路途中的信号标志的使用规定”“经费结算”“干部和移民须知”“各职能组织部署”等，都制订了详尽的细则要求。翻看里面的内容，我不由得再次惊讶，因为它把移民外迁途中可能出现的问题，无一例外地列出了解决及实施的方案，并且责任到人。

回京后我将这份外迁移民护送手册文本给一位参加过淮海战役的老将军看，着实让老将军激动了半天，说他当年在徐州跟国民党的几十万大军打那场恶仗时的作战方案，都远没有三峡移民的护送手册详细。

“党和政府对三峡移民的关怀可真是无微不至啊！”老将军感慨万千。

呵，光荣而幸运的三峡移民，你们能在全党上下努力贯彻“三个代表”重要思想的伟大历史时刻，进行举世瞩目的迁徙，建设美好新家园，注定将是乘风破浪，一路平安，前景无限。

“快快，看——我们的新家到啦！”

巨轮的前方，就是三峡移民们魂牵梦绕的目的地……

“到啦！到啦——”

经过千里行程，移民们终于盼到了日思夜想的新家。如果说几天前他们离开三峡的老家时，还有扯不断的故土恋情，那么，这一路行程中他们最担心的是未来的新家会是个什么样。

“有没有辣椒吃？”

“鱼是吃鲜的还是晒干了吃？”

“听说那儿的房子是平顶的？”

“嘻嘻，那儿结婚要隔离三天才能进洞房呢！”

“唉，我最怕死了被人送到火葬场去！”

“哈，怕啥？我回三峡买好一块坟地，反正有钱就行呗！”

“我啥都不怕，就怕听不懂学不会那些叽里咕噜的话。”

……

美丽的家园等待你

“到啦！到啦！”

“欢迎！欢迎！”

正当移民们窃窃私语，探头探脑瞅着新家是个啥样时，突然响起了喧天锣鼓，只见在他们车的两边，红旗招展，彩绸飞扬，欢迎的队伍向他们拥来。

“嘻，就像电视里欢迎外国总统的样子！”

“那当然，我是江总书记的移民，朱总理请来的客人嘛！”有人格外自豪地挺起胸膛，而那一刻，几乎所有移民都挺起了胸膛。他们不愿让“新家”的乡亲们看不起三峡人。但很快发现热情的欢迎人群根本没有丝毫地小看他们，相反，那股像见了久别亲人的热情劲儿，如阵阵热浪扑面。

移民们有些不好意思了。

“我又不是总统，你们为啥这样隆重？”一位70多岁的老大爷听说扶他走在队伍前面的是市长、市委书记，嘴上客气地这样说，心里却甜滋滋的乐得合不拢嘴。

可是当他走进自己宽敞的两层小楼的新家，看到楼上楼下电灯电话、台前灶后液化气罐和净化水瓶，老人激动地擦着眼泪，直握住当地干部的手说：“我当生产队长时那会儿喊的共产主义生活，在今天你们给我们安置的新家里全看到了……好啊，社会主义真的太好了！谢谢你们，谢谢政府，谢谢好心的远亲近邻！”

“大爷，您就别客气了，现在我们是一家人啦！”

“对对，我们是一家人啦！”

大爷领着全家三代九口人，满脸笑容地跟着当地干部和欢迎的群众一起走进为移民们接风的宴会厅——其实那是个由村委会会议室临时改用的餐厅。

“这么大呀？摆得下三十几桌？”大爷又一次暗暗惊呼，心想：这在老家三峡的村子里是绝对不会有的。改革开放的沿海地区到底不一样！

“爸，这叫‘就是不一样’！”儿子凑过来耳语了一句。

“你这小子，早说这儿有这么好，你爸也不至于在老家跟移民干部逗闷子嘛！”

“嘻嘻，老爸那你现在不认为移民亏了？”

“亏啥？我乐还乐不过来哩！”

“哈哈哈……”儿子终于忍不住开怀大笑起来。

——这一幕，发生在山东即墨市五处乡的三峡移民新村。

“到啦，快到啦！前面就是。”

又一队三峡移民正向福建沿海的晋江新家进发，一路上，当地的接收干部不时安慰车上的移民们，因为从重庆奉节来的移民到达晋江时比预计时间晚了几个小时，再从县城到移民村时天色已黑。

“怎么这般黑？”

“他们在骗我们，一定是让我们到很差很差的鬼地方嘛！”

“不走了！我们要回三峡！”

“爸妈，我害怕嘛。呜呜……”

先是女人叫，后是孩子哭，再是男人们的吼。

移民车队突然出现了意外情况：几十个从奉节来的移民，老老少少男男女女，面对黑糊糊的陌生之地，惊呼“上当”，并坚决要求前来迎接他们的当地干部们“立即停车”。

“这这……这可怎么办？”当地干部们万没有想到事情会这样，他们束手无策地只好将车队停下。紧接着是一遍一遍地做工作和解释，但移民们就是不信。

“对我们说怎么怎么好，可为啥这般黑乎乎的，分明是要把我们拉到深山老沟、原始森林嘛！”

“我们不去！等天亮后我们就返回库区，不能上这个当！”

移民们“罢走”了。

当地干部们弄不懂移民们到底为了什么，无奈只好等天明后再说。

那一夜，车上的女人没有断过泣，孩子没有断过哭，男人没有停过叹息……

东方欲晓，晨曦初露。

“爸妈，快看，这里是绿荫大道哎！”孩子们首先惊奇地发现身处一个美景之中。

“是啊，这儿咋这么好嘛，鸟语花香！”

“嘻，比公园还美嘛！”

移民们纷纷揉揉眼，探出头，喜出望外地看着眼前的风景。那绿树，那红花，那芭蕉树……而这些是他们在三峡库区从未见过的。

“是不是你们昨晚趁我们睡着的时候给换地方了？”移民们问迎接他们的当地干部。

晋江的干部迷惑不解起来：“没有呀，还是昨晚停的地方嘛！”

“可昨晚怎么黑糊糊的好吓人，今儿个为啥这么漂亮？”移民们不信。

等晋江干部们终于明白过来时，他们忍俊不禁地捧腹大笑：“对不起对不起，怪我们没有给你们讲清楚，咱们这儿是沿海地区，绿荫植被特别茂盛，所以晚上走在野外的路上看起来是有些黑，让你们误会和受惊了……”

“原来是这样啊！”此刻的移民们早已被眼前迷人的风景所吸引，同时每一颗心也都企盼着早点看到自己的新家。

“立即出发！”浩浩荡荡的移民车队迎着晨风和朝阳飞驰在广阔的田野上，

男人和女人，老人和小孩的脸上都挂满了惊喜……

2000 年 9 月，来自重庆奉节县的三百多名三峡移民风尘仆仆地来到了晋江市西滨镇，在这里安下了新家。起初，他们对周围的一切感到陌生，甚至有些手足无措。但他们很快发现这里的干部群众和人民政府不仅为他们安家做好了一切准备，而且为确保移民们能够在较短时间内适应当地生活，逐步走向致富之路，提供了各种便利渠道。

“办厂。我们也要像这里的百姓一样办厂尽快致富！”移民们为了勉励自己奋发图强的决心，干脆将“移民村”改叫为“思进村”。

思进村从此远近闻名，因为他们在当地政府和人民的支持下，在安家的当年也办起了自己的工厂，这在三峡库区是祖祖辈辈没有过的事。

“第一个吃螃蟹”的三位移民作为“股东”，每人投资几万元，与本地一位工艺品方面的行家联合办起了工厂，并起了个吉利的名字——万事发树脂工艺公司。厂子虽不大，总投资 20 多万元，但有 160 多位工人，除了三四十名本地的技术工人外，全都是移民。

“腌腊鱼好吃，海鲜好吃，加点花椒的海鲜火锅更好吃！”如今已开始富裕的三峡移民回忆起初来乍到时的那件“黑夜不敢走”的往事，不好意思地笑称自己当初“太老土”。

蜀道难，难于上青天。

晋江路，路路通向艳阳天！

——这一幕发生在福建晋江。一位奉节老乡，用闽南话给我背诵自编的小诗，那声调圆润又甜美，不见一点奉节口音。

8 月，骄阳似火的著名侨乡——广东惠阳的人民正忙碌着迎候又一批新村民的到来。

自接受安置三峡移民任务后，这个侨乡的政府和人民想到的第一件事，就是要挑最好的地段给移民们盖新村。可在这毗邻深圳，与香港隔岸相望的寸土寸金之地，所有沿城沿路的好地好几年前全都有主了。怎么办?

“三峡移民是我们尊贵的新村民，代价再大也要找最好的地方给他们!”惠阳市政府作出这一决定，受到了全市人民的赞同。

于是，一个由市长亲自挂帅的20人组成的移民新村选点组全面开始工作，他们用了两个多月时间，按照“五靠”，即靠城镇、靠公路、靠学校、靠医院和靠基础设施好的标准，为重庆巫山的900位移民一一找到了新的家园。地处惠州市郊的水口镇，是当地工业相当发达的名镇，在此工作的外地劳务人口超过本地常住居民，用地相当紧张。为了给移民找个好地方，镇政府三番五次地跟有关土地使用单位协商，最后要过来的一块移民新村置地，竟让政府倒贴了几十万元。5月，巫山县的移民代表来到水口镇进行对接，见了当地为他们安置的新家，兴奋得当晚就要求签约。镇政府安排移民代表住在镇招待所，有人躺下后习惯地抽起烟来，立即被同行的几位移民齐声斥责道：“你一点也不文明，在床上抽烟燃着了不把我们政府的房子给烧了？”

“稀罕，你们咋还没搬过来，这儿就是你们的政府了？”那抽烟的移民惊叹不已。

“我们的政府？哈哈哈……可不，我们户口未到，心已到惠阳了啊！”

“可不，老子恨不得马上把家从三峡搬过来。这地方，真个是天堂啊！”

移民们做梦也不会想到外迁使他们吃到了“天上掉下的馅饼”。

那阵子，我正在惠阳采访，便问当地领导，为啥惠阳人如此大方地为安置三峡移民而“不惜代价”——我知道仅为移民置地盖房一项，惠阳这一县级市就从财政上拿出了五六百万元!

移民办主任说得非常明白：我们惠阳是叶挺将军的故乡，全市几乎每一户都有亲人侨居在海外，对寄人篱下的移民生活比谁都感受深切。改革开放使我们这儿先富了起来，作为侨乡人民，当听说三峡移民要到这儿安家落户，我们惠阳的上上下下，就像迎接从海外归来的亲人一样，生怕哪一点不周到会伤害他们。再说，我们也有这个能力，有这个义务让每一位到惠阳的新居民尽快过上与我们一样的富裕生活嘛！

没有半点矫揉造作，只有亲人般的真情，这就是社会主义祖国大家庭的温暖，这就是三峡移民们的时代幸运。

“昔住长江头，今住长江尾，江头江尾皆故乡，同饮一江水……”

中秋佳节那一日晚，现居上海崇明县新河镇卫东村的胡明祥将一家人叫到新房门前，抬头举目望明月，无限深情地吟着这首被赋予了新意的诗词。

“娃儿，把这刻在石狮上的诗再给爸背一遍。”胡明祥对儿子说。

儿子从木凳上站起，笔直地站在家门前一对石狮中央，朗朗背道：

百万移民内外迁，两头雄狮念故土。
乡土酸甜三十载，骨肉分离故乡情。
宇宙奇观展宏图，秦王醒来惊三峡。
婴儿降临崇明岛，成龙成蛟父母养。
…… ……

“知道爸为啥子千里迢迢从老家带来这对石狮子吗？”

“知道。让娃儿记住昨天我们是三峡移民，现在我们要当好上海市民。”

胡明祥对儿子的回答是满意的，然而即便如此仍掩饰不了自己内心那滚滚翻腾的激情。作为一个有6年工龄且也算农村文化人的胡明祥，这移民崇明一年来，他有太多的感触。

2001年初，当他家被确定为外迁移民时，他便毅然辞去“铁饭碗”，报名举家外迁上海崇明。胡明祥是个高中毕业生，也是位喜欢触景生情的农民“诗人”。当乡亲们忙着搬迁前扔旧物置新物时，他从后山开采了两块巨石，然后一锤一锤地凿起来，硬是没日没夜地干了70天。后来人们才发现原来他花那么大工夫雕琢出的竟是一对石狮子。

“那是我对故乡的全部思恋，也是对新家园的全部寄托。”胡明祥告诉乡邻，也告诉自己的孩儿。

在胡明祥全家迁移崇明岛后的2002年末，我在他的新家看到了这对石狮。它就傲居在两层小楼房的门口，特别醒目，又特别能感受到主人那片刻骨铭心的故土恋情，以及响应政府号召当好三峡移民的坚定信念。

石狮的雕刻手艺算不上精致，然而在胡明祥的心里是任何有价的工艺品无法取代的。孩儿背诵的那首诗虽然粗糙，可就因为它出自一位三峡移民之手并嵌刻在这对石狮身上，因而叫人感到格外的沉甸甸与崇高。

38岁的胡明祥虽说是个农民，但他却有着诗人的气质，是一个喜欢把自己内心的理想与现实揉碎后重新编织成美丽梦想的有着与众不同追求的人。

在他的小楼前后，我惊喜地看到两个巨型的塑料棚，里面养着几千只鸭子。主人告诉我，这是他和另外3家移民合作建起的养鸭棚。

“这一棚鸭已经是第5茬了。我们从三峡搬迁到这儿不到两年，就出栅了上万只肉鸭……”胡明祥颇为得意地说道。

可不，我从陪同采访的当地镇领导那儿得知，胡明祥等几位新落户的三峡移民在极短的时间内就经营出如此规模的养鸭场并产生可观的经济效益，这即便是当地土生土长的农民也很少能做到如此地步。

“这就是我和所有到上海市落户的移民们特别感到幸运之处。”胡明祥听说我是从北京来专门采写三峡移民的作家时，仿佛见到了可以倾诉真情的知己，一把将我拉到他的里屋，认认真真地说了句掏心窝的话：“作家同志，到了上海这个地方我才真切体会到，上海为啥能发展得比别的地方快，根本的原因就是上海人干什么事都能从长远着想，从细微入手，别人没有想到的事他们想到了，别人想不周全的事他们想周全了。就说为我们这些三峡移民操办安置的事吧，他们做的每一件事都能设身处地地从移民利益考虑，把事情往深里想，往细里做，你说能把事情做到这个份上，世上还有啥子办不成的事？”

移民胡明祥的一番朴实而动情的话，引出的却是在世界移民史上尚需大力倡导而在中国三峡移民过程中被上海人运用得极其精湛的深刻理念，即以人为本的理念。

陆鸣，上海崇明县主抓移民工作的副县长，一位受国务院三峡建设委员会表彰的“三峡移民工作先进个人”。

“1999年第一次到重庆参加全国安置三峡移民工作会议时，什么都不懂。会上，领导讲三峡移民工作的重要性，我听了以后感到责任重、压力大，怕工作做不好而影响三峡工程建设，影响国家政治大局，影响移民们的生活与生存，影响他们的子孙后代。当时我暗暗发誓，先把移民工作到底是咋回事弄弄清楚再开始干自己的具体工作。回到上海后，听了市领导的动员，又一遍又一遍地研读了《长江三峡工程建设移民条例》等政策性材料和相关书籍，心里才开始明朗起来：国家在进行三峡移民工作时，特别是近几年来进行大规模外迁移民过程中，始终不渝地贯彻了‘三个代表’重要思想，从移民的根本利益出发，十分明确地提出把维护移民的合法权益放在重要位置，把妥善安置移民，使其生产与生活达到或超过原有的水平作为一个基本点，把‘迁得出，稳得住，逐步能致富’作为移民工作的根本原则贯彻始终。说到底就是以人为本，这是我的一点学习体会……”陆鸣现在不仅是个安置移民的组织者和领导者，而且又是个移民理论工作研究者，能在大学讲台上不用讲稿便滔滔不绝地讲上三四个小时的专题报告。

陆鸣所在的崇明，是上海全市安置5000余名三峡移民的试点县，也是安置移民人数最多的一个县。正是他和同事们一丝不苟地执行国家有关的三峡移民政策，一开始就充分注意从以民为本、以人为本出发指导移民的安置和管理工作，高度关注移民的需求与愿望，既从长远和大局考虑问题，又从眼前和细微处入手，才使得搬迁到崇明的每一位三峡移民在走进新的家园时，处处感受到党和政府的温暖。

先说多少户移民安置在一起比较合适的问题吧，上海市政府的思路就颇见匠心。

开始，有人主张“大安置”，几十户几百人安置在一处，如崇明岛的某一个农场；也有人主张“小安置”，一户一户地安插到村民小组里边去。上海市的同志认为，这两种办法都不可取。

上海市的领导同志对我说，三峡移民是为了国家才舍小家，告别故土，来到新的地方。我们不能用简单的方法安置。如果高度集中安置，现在看起来工作要简单方便些，可从长远来看这样做对移民日后融入当地社会带来不利因素。从整体而言，移民在新的地方相对来说是个弱势群体。过于集中地安置在一个地方，狭小的天地使他们难以融入当地社会，这样容易造成移民群体的独立与封闭，影响他们与当地社会生活的同步发展，不利于社会的安定和群众的团结。但过于分散也不是好事，会造成移民心里的孤独感和无助感，同样不利于融入当地社会，同时，过于分散增加了管理的难度。

“相对集中，分散安置，以三五户为一个移民点，比较适宜。”上海提出这样的方案，据说是几十个专家花了几个月时间调研，最后通过村镇区市级层层干部会议确定下来的。

效果怎么样？请听移民们的回答：三五户在一起，让我们既不感到势单力薄，回家聚在一起回味和重温原有的风俗，走出家门，又能让我们自觉自愿地跟当地人亲密相融。

上海的安置谋略，将在十年二十年后更能显示其优势。

再说房子的事吧。

所有到崇明和上海其他区县落户的三峡移民，他们全部住上了漂亮宽敞的二层新楼。3 人 1 户住房面积一般不少于 120 平方米，4 人户的住房面积一般不少于 150 平方米，5 人户的面积则能达到 180 平方米。

凡看过上海市政府给三峡移民们盖的楼房都说太漂亮太宽敞了！

上海的同志告诉我：“上海是全体中国人的上海，中国人的上海正在向国际性现代化大都市迈进，我们百姓的生活自然要跟上去。三峡移民来到上海落户就是上海市民了，给他们把楼房盖得漂亮和宽敞一点符合发展的需要。”

有人提出新的疑问：“你们上海发展速度快，财大气粗，可以给移民一下建那么好的房子，别人可无法学呀。”

关于盖房的资金来源，上海的同志给我亮了个底：每户移民的新楼房一般得花 5 万元至 8 万元。移民自己拿出国家给予的补偿费占了三分之一，安置地政府支持的也在三分之一（这与其他省份的做法一样），另有三分之一是上海独有的做法，即完全按照市场经济规律办事，采取移民们到银行贷款的办法。贷款的利息由初始的减免，到一定时间的低利息，再到一定时间的正常利息。“老实说，我们不是拿不出钱来补贴这‘三分之一’，可我们没有这样做，其原因是，希望移民们能够早日适应市场经济规律，适应生活在上海这样一个经济与金融国际都市所必须具有的那种能力。”

“这是否会给还没有具备适应能力的移民们增加经济负担和心理压力呢？”有人这样问。

带着这样的问题，我走访了几户移民。他们的回答令我欣慰。

移民卢云奎与胡明祥是邻居，他说自己对这种建房形式非常满意。“我相信上海这么富裕要拿点钱出来解决我们 5000 多名移民的建房问题绝对不存在任何困难。但政府用贷款的方式鼓励我们从一开始就能融入大上海的这种市场经济氛围，并在这种氛围中锻炼我们的能力，增强我们的造血功能，这远比给我们钱、给‘输血’有意义得多。俗话说，坐吃山空。人有点压力好。再说，政府对我们的贷款也是很优惠的。前3年根本不用愁，因为是免息的。到了第3年也是低息贷款。3年以后，我们基本能在新的家园立足了，自然会有还贷能力了。”

“其实，我才来这儿两年，通过养鸭等副业，建房子的那点贷款差不多赚回了！”说到这儿，卢云奎喜形于色地悄悄告诉我。看得出，他内心对政府给予的优惠政策十分感激。

“你瞧瞧，我家现在的楼房，不用说跟过去在三峡的老房子相比，就是跟现在周边的百姓相比，也算是超前水平了。”卢云奎的话一点没错，上海在给移民们安排建房时就有一个基本的标准，即必须使移民的新家要比当地百姓的平均水平略高一些。

上海人的生活水平本来就比全国平均水平要高，移民们来到这儿享受到比当地百姓更好的住房条件，这对他们来说，不算一步登天，也是今非昔比！

上海在建房的选址上给出了三条标准：一是必须方便移民们的出行——他们规定移民的房子出门就得同公路相通；二是必须方便移民就医和子女就学——他们规定移民的居住地离城镇最远不出1.5公里路；三是必须方便移民就近耕作——承包地一般不出宅基前后300米。

细细品味这“三个必须”，足见上海政府对三峡移民的关切之情。有几个村的当地老乡明确告诉我，现在移民们盖的新房地址，如果换了是村镇干部的，我们绝对不会答应，可现在给了三峡移民，我们没有任何意见。三峡移民为了国家建设牺牲了自己的利益，我们要为三峡移民作奉献。

有这样的人民，有这样的觉悟，世界上还有什么事办不成、办不好？！

“阿拉现在蛮开心！”

从重庆云阳来到崇明安家的移民徐继波见我后的头一句话便这样说。徐继波现在在当地一家私营企业工作，妻子也在另一家工厂做工，天真活泼的两个孩子都在上学，像徐继波这样的家庭，除了种好承包责任地外，有一人以上在外务工，这在上海落户的移民中非常普遍。

真正要看移民的生存情况如何，其实有好的房子住，有相当数量的地种并不是主要标志，移民能否在一个新地方生根，关键要看他们在当地求取生存的空间有多大。因此，上海市各级政府在完成给移民们盖房划地等基本生产资料的准备后，考虑最多的是帮助移民们寻找更多的发展机遇。现在全市 1305 户三峡移民中，已有 1400 多人在当地谋到了一份非农业的工作，他们中既有在当地企业做工的，也有独立在城镇开店的，还有到日本等国家从事劳务输出的。用上海移民干部的话说，你能给移民每家每户落实一个非农业就业机会，你就等于给一户移民开设了一个“小银行”。难怪徐继波说他过得蛮开心！

徐继波是迁移到上海来的 5509 名三峡移民中第一位踏上上海土地的人。说起这件事，徐继波感慨万千。

“第一次到上海崇明来考察的连我共 6 人，几天下来，大家心里还是拿不准到底来不来，我自己心里也是七上八下。我在家里是老大，兄弟姐妹 5 个，还有年迈的父母和一位长期生活在一起的叔叔。父母和兄弟姐妹都不赞成我外迁。正在我犹豫不决时，有一天突然收到了一封上海的来信，打开一看是退休老职工孙国良老人写的，他说他从《解放日报》上看到我与其他几位三峡库区来的人到上海考察外迁工作的消息，老人捧出火一样的心希望我为了国家利益和孩子的未来，到他们那儿落户，他说所有的上海人民一定会像对待自己的亲人一样对待移民。我接信后十分感动，也就暗暗下定迁移上海的决心。但当我正式向父母提出来后，父母强烈反对，母亲三次晕倒后卧床不起。父亲则连续几天不吃不喝，以示反对。这样一天又一天，弄得我这个有孝子名声的儿子左右为难，心急如焚，又不知如何是好。就在这时，我又一次接到了孙国良老人的来信。那真诚而热情洋溢的信不仅令我感动，而且在我给自己的父母读过后，两位老人也备受感动，父母抹过一把泪后对我说：‘去吧，上海人这么好，我们就放心了！’我就这样第一个踏上了上海这块新家园的土地。”

徐继波与上海老人孙国良的《一江移民情》在中央电视台的节目中播出后，使徐继波一下成了三峡移民中的名人，连外国记者都采访报道过他家的事。

“老实说，刚到这儿的几个月，虽然住的房子很好，可心里总有一种难舍的故乡情怀。我知道这儿什么都不缺，所以从老家搬迁时唯一带了一棵黄桷树苗到新家。在我们三峡那儿黄桷树遍地都是，可以说是我故乡的一种象征和代表。我把它带到新家，希望它生根成长，算作是对故土的一种思恋与寄托。但崇明这儿离海近，特别是冬季温度较低。那棵黄桷树苗种在家门前，过一个冬天便叶枯枝断。开春后，看到万物泛绿，桃花盛开时，我的黄桷树还不见一点儿生还之气，那一刻我的心仿佛也跟着小树苗一起要死了……我真的流过泪，因为那时我除了种好承包地外，全家人就没有其他的活干了。上海的生活消费比我们山里高，孩子虽然上学前两年是可以免交学杂费的，可我想今后的日子怎么过呢？我真的要像小黄桷树那样发不出芽呀？正在我痛苦和迷惘时，管移民工作的干部和好心的邻居纷纷前来帮助我。他们一起与我分析小黄桷树干枯的原因，教我在寒冷的天气来临时，用稻草裹紧小树，再待天暖和时解开。果然我的小黄桷树又发芽长绿了！我好高兴！因为这小黄桷树代表着我的心，象征着我这个三峡移民能否在新家安居乐业。那阵子好事不断，我又接到一个电话，是当地颇有名气的私企老板顾平先生打来的。前些日子我在他厂里干过杂活，这回他说要招正式工让我去。顾老板的工厂干的是机床技术工种，可我啥都不会呀！顾老板说，我看中你徐继波有两点：一你是三峡移民，有为国家和集体的牺牲精神；二你是共产党员，让人放心。当天他就派我到浙江学技术，而且在学习期间包了我的全部费用，还每天发 16 元工资。两个月学习回来，我就正式当上了一名车工。现在这个厂就像我的家一样，我打心眼里感到温暖……”徐继波在车间接受我采访时非常动情地说了这番话。

我相信这是一位移民发自内心的话。

在徐继波的新家，我看到了门前那棵已经长得有一人高的黄桷树青枝交错，碧叶婆娑；徐继波的两个孩子一个上了重点中学，当了三好学生；一个念小学五年级，是少先队大队委员，老师说大队委员是经过竞争上来的。看来徐继波的孩子已经完全融入了同伴之中。我见到徐继波的妻子时，她正从工厂下班回来，那红润的脸色让我感到这个家庭的幸福与温馨、安康与稳定。

从徐继波那儿走出不久，我在排排楼宇和溪河之间，意外地发现了一大片葱绿的柑橘林。而这样的柑橘林在三峡库区到处可见，但在崇明这样的苏沪地区并不多见，尤其是长江入海口之处了。

“那是移民家种的。”当地老乡告诉我。

这让我在意外中增添了几分好奇。细一问，知是现为三星镇庙星村移民张青林家的果园。

郁郁葱葱，树高枝壮，好一派兴旺景象！

“明年我准备种上 8 亩柑橘，承包土地的手续已经办好了，只等来年开春。”张青林是位 50 来岁的重庆云阳籍移民，他说话的口气告诉我，新家园的致富之路已经在他的脚下起程了。

那一天，张青林拉着我的手让我一定见见他全家的恩人——附近村的一位“新舅妈”。

“新舅妈”名叫陈兰芳，是南桥村人，离张青林的家有十几里的路程。张青林一家认陈兰芳“新舅妈”，有一段佳话：

2001 年 8 月，张青林一家和一批重庆云阳的移民来到崇明落户。初来乍到，人生地不熟，这让一向勤劳的张青林感到无所适从。出外打工吧，语言不通；在家待着吧，往后的日子咋过？最让张青林受不了的是原来拿手的种地活计，在崇明这儿也使不上劲了，种啥啥不活，原来上海这儿的庄稼和蔬菜种植方式与重庆那儿不一样。

“连地都不会种，老子真给三峡移民丢尽了脸！”张青林望着地里长不盛的蔬菜，对天长叹，无地自容。

“别急别急。你看，这儿的地是沙质地，不像你们重庆那儿的红土地，地质变了，耕作的方法也不一样……”一日，一位50多岁的老阿嫂走到张青林的田头，手把手地教他和家人如何锄地植苗。

看着蔬菜苗儿一天天郁郁葱葱地长开了，张青林的脸上绽出了笑容。

“陈师傅，我想今年秋天也像你家一样种上一批蔬菜，过冬时兴许也能卖上个好价钱，你看行不行？”一日，张青林来到陈兰芳家的蔬菜地，当他看到这位远近闻名的“蔬菜大王”家的菜地一片郁郁葱葱时，情不自禁地向这位老阿嫂来讨教。

“行啊，只要你有这份心，我就帮你帮到底！”陈兰芳是个爽快人，一口答应了张青林的请求。

从那时起，陈兰芳就成了几户三峡移民的“新舅妈”。上海一带有句俗话，叫做千人面万条心，最放心的是老娘舅和老舅妈。意思是说，天下人中最让人信得过的是自己的舅舅与舅妈。这不，从小孤儿出身，深受共产党之恩的陈兰芳，打开始帮助移民种地育苗之后，便真的成了三峡移民们的贴心老舅妈。张青林他们几户移民也由起初叫的“陈师傅”，改成后来的“陈大姐”，叫着叫着，就叫成了“新舅妈”。称陈兰芳为“新舅妈”，是因为她性格开朗，热情好客，大大气气，同旧上海的老舅妈不一样。

为了能让移民们种上秋后可以上市的蔬菜与其他经济作物，陈兰芳与自己的老伴先为张青林他们筹划搭建蔬菜大棚，从买塑料薄膜到搭棚育苗，陈兰芳来了个一手包活。等大棚蔬菜成行成块地长起来后，她又寻思为张青林他们进行茬口种植搭配。有十几年种植经验的陈兰芳，为了能让移民们早日掌握浙沪一带的农作物种植特点，不惜减少自家的蔬菜种植面积，天天奔波在张青林等几位移民家的蔬菜地和果园里，进行手把手地传帮带。晴天雨天，黑夜白昼，打攀上移民“亲家”后，陈兰芳几乎从没有断过一天上张青林等几位移民的庄稼地。2002 年初，劳累过度的陈兰芳连续高烧 4 天，住在医院打吊针。可就在这 4 天里，她帮扶的一户移民家的 200 株西红柿苗因为没有及时揭棚而烧死了。陈兰芳出院后的第一件事，就是把自己家中珍藏的 6 公斤日本毛豆种送到这户移民家，帮助他改种了毛豆……

几个月后，移民的大棚菜和果园里的果子都到了收获的时节。陈兰芳笑呵呵地过来说：“你们还说不好本地话，上街卖菜卖果子肯定没人理会。不过放心好了，有我这个新舅妈呢！从今朝开始，我们得早起。由我先到镇上摆摊，你们随后就到，吆喝买卖的事由我来，你们只管在一旁收钱就是。”

“行，听新舅妈的！”张青林等移民驾着满载丰收喜悦的运输车，兴高采烈地跟着陈兰芳上街赶集。

“快来买三峡移民种的新鲜菜哟！又好又便宜哟！”

“三峡移民种的果子又甜又脆又营养哟！快来买哟……”

那些日子里，崇明各个镇上经常听到陈兰芳那清脆响亮的吆喝声，在她的身边是几位满脸堆笑，手中握着大把钞票的操着四川话的新居民。

“哈哈，才来一年半载呀！我的口袋就已经有些鼓了！这日子才叫红火哩！”

“哈哈，移民小康，我们真的赶上了！”

移民们数着从未见过的那么多钞票，眼角滚动着感激的热泪……

遍布 11 个省市的三峡移民，正在演绎着同样激动人心的故事，但我的采访行程需要暂告一段落。

当我再次返回三峡库区，将在广东、上海和江苏等地落户的移民情况转告给重庆与湖北两地的有关部门时，他们同时又充满欢欣地给我提供一组数据：至 2002 年 9 月初止，三峡库区外迁移民 14 万人，移民们对当地安置的满意率为 98%，而在上海、江苏、广东、江西和山东等省市的满意率为 100%。无论是 98%，还是 100%，我知道这样的满意率在世界移民史上是绝无仅有的。

当我又从三峡库区回到北京时，国务院“关于三峡移民”的新闻发布会正好召开，三峡工程建设委员会常务副主任郭树言代表中国政府向全世界宣布了另一个惊人的喜讯：至 2002 年 9 月初，长江三峡二期移民共计 64 万余人的搬迁顺利结束。除 14 万外迁移民外，库区就地安置的 50 余万人不仅圆满完成搬迁任务，而且已经基本实现了生活稳定，并逐步走上致富之路的既定目标。隶属于政府统计部门的专业调查队伍重庆市农村调查队在实施三峡移民工程 10 周年之际，公布了一项跟踪多年的调查结果：搬迁后的三峡移民生活水平稳步提高，移民家庭收入水平明显高于当地农民。郭树言说，据对 100 户农村移民家庭进行跟踪调查，结果显示，人均收入达 1890 元人民币，比重庆市普通农民人均纯收入高出近 300 元人民币……

到过三峡库区的人都理解这一变化中包含了多少艰辛，多少奋斗，多少步“跨越”！

啊，三峡移民——伟大的三峡工程中最关键的难题，考验了我们的党，考验了我们的人民，面对难题，我们交出了优秀的答卷！世纪之交的三峡移民壮举，是人民的行动，是伟大民族的国家行动！